Sarah Kuratle

Greta und Jannis

Sarah Kuratle

Greta und Jannis

Vor acht oder in einhundert Jahren

Roman

OTTO MÜLLER VERLAG

Die Arbeit am Roman und die Drucklegung wurden gefördert
von den Kulturabteilungen der Stadt Wien (Literatur), des Landes
Oberösterreich, Stadt und Land Salzburg und dem Bundeskanzleramt.

2. Auflage

www.omvs.at

ISBN 978-3-7013-1288-7

Satz: Media Design: Rizner.at
Druck und Bindung: BUCH THEISS GmbH, A-9431 St. Stefan
Covergestaltung: Leopold Fellinger

Für Joshua

Reise ins Gebirge

Ihre Hand. Schmal ist sie, stark ihr Druck. Finger, die seine Finger umarmen, seinen Handrücken aufrichten, während Schnee die Stufen des Zuges befällt, leuchtend liegen bleibt. Das Gesicht der Frau, die jetzt mit ihrer zweiten Hand an seinem Unterarm herauffährt, treffen einzelne Flocken, verfangen sich oder zerlaufen zwischen Haut und Haaren länger als schulterlang. Gestützt tritt Cornelio ins Freie hinab, findet unter seinen Sohlen zuerst weichen, dann harten Grund. Es kommt ihm so vor, als ob sich die Frau in einer Weise selbst Halt gibt, mit dieser Hand, dem immer noch festen Griff. Sachte löst er ihre Finger, *danke*, sagt er, *das war, danke für Ihre Hilfe.* Leise, *gern*, Schnee auf ihren Lippen, keine Worte mehr, von überall her sich verdichtendes Gestöber, sprühender Winter.

Im kleinen Warteraum des Bahnhofs zählt ihm eine einsam tickende Wanduhr die Zeit im Stillen vor. Durch an ihren Rändern glanzvoll beschlagene Fenster sieht er die Frau draußen zuerst Stirn gegen Sturm, dann wieder in die andere Richtung gepeitscht, wird sie sogar langsamer. Sie ist sehr schmal und blass, wie in den Mantel gefallen, kam sie ihm vor, als sie seine Hand und seinen Arm hielt. Sie trägt keine Mütze am Kopf, warum lässt sie ihren grauen Schal flattern, ihre Haare wild in der Luft.

*

Ein paar Jahre ist es her, unter einer hohlen Bettdecke schwer, schlief er wirklich. Greta lag wach einen Winternachthimmel lang, so groß wie das Fenster, das sie mit ihren Blicken durchs Dunkle abtastete. Immer wieder drückte sie ihre Stirn auf die harten Knie, die Fersen an ihre Schenkel, wie zur Schale, *eine harte Nuss*, wird sie heute noch genannt. Streckte sie ihren Arm aus, berührte sie Jannis am Schulterblatt, es hob und senkte sich wie über Wellen, unruhiges Träumen. Seine Locken schienen ihr ohne Licht zu glänzen, *aber an mir, was ist gold an mir, schau mich an*, fragte sie am Morgen. *Was ist nicht gold an dir und uns*, seine Antwort, erschrocken, auf einmal blass. *Jannis, du verklärst alles.*

Der Wind scheucht den Schnee auf, verweht ihn über die Zugstrecke zwischen Stadt und Gebirge. Ab dem Punkt, wo die alten Gleise tief begraben liegen, übersetzt der alte Postbus zwischen Bergen den Landstrich. An seiner Windschutzscheibe haften blinde Flecken, ein schwarzgrauer Schwarm. Die Vögel sollten besser landen, sich an die Bäume halten. Schnell fährt der Busfahrer, als stimmte er seine Fahrt auf klare Sicht ab, wie es sie vielleicht gestern gab oder an anderen Tagen. Ob es der Bus bis ins letzte Dorf im Gebirge schafft, so oder so würde es spät, bis Greta heimkäme. Trotz Rückenweh wird Tante Severine allein mit Flora den Stall machen. Die kleine Melina kann die Schafe und Ziegen zwar schon melken, läuft aber lieber zum weißen Esel Gian, eine Hand voll Heu, versteckte Blätter, ihren Ring von der Straße, *ist das Gold, Greta, der Ring.* Sie nickte, *es ist Gold wert, darauf kommt es an.* Im nächsten Jahr wird Greta dem Mädchen zeigen, wie sie das geschnittene Gras zusammenrecht, Heumännchen formt, wie sie mit Gänseblümchen Ringe anstecken, Margeriten fröhlich um das Kreuz an ihrer Kette binden kann. *Das gefällt Tante Severine, glaub mir*, in der Schule werde sie auch auffallen. *Das tue ich sowieso, Greta.*

Zwei Tage weg vom Hof und Greta vermisst den Geruch von der Backstube, den frischen Broten, einem Butterzopf, den sie heimlich in schwarzen Kaffee tunkt, wenn sie keines der Kinder beobachtet. Schmatzend und schlürfend genießt sie dann die vollgesaugten Brocken im Mund. *Wie das aussieht, Greta*, beschwert sich Tante Severine manchmal. Sie sieht aus wie Jannis beim Frühstück. *Jannis, ich fahre schon heute*, er sagte nichts, damals, vor Jahren, lieh ihr für den Weg zum Bahnhof einen Schirm, den Greta nie mehr zurückgab. Selten regnet es in den Bergen, *aber es regnet so stark wie sonst nirgends*, betonen Flora und Melina jedes Mal stolz, *wie sonst nirgends*, mit Kapuzen und Stiefeln in den grauen Pfützen. Greta selbst unter Jannis' altem Schirm, ihre Haare so nass, als stünde sie auf dem Kopf, unten ein See Regentropfen. *Wie Jannis beim Frühstück sehe ich aus, darum konnte ich ihn ja nicht heiraten, es grauste mir selbst.* Darauf Tante Severine, *Gott sei Dank, ich brauche dich*, bei den Mädchen, am Hof, in der Backstube. Nach acht Jahren trägt der Apfelbaum diesen Winter wieder Früchte, im Garten all die goldenen Kugeln, könnten sie sich den Weihnachtsschmuck eigentlich sparen. Im Frühling hatte Tante Severine eine Flasche um eine Blüte am Baum gestülpt, *für die Zierfrucht im Schnaps*, sonst seien die goldenen Äpfel ja giftig wie Vogelbeeren. *Außer die Apfelkerne, die schmeckten Melina und mir sehr*, widersprach Flora. Vor acht Jahren stibitzten die zwei Mädchen ein paar Kerne aus dem Gärfass, sie hatten Glück, *es war ein Wunder*, erklärt es sich Tante Severine.

Zwei Reihen vor Greta sitzt der Mann mit dem Verband im Bus, angeschnallt, auf dem Kopf einen Hut, ein zweiter hängt von seinem Koffer, ein dritter an seiner Lehne. Verziert sind sie alle mit bunten Federn, es fehlen die Schneckenhäuser, überlegt Greta bei sich, die Luchsohrpinsel, die getrockneten Bienen, das richtige Gefieder, dann wäre es ein wundersamer Hut, vielleicht. Eindrucksvoll mit Hut gleicht der Mann den Erstgeborenen im letzten Dorf im Gebirge. Als er sich zu Greta umdreht, trifft sie zwischen den Sitzen auf seinen schüchternen Blick.

*

Wo Stahlräder feststecken, drehen in Ketten gelegte Reifen durch. Gesunde Füße könnten vielleicht noch weiterstapfen, überlegt Cornelio. Über den großen Berg aber kämen selbst sie spät, frühestens am nächsten Morgen. Alle auf der Reise bleiben im ersten Dorf im Gebirge. Dort gibt es ein Gasthaus, sie könnten übernachten dort. Morgen oder übermorgen sei die Gebirgsstraße sicher frei.

An den Gesichtern der anderen glaubt Cornelio Selbstvorwürfe, Hunger abzulesen, *es war nicht anders zu erwarten, auf dieser Strecke, bei dem Wetter*, murmelt er, da wäre er besser nicht aufgebrochen. Niemand, keine Menschenseele erwartet ihn im Gebirge. Die junge Frau vom Bahnsteig stößt ihn mit dem Ellbogen an, *haben Sie Brot gegessen.* Cornelio nickt, *einen Wecken aus meinem Rucksack. Wahrscheinlich habe ich meine Kleider voller Mehl*, er zieht den Hut. Sie mustert ihn, *schwer zu sagen bei Nacht, ob nicht auch die Haare*, zu seiner Verwunderung streicht sie ihm über den Kopf. *Nein, bloß Schnee, natürlich*, wie einem Kind, dem Fransen ins Gesicht hängen, von vorne nach hinten, seitlich am Ohr hinab streicht ihre Hand. *Aber Sie riechen nach Brot*, das rieche sie, wie es andere auf der Zunge schmecken.

*

In einem der Stockbetten liegt sie oben, der Busfahrer unter ihr schnarcht. Eine Hand aufs Herz, die andere ans Ohr, versucht Greta wegzuhören, in aller Ruhe einzuschlafen. Als wäre sie allein, daheim in ihrem Schlafzimmer. Am Hof dringt manchmal Tante Severines Schnarchen durch zwei Wände durch bis zu ihr, bloß pfeifen hilft dann. *Ich hörte euch bis in den ersten Stock*, schrieb Flora an einem Morgen auf ein Blatt am Küchentisch, Greta hob die Augenbrauen. *Flora hört noch besser, als sie singt*, mischte sich Melina ein, *wie eine Lüchsin hört sie*, und wie ein Vogel singe sie draußen. *Wenn ich schlecht träume, ist Flora immer gleich bei mir.* Wie Lüchse scheu, schüchtern verhalten sich beide Mädchen, wenn Kinder aus der Schule hinter ihren Rücken flüstern, *warum sagt die Flora nichts*, hört alles, *und die Melina ist wie gelähmt im Klassenzimmer*, im Schulhaus, fliegt draußen gleichsam wie eine Biene allen davon, wie der Wind. *Hört einfach weg oder geht schneller*, rät Tante Severine den Mädchen. *Macht euch bekannt mit ihnen*, ist Gretas Rat, *geht langsamer, redet sie an*, im Sonnenlicht, *schaut ihnen ins Gesicht.*

Greta pfeift wie am Hof, aber es bringt nichts, das Schnarchen hört nicht auf. Der Busfahrer schläft auf dem Rücken, er trank am Abend zu viel Wein, Greta viel zu wenig. Nach einer Weile schlägt Greta ihre Decke zurück und steigt über die Sprossen hinab auf den Steinboden, *legen Sie sich doch bitte seitlich hin*. Der Mann schnarcht in einem fort. Gretas Hand an seiner Schulter, schüttelt sie ihn halbwach, *drehen Sie sich bitte auf die Seite*, mit beiden Händen hilft sie mit aller Kraft nach.

Zurück auf ihrem Kopfkissen atmet Greta modrigen Geruch ein, von der Bettwäsche, dem Mauerwerk, wie Luft feuchtkalt am Hals eines Menschen, der eine Weile lang oder länger im Regen stand. Vor Jahren mitten in der Nacht wollte sie Jannis nicht aufwecken, weil sie ihm nicht sagen konnte, *was das mit uns ist*, ein zwei Tanzschritte, Stillstand, oder was es hätte werden sollen, als sie zu ihm in die Stadt gereist war. *Ich weiß nicht, ein zwei Tage zusammen, knirschende Spaziergänge im Park, Musik, Feuerknistern, sobald es dunkel wird und kalt*, wich sie am Morgen aus, Schneeregen vorm Fenster. Jannis schluckte, *also ein paar Tage bloß und dann*. Sie legte ihren Arm um seinen Nacken, den Kopf an seine Schulter. Zuerst zog sie ihm den Mantel aus, dann Schicht um Schicht Schal, Weste, Hemd, als ließe sich der Geruch vom Warten abstreifen. Als sie die Knöpfe seiner Cordhose löste, hob er ihr Kinn, *nicht, Greta, schau mich an. Ich weiß nicht, ein paar Tage, das ist mir nicht genug*.

Der Mann mit Verband flüstert in die Nacht, *danke*, Stunden später beim Frühstück, *ich war kurz davor, selbst aufzuspringen*, sich sein zweites Bein zu brechen. Greta mustert seinen Teller, *haben Sie Ihr eigenes Brot mitgebracht*. Er zeigt auf seinen prall gefüllten Rucksack, *an Wegzehrung mangelt es mir nie*. Ob sie probieren, *wollen Sie probieren, das Brot ist vom Vortag*, zu backen habe er sich selbst beigebracht, es schmecke wirklich gut. *Das rieche ich, ja, aber danke*, lehnt Greta ab, *bloß eins, darf ich das Brot kurz halten.* Mit dem Rücken ihrer Hand klopft sie gegen den Brotboden, es tönt gut gebacken, nämlich hohl, wie es soll, Spuren Mehl an ihren Fingerknöcheln. Später zwinkert der Mann ihr zu, als der Busfahrer seine Augen reibt, *ich tat kein Auge zu, die ganze Nacht lag ich wach*. Greta hakt nach, *sind Sie sich sicher,* und zieht beim ersten Schluck heißen Tee ihre Brauen hoch.

*

Auf der Weiterfahrt im Bus hat die Frau Schal und Haare offen wie gestern, sie streifen die Armlehne. Ihre Finger wackeln im Takt ihrer Füße, während ihre Lippen lautlos Worte klopfen, an einer Stelle eine Art Kussmund formen. Was sagt sie, fragt sich Cornelio, denkt sie an ein Gespräch, das sie jetzt allein fortsetzt. Ob sie singen würde, wäre da eine Stimme, klänge es vielleicht wie ein Lied. Warum sind ihre Wangen so blass wie seine, die Lippen brombeerrot bemalt.

Als sie mit dem Fahrer bloß noch zu dritt im Bus sind, setzt sich Cornelio neben sie. Er räuspert sich, *sagen Sie, wohnen Sie also im letzten Dorf im Gebirge.* Sie schrickt auf, *was sagten Sie.* Ob sie im nächsten Dorf wohne, *wohl das letzte in diesen Bergen. Schon, obwohl eigentlich nicht wirklich*, wenn er die paar Häuser meine, die da um Kirche, Schule und Weberei stehen, wie aufgefädelt, ein bisschen verrutscht, strecken sie ihre Dachspitzen in den Himmel. *Eigentlich wohne ich auf einem Hof ein Stück außerhalb vom Dorf, im wirklich letzten Haus im Gebirge*, und er, wo wohne er denn, sie habe, *ich habe Sie noch nie im Dorf gesehen.* Cornelio nickt, *ich wohne auch am Rand, erst kurze Zeit, in einem kleinen Haus, es gehört noch nicht lange mir.* Ohne ein Wort mehr, als hätte er sie aus Gedanken gerissen, wendet sie sich wieder ab, schaut zu ihrer rechten Hand hinab, als wäre diese Hand ein offenes Buch.

*

Aus ihren fadendünnen Haaren flicht sie rasch noch einen Zopf, legt immer eine äußere über die mittlere Strähne, kein Knopf, lauter Anfänge. Am Ende die Enden festdrücken, den Teig mit Butter bepinselt aufgehen lassen, zeigte ihr Mutter vor langer Zeit, belehrte sie auch Tante Severine, obwohl Greta schon als Kind einen Butterzopf backen konnte. Ihre dunklen Haare sehen ineinander verflochten jetzt dicker, voller aus. An den nächsten Tagen wird sie Locken haben wie Jannis. Beim Aussteigen geht sie dem Mann mit Verband wieder zur Hand, bittet den Busfahrer, ihn im eigenen Auto doch bis an die Tür zu bringen, *kommen Sie gut heim, es wäre wohl zu weit zum Gehen*, sagt Greta noch und macht sich selbst wie immer zu Fuß auf.

Ganz gleich, wie viel sie sich mit Seife wäscht, riecht sie nach ein zwei Tagen bei Jannis nach Rauch. Besonders im Winter, wenn sie drinnen rauchen und manchmal der Ofen Asche ins Zimmer drückt. In ihrer rechten Manteltasche reibt sie an einem Stück Ziegenmilchseife, als könnte sie die letzte Berührung überziehen, aufheben den Händedruck, worin zum Abschied der Kuss lag, den sie sich nicht gestern noch vor Jahren zu geben trauten. Dann drückt sie ihre Finger an Mund

und Nase, spürt Risse, Häutchen abgestorben im Nagelbett und kleine Schnitte an den Lippen, *gewöhn dir das um Himmels Willen ab, Greta. Melina und Flora tun es dir schon gleich*, beschwerte sich Tante Severine vor ein paar Tagen. *Es beruhigt mich halt, statt Zigaretten*, Greta streckte die Zunge mit Lakritz ein Stück hinaus. Tante Severine nickte, *wenn es darauf ankommt, bist du den beiden Mädchen gottlob ein gutes Vorbild. Kaut den Bärendreck, wenn euch andere eine Zigarette anbieten, wie Greta.* Flora war beharrlich, *hast du denn niemals geraucht, Greta.* Einmal gab sie zu, *doch, einmal schon*, immer und viele Male mit Jannis, zuerst beim Grenzstein am Berg, *aber es schmeckt nicht gut*, sieht schön aus, grauweiße Ringe aus Hauch und Rauch, es schmeckt tröstlich.

Bei Tag verlöscht entzaubern sich die Lichterketten, sie hängen über den ganzen Winter länger im Ort als überall sonst. *Das Dorf zahlt halt nichts für den Strom*, klärte sie Tante Severine auf, *eine alte Abmachung mit dem Kraftwerk.* Greta stutzte, *warum fehlt es dann an Geld für eine einzige Straßenlaterne bei uns oben. Nicht genug, dass wir uns die Straße selbst vom Schnee freischaufeln müssen. Auch stapfen wir im Herbst und Winter ab vier am Nachmittag im Dunkeln*, entlang von Zaunzacken hanteln sie sich den Hang steil hinauf zum Hof. Fast wie eine Burg thront ihr Daheim überm Dorf, bewohnt bei einem großen Apfelbaum, hinter einer Eiche. *Haselnuss*, sagte Melina. Greta schüttelte den Kopf, *das ist eine Eichel.* Ob Greta sie unterm Baum gefunden habe, *ja*, antwortete sie der Einfachheit halber, nach einer Pause, *Melina, schenk doch Tante Severine ein paar Eicheln für ihre Taschen*. Die Rückfrage des Mädchens, *wärmen sie, wie Kirschkerne.*

Greta nickte, *sogar sehr*, ihre eigene Eichel, weil sie ihr Jannis einmal am Bahnhof in der Stadt zugesteckt hatte, er bei allen Treffen fragt, *was versteckst du da in der Tasche*, wie einstudiert antwortet sie immer, *sag ich nicht.* Dann sinkt er hinein zu ihren Fingern, *endlich bist du da.* Letztes Mal wich Greta von ihrer einstudierten Wahrheit ab, *es ist nicht mehr die Eichel von dir, Jannis, sie wurde grau, brüchig. Eins der Mädchen brachte mir eine neue*, es war die alte. Er schwieg.

Im Dorfladen besorgt Greta noch Hefe und Nüsse, sie wird am Nachmittag Brot backen mit Flora. Mit Melina, die die Nüsse bitter findet, ist es meistens zäh. *Schon wieder*, wird sie jammern. *Fang endlich an, mehr zu probieren*, Tante Severines Antwort. Das komme davon, den Kindern von klein auf Lebkuchen zu geben, sie selbst bekam nie Lebkuchen, bloß ihr älterer Bruder, Gretas Großvater, der Erstgeborene in der Familie. *Wie lange denn noch*, Melinas kleine Finger in der Teigschüssel, dann an ihrem Mund. *Bis nichts mehr klebt, aber sonst knete halt ich fertig oder Flora.*

*

Vor acht oder in einhundert Jahren, es wäre nicht viel anders, der Sonneneinfall am 21. Dezember zwischen See, Bergrücken und Wäldchen ein schmaler Streifen, auf dem das kleine Haus sitzt, *da ist es*, sagt Cornelio zum Fahrer. Im Kalender fängt der Winter an, fängt die Nacht an zu weichen, Schnee zu härten, viele Wassertropfen in der Luft, an den Zweigen. Kalter Nebel um den See vereist, unzählige Nadeln rieseln leise, letzte Blätter, die am Boden brechen, *bizarr*, murmelt er in Erinnerung an laute Schritte inmitten von Raureif, *bizarr, finden Sie nicht auch, bizarr ist das richtige Wort dafür.* Der Fahrer nickt, *wird schon so sein.* So, nicht viel anders, ob vor acht oder in einhundert Jahren.

Mit einem der letzten Zündhölzer macht Cornelio die Kerze am Tisch, rasch noch die Zeitung zwischen Holzscheiten im Ofen an. Zwei Fingernägel an den Spitzen angesengt, war er zu langsam, das wird ihm wieder passieren, immer wieder, bis sein Bein verheilt ist. Im Winter gefallen ihm zwei Sorten Tee gemischt, heute ein Lindenblütensäckchen und ein Teeei mit Minze, von Frühling bis Herbst wild wuchernd. An Nägeln in der Wand hängen schon die Hüte und Kappen befiedert, darunter ein Hut mit knittriger Krempe aus Stroh. Sein Vater sammelte Hüte, mit ihnen seine Erfahrungen, *was ich nicht unter einen Hut bringe, nehme ich auf die Kappe*, sagte er oft, und dass nichts so sehr beeindrucke wie ein Hut.

*

Eine Kruste aus Reif überzieht ihren Umweg durch den Nebel. Auf dem Häuschen mit dem Mantel aus moosigen, teils fauligen Schindeln liegt ein bisschen Sonne, Licht. An den Fenstern rissige Vorhänge, hinter die Flora und Melina einmal schauen wollten, *bitte, bitte. Von mir aus*, erlaubte es Greta, *es wohnt ja niemand mehr im Haus. Dann schaut halt nach.* Melina lief als Erste zu Greta zurück, ihren Mund offen vor Schreck.

Auf einmal taucht jetzt ein Hut hinterm Fensterglas, jemand auf den sonst so verlassenen Brettern auf, eigentlich fast verlassen, *wir sahen eine Maus*, es war ein Siebenschläfer, besserte Flora ihre kleine Schwester aus. Angestrengt will Greta das Gesicht unter der Hutkrempe ausmachen, wie damals die Kinder die Grundstücksgrenze überschreiten. Wie sie selbst, als sie allein die Holzleiter aus dem Garten an die Schindeln lehnte, durchs Glas auf getrocknete Blumen, ein Kleid mottenzerfressen im offenen Kasten starrte. Sie winkt und derjenige hinter Glas zieht den Hut, winkt zurück. Unter der letzten Straßenlaterne im Dorf vor der Tür des Häuschens erkennt sie den Mann vom Zug, *Sie wohnen ja wirklich am Dorfrand, dann sind wir wohl Nachbarn jetzt.*

Es ist ein Versteck, wohin sie sich aufgemacht habe, er könne mitkommen, *kommen Sie ruhig mit.* Dann schaut Greta nachdenklich auf seinen Verband. *Mit den Krücken kann ich gut gehen, über Stock und Stein*, versichert er. Ob er seinen Fotoapparat mitnehmen dürfe, es sei ja immerhin ein Versteck. *Aber kein Geheimnis, nehmen Sie ihn ruhig mit. Können wir uns eigentlich Du sagen, ich heiße Greta. Cornelio, also mit ganzem Namen heißt du Margareta. Nein, bloß Greta.* Ehe sie weg vom Kiesweg laufen, geben sich die Mädchen immer Küsschen mit ihren Nasen, *weil es doch ein Versteck ist.* Wer die Losung kennt, darf dem Steinmännchenweg folgen, hatte Greta festgelegt. Für einen Moment überlegt sie, ob sie ihren neuen Nachbarn einweihen oder ihn doch nicht mitnehmen sollte. Dann schüttelt sie den Kopf und hakt sich bei ihm ein, *Sie, also du brauchst mich jetzt, Cornelio, glaub mir, aber eine Krücke ist genug.* An ihrer Seite vorbei an dem Strommast, der mit seinen Verbündeten silbergrau die Landschaft durchschneidet, fotografiert Cornelio die Rinde der ersten großen Bäume, *ein bisschen rötlich, wie angerostet*, stellt er fest. Im Winter in diesem immer dämmrigen Stück Gras und Wald seien Hell und Dunkel sowieso wichtiger als die Farben, das sei im Dorf nicht viel anders, *darum bloß mit Bleistift, magst du es trotzdem*, fragte Melina einmal. Greta gefiel diese Zeichnung wie jede des Mädchens, *nicht bloß grau fände ich trotzdem schön*, woraufhin Melina die Baumstämme rot schraffierte.

Als sie nach ein paar Metern zwischen Bäumen krachend auf die bereifte Wiese kommen, geht der neue Nachbar einen Schritt vor ihr trotz Verband auf die Knie. Durchs Viereck, das Cornelios Kopf, seine Schulter, Ober- und Unterarm aufspannen, schaut sie, indem sie ihren eigenen Oberkörper nach vorne lehnt, gleichsam unter seinem Blickwinkel auf den schönsten Platz der Welt. Eine alte Fichte gibt dem Holzbänkchen Rückendeckung, um es herum ragen Reste Schilf, das nicht abgeschnitten wurde, weiße Eisbärte tragende Rohre höher als Kinder, Erwachsene, Greta. Unter den Latten vertrocknet graues Stroh.

*

Mit seinen bloßen Fingern möchte er die breite Sitzfläche bis zur Lehne hinauf abschaben. *Das bringt nichts*, hält ihn die Nachbarin ab, breitet ihren grauen Schal auf der Bank aus, *für ein paar Minuten ist das genug, bloß nicht zurücklehnen*. Genau in die Mitte setzt sie sich, vielleicht weil sie häufig allein herkommt. *Es gab Pläne, da eine Straße zu bauen oder Schienen zu verlegen.* Cornelio wundert sich, *das Bänkchen gefällt mir sehr, wirklich, so geschwungen. Aber ich scheitere, mir an diesem Ort einen Zug vorzustellen*, fügt er hinzu. Nach einem Räuspern sagt sie, *weißt du, ich male mir manch-*

mal einen Zug aus, wie gestern am Bahnhof geht sie jetzt vor der Bank auf und ab, *manchmal warte ich hartnäckig darauf, dass jemand ankommt*, sie seufzt, wieder lässt sie sich auf die Bank fallen, jetzt aber am Rand. In der Mitte zwischen ihnen beiden ein freier Platz.

Schweigsam sitzen sie auf dem Schal, die Füße im Schnee, im Rücken den Wald so nah, dass er an einem Baumstamm seinen Kopf anlehnen könnte. *Alles an mir*, murmelt er lautlos, *fühlt sich so schwer an. Mein Kopf, meine Schultern, meine Arme und Beine*, sie hängen herab, als fielen sie mit dem Schnee langsam auf den Grund. Scheinbar leicht in der Luft, kommt Cornelio vor, verbinden sich die vielen Schneeflocken zu Stricken, binden dann seinen Körper an eine Erde fest, die ihm nicht vertraut ist. Ein Leben lang war er zu leicht. Es rührte sich nicht viel, solange er sich nicht bemühte, waren seine Berührungen ohne Druck, selbst seine Worte ohne Gewicht. Bis er von einem Apfelbaum fiel, ein Biss vom Apfel wog schwer wie Gold im Mund.

*

Was von den Tagen bei Jannis erwarten, wusste sie selbst nicht. *Unendlich viel Schnee*, schrieb er ihr vor Jahren, die Stadt gleichsam bloß für sie beide, *so richten wir es uns ein*. Als Greta in die Bahnhofshalle einfuhr, sah sie ihn auf einer erhöhten Bank warten. *Ich musste einen späteren Zug nehmen und konnte dir nicht mehr Bescheid geben. Bist du denn die ganze Zeit über draußen gesessen*, Schuhe, Hose, Mantel voller Schnee, den es zu ihm unters Vordach geweht haben musste. Jannis zuckte mit den Schultern, *es geht mir nicht wie den Kutschern, sie fahren den ganzen Tag über im Schneefall*, er klopfte die Flocken von seinen Kleidern, *das ist nicht viel.* Während sie noch nickte, kam sie ihm näher, bis sich endlich ihre Nasen berührten, aus dem Nicken ein Wippen wurde, ein Schaukeln ihrer Köpfe, bis die harte Kälte abfiel wie eine zweite Haut.

Noch einmal dort, würde sie ihn auf die Lippen, die Wangen weich küssen, neben den Augen, wo überall sein Lächeln lag, sein Herz, *dein Herz, du trägst es wie ein Kind im Gesichtsausdruck, weißt du das*, würde sie sagen, wären sie an diesem farblosen Wintertag ein graues Liebespaar geworden. Am Abend hätte sie seinen goldenen Lockenkopf an ihre Brust und Schulter gezogen, statt sich rauszureden, *es gibt für mich nicht bloß dich, nicht bloß dich und mich, es ist nicht so leicht.* Was sei so schwer daran. Sie konnte es ihm nicht sagen. Kaum mehr als ein Jahr später heiratete Jannis. Greta zog vom vorletzten ins letzte Dorf im Gebirge. Sie hilft dort ihrer Großtante, Tante Severine, mit den Kindern, fühlt sich ein bisschen erwachsener seither. Alle Besuche bei Jannis sind jetzt ein Geheimnis, jede Begegnung zunächst eine Zurückhaltung. *Bloß eins, bitte sag mir, Jannis, deine Frau wollte dich, war das alles.* Zögerlich antwortete er, *vielleicht, das ist viel.*

Greta nimmt das Gespräch mit dem Nachbarn Cornelio wieder auf, *zum Glück fährt da kein Zug, es sähe trostlos aus, es gäbe ja keine Haltestelle*, niemand würde im Schilf aussteigen. Außer er zieht die Notbremse, weil er Greta im Nebel winken sieht. *Der Schal wird langsam feucht*, lässt Greta aufspringen und übers weiße Feld zum Bach stapfen, der den Grund in Grundstücke teilt, von Stromleitungen überspannt, manchmal von Kinderbeinen. *Aber nicht im Frühling, wenn das Gras wächst. Nicht im Sommer*, schärfte Tante Severine den Mädchen ein, *sonst gibt es wieder Probleme mit dem Pächter, ein böser Mensch*, besprach sie mit Greta, Flora und Melina schon im Bett. *Hast du Gott heute schon gedankt, dass du keinen Mann hast*, seufzt Tante Severine täglich. *Nein, aber ich werde es noch machen*, stimmt Greta dann zögerlich ein. Sie hastet jetzt zum neuen Nachbarn zurück, *warte, du brauchst mich ja, Cornelio*, führt ihn wie eins der Kinder achtsam am Arm zum Wasser. Von ihren zwei Händen zittert bloß noch eine. Am Bach entlang begleitet sie ihn zum Mooshäuschen, vorbei am kleinen Bergsee. Ob ihm in seinem neuen Daheim nicht kalt sei, der Winde pfeife wohl durch alle Löcher, *der Himmel sieht nach Schnee aus, ist das Dach denn dicht.* All das alte Holz vorm Häuschen sei sicher so feucht wie das abgemähte Gras unter der Schneedecke. Cornelio seufzt, *ich war im Herbst kurz da, schnitt die Wiese mit den Brennnesseln ab.* Ehe sie Heu war, habe es geschüttet wie aus Kübeln, *also ließ ich alles liegen, ich musste zurück in die Stadt.*

Komm gern zu uns, es gebe Gerstensuppe. *Das ist freundlich, aber es geht schon, danke, ich könnte sogar noch einen alten Sessel verheizen. Auch bin ich Kälte gewohnt.* Sein Vater habe immer bei der Wärme gespart, und beim Licht, *im Winter war es daheim auch immer winterlich, drinnen fast kälter als draußen, und dunkler.*

*

Sag mir, ob sie ihm noch einmal sagen könne, *deinen kurzen Namen, er fällt mir im Moment nicht ein.*

Cornelio klopft den Schnee von seinen Beinen, hört sie sagen, *Greta*, noch einmal, *einfach Greta*. Von den Mauern reibt er Schnee wie Zucker kristallisiert, legt einen Flecken Moos frei, grün wie die Zeit vor und nach dem Winter. *Ich glaube, die Mauern sind vor allem Moos. Die kleine Tanne verwandelt mein neues altes Häuschen nach und nach zurück in Wald.* Er habe das Gefühl, als störte er im Grunde, als nähme er etwas weg, weiß der Himmel wem oder was. *Gib etwas zurück dafür. Richte eine Schale mit ein paar Apfelstücken, stell sie auf die Schwelle vor der Tür*, schlägt ihm Greta vor, *es gibt Schnecken, die auch im Winter immer reisen. Um ihre Fühler tragen sie Hörner, in ihren Häusern bilden sie Perlen.* Nähme er so eine Perle, stünde Cornelio wieder in der Schuld. *Also nimm keine, so einfach ist das, oder gib wieder etwas zurück.*

Zuerst drückt sie ihre Hand in das Moos an der Mauer, zeigt dann zum Schloss am Hügel hinauf. *Wie das Moos dein Häuschen*, schildert sie, *überwuchert Efeu das Schloss bis weit zu unserem Hof.* Von Efeu heiße es, an heißen Tagen wandeln sich seine Blätter zu Schmetterlingen. Cornelio räuspert sich, *ist das wahr.* Greta schüttelt zuerst den Kopf, nickt dann, *glaub mir, es gibt auch Vögel, die mit Blüten fliegen. An ihren Federästen bleiben Blätter und rosa und rote Blüten von Obstbäumen hängen, sie trocknen in der Sommerluft, verwachsen mit den Vögeln. Ohne diese Blüten wären diese Feuervögel vielleicht Landtiere. So fliegen sie, auch in den Dachstuhl vom Mooshäuschen, davon wirst du noch ein Lied singen können.*

Winter der Apfelernte

Auf den Hügel fällt am Morgen spät die Sonne. Es wird schon gleich, es weicht endlich die längste Nacht des Jahres, sie weicht aus dem Garten, dem Haus, hält sich so lange grau im Zimmer, bis überm Bett eine goldene Lampe brennt. *Greta, komm auf*, Tante Severine steht in der Tür. Irgendwoher, *hörst du das*, Geschrei, *sind das wieder die Katzen.* Tante Severine schüttelt den Kopf, *komm auf, ich brauche dich*, hebt die oberste Decke, die Daunendecke, zum offenen Fenster. Hinter Tante Severine läuft Greta durch den Gang voller Mehlsäcke in die Küche voll süßem Geruch. Durch den kalten Melkraum mit seinen Fliesen an den Wänden bis über den Boden kommen sie barfuß in den warmen Stall, Heu zwischen ihren Zehen. Tante Severines Lippen nah am Ohr, *es ist wie vor Jahren*, flüstert sie, *als Melina, oder früher, als ich Flora fand.*

Im Flechtkorb für Heu am Rücken, wo sich Haare von Steinkitzen verfangen, sitzt ein kleiner, *ein kleiner Bub ist es*, seufzt Tante Severine, *wohl kaum ein halbes Jahr alt. Nach Flora und Melina ist es jetzt schon das dritte Kind.* Greta kniet sich wic Tante Severine neben den Korb hin, legt eine Hand auf die zarte Brust. Sein Herz klopft, als wollte das Kind die ausgestreckten Ärmchen einholen, sie heimbringen. Seinen Hinterkopf gegen den Korb gedrückt, das Heu, lässt nach und nach sein Schreien nach.

Obwohl das Kind nicht mehr weint, bleibt sein Gesicht verzerrt, verzieht sich um Mund und Augen in Schüben immer wieder, seine Augenlider zucken. Auf der Ofenbank, auf Gretas Schoß schläft es beim Geruch von Lebkuchen ein. *Was träumst du jetzt wohl*, flüstert sie, *oder träumst du gar nicht, bist du noch zu klein.* Während Greta den Buben an ihrem Ringfinger nuckeln, schlafen lässt, bestreicht Tante Severine Lebkuchen mit einer dicken Schicht Butter, *für einen Namen ist das Kind schon groß genug.* Ein Zeichen fehle. Flora trug getrocknete Blumenköpfe in den Taschen, als sie klein und mutterseelenallein am Hof läutete, groß schaute, *als wollte sie mir sagen, schau auf mich.* Eingewickelt in ein Bärenfell, völlig unbeweglich lag Melina eines Tages vor der Tür, ihre Hände von Honig verklebt. *Es war früher Morgen, bei beiden, bei allen dreien.* So ein Name könne viel erzählen, *wie das Kind zu uns kam*, könne er sagen, daran anknüpfen, als wäre es sein Geburtstag, der Anfang. *Ich weiß nicht*, hält Greta dagegen, *ist die Geburt oder ein Anfang wirklich so wichtig*, sie schluckt, *ich gehe jetzt die Mädchen wecken.*

Auf, auf, ihr zwei Murmeltiere. Flora vergräbt sich unter ihrer Decke. Melina kriecht hervor, schaut hinab zum Reifen vor ihrem Bett. Draußen lässt sie ihn gern um ihre Hüften schwingen, bei Windwetter bleibt er in der Luft ewig lang. *Habt ihr gut geschlafen*, Greta schüttelt die zwei Daunendecken über den offenen Fenstern aus, *heute schneit es wieder.* Melina ruft, *so stark wie sonst nirgends.* Flora lächelt ein bisschen, wird später mehr erzählen, draußen, unterm freien Himmel. Ein Schritt vor die Tür und sie sagt alles, was sie drinnen nicht sagt oder bloß aufschreibt. Sachte greift Greta der kleinen Melina unter die Beine und Schultern. *Nein, lieber huckepack heute, bitte wie im Heukorb am Rücken*, bettelt das Mädchen.

*

Für einen einzigen Brotlaib, einen ganzen Laib Brot, Cornelio streicht mit Zeige- und Mittelfinger über seinen aufgeklebten Bart, drückt ihn fest. Sein Vater, so liest er wieder und wieder liest er es nach, vererbt ihm das große Grundstück mit allem, was dazugehört, es gehöre jetzt ihm. Gekauft um einen einzigen Brotlaib, vor mehr als einem halben Jahrhundert, bedeutet es viele Schlüssel in allen Größen in seinen Händen. Cornelio schaut aus dem Fenster hinaus, wo unter dicken Lagen Schnee allerlei Wildes wurzelt und wuchert. Durch feuchte Mauern wächst es ins Zimmer herein, über den Boden wuseln Ameisen, rot und wild auf seiner Haut. Er spürt den Wind und Winter durch Glas und Knochen ziehen. Wie um gute Miene zu machen, malt Cornelio mehr und mehr Rouge auf seine Wangen auf, lässt die Wangenknochen unter Farbe und Falten eines gespielten Lächelns versinken. Das Spiel im Spiegel mit Rouge, *viel Rouge, viel Farbe*, sah er bei der Frau seines Vaters, sie sagte immer, *ein schönes Gesicht macht einen guten Tag*, meinte damit, *ein fröhliches Gesicht*, glaubte, die Tage fielen leichter so, *die Farben tragen uns, nicht andersrum*, vor allem im Winter. *Im Gebirge, wo der Frühling spät kommt*, erzählte sie ihm einmal, *lernte ich den Maler in deinem Vater kennen.* Fröhliche Bilder von Zirkusfiguren, mit bemalten Gesichtern, gemaltem Lächeln.

Bald im Morgenlicht, bald im hügeligen Schatten von Bergen an der Morgenseite des Flusses nähert er sich auf Umwegen dem Hof, wo die Frau vom Bahnsteig, die Frau mit dem versteckten Bänkchen am Waldrand wohnt, *Greta, einfach Greta*, heiße sie. Ob sie nach gestern heute schon wieder mit ihm rechnet, ja sich erwartet, dass er als neuer Nachbar sich allen vorstellt, *ich bin Cornelio, einfach Cornelio.* Auf einmal laufen zwei drei vier große Hunde auf ihn zu und umstellen ihn. Er flucht, fuchtelt mit einer Krücke, kauert sich dann im Schnee zusammen, als wäre sein Körper so klein, als könnte er unter einem Hut Platz genug finden.

Ruhe, hört er Greta laut sagen. Sie bückt sich unter seinen Hut, küsst ihn auf die Stirn. *Bilde dir nichts darauf ein, so grüßen viele Menschen im Gebirge.* Ob er denn Angst vor Hunden habe. *Vor nichts anderem habe ich so große Angst.* Und ob er denn ihren Kuss, *ist es höflich, einen Kuss zurückzugeben.* Greta nickt, *unbedingt, aber bloß ganz kurz*, zwischen Händen an Schläfen und Wangen, wie hinter Scheuklappen, wird es für einen Moment ganz warm. Als er wieder um sich blickt, sind die Hunde fortgelaufen. Im Gesicht spürt Cornelio warme Abdrücke, Gretas Hände längst schon wieder in den Manteltaschen, ihre Lippen hinterm grauen Schal.

Je näher Cornelio und Greta dem Hof kommen, umso mehr dringt ein süßer Geruch in seine Nase. Er könnte ihn, stellt er sich vor, auf der Stirn schmecken. Über gefrorene Stufen erreichen sie eine Veranda mit einem Tisch angezuckert, einer Schaukel in leichter Bewegung, als spürte sie den Wind oder die Hand eines Kindes vor ein paar Augenblicken. In einer stillen Ecke neben der Haustür steht eine Milchkanne als Vase. An den Früchten aufgeplatzt, die an Zweigen in eine graue Lache reichen, entdeckt er ein Nest gefiederter Sporen. Sie riechen gut, *wie, irgendwie wie Nelken riechen sie oder wie Kakao, eine Mischung*, murmelt er, seinen

Kopf tief über Zweige und Früchte gebeugt. Auf einmal flattern ihm alle Sporen weiß ins Gesicht, aus dem Augenwinkel sieht er eine fliegende Katze, sieht dahinter einen Besen in hohem Bogen in die Luft schwingen.

Wie ein Feuerwerk schießen die Blicke der alten Frau im Türrahmen durch und über Brillengläser hinweg auf Cornelio. *Tante Severine, schau, unser neuer Nachbar vom Mooshäuschen beim Schloss, wir lernten uns auf der Reise aus der Stadt kennen*, Greta wischt die Sporen aus seinem Gesicht, *er heißt Cornelio.* Ihre Fingernägel in den Besenstiel gekrallt, fragt die alte Frau, *sind Sie der Vater, alt genug wären Sie schon lange*, wie eine Peitsche pfeift ihr grauer Zopf von einer Schulter auf die andere. Cornelio räuspert sich, *ich habe keine Familie, auch keine Kinder.* Donnern würde es, schlüge dieser Zopf wie ein Blitz gegen die Wand, die Wange eines Vaters, wie ihn die Frau im Sinn hat. Cornelio langt in seinen Rucksack, *also ich habe etwas mitgebracht, ein Apfelbrot*, hart wie ein Stein spürt er es ins Papier gewickelt wie eingefroren, *die Nacht im Häuschen wurde ihm wohl kalt*, seine Entschuldigung. Als Cornelio gestern den Kachelofen absperren wollte, war schon alle Wärme verflogen, aus den Fensterlöchern fortgepfiffen. In den Zimmern drinnen Winterwind. In Decken gewickelt, fror er, wachte auf im feuchten Nebel, die Gläser angelaufen. *Komm rein*, Greta gibt ihm einen kleinen Stoß, *bei uns taut das Früchtebrot schon auf*, leiser, *und du auch.*

Im Zickzack windet sich Cornelio im süßen Halbdunkel um die Hunde herum, an Waagen, Packungen mit Mehl oder Zucker vorbei bleibt er vor einer Regenbogenwand aus Glas stehen, dahinter alle Kugeln in allen Farben und viele Lichter. *Nimm eine Farbe aus dem Regenbogen*, flüstert Greta und löst dann selbst einen Farbstreifen von der Wand ab. Durch den Spalt sichtbar nichts als Glas und Kugeln, zerbrechlich und farblos. Dahinter noch mehr aus Glas, *selbst der Weihnachtsbaum in der Stube, es ist ein Glasbaum.* Greta drückt sein Kinn ein Stück höher, *siehst du durchs viele Glas durch*. Mit großen Augen schaut er auf den lebendigen Baum draußen hinter Glas, Gläsern und Fensterglas im Freien unterm Schnee, *der Baum draußen hat goldene Äpfel.* Greta nickt, *alle acht Jahre, immer im Winter.*

Warum so viel Rouge, Greta stellt die Frage zuerst, eine Tasse Tee auf dem Tisch beim Glasbaum. *Ich weiß nicht, blasse Haut, wenig Blut,* er fragt zurück, *warum trägt Severine so viel Rouge, mehr als ich*, er nimmt einen Schluck, *das ist, glaube ich, zu viel für mich.* Als er die heiße Tasse abstellen will, zieht Greta sie, noch in seinen Händen, zu ihren Lippen, rückt auf der Bank ein Stück näher. *Tante Severine, sie heißt für alle und immer Tante. Sie trägt nie Farbe, schon gar nicht im Gesicht. Sie hat sich ein bisschen aufgeregt, eigentlich ist sie sonst sehr blass.* Bei Greta wie bei ihm ziehen sich glitzernde Fäden vom Tassenrand zu den Lippen. Tante Severine putze jeden Morgen das ganze Haus, selten gehe sie mehr als hundert Schritte weit vom Ofen weg, von den Kindern. *In meinem Fall ist sie wirklich die Tante, die Großtante.* Tante Severine, knüpft Cornelio an, vergesse wohl nie, den Ofen abzusperren. Das erkläre ihre Verwunderung. Greta verneint, *bei einem Mann erwartet sie eigentlich nicht viel, ob Vater oder nicht, im ersten Fall fast noch weniger.*

Auf einem Apfelbaumzweig hockt eine graue Krähe, will sich festhalten, festwachsen wie eine Statuette in der Stadt thront sie doch bloß für Sekunden, bis sie der Luftzug wieder und wieder verweht es die Arme, *arme Krähe*, sagt Cornelio. Greta teilt den verglasten Ausblick, *die Krähe spielt, sie spielt bloß*, mit dem Wind mischt sich ein honigblondes Mädchen, keine zehn Jahre alt, ins Bild mit Baum und Vogel. Füße in der Luft, schwebt sie um den Baum, wie beflügelt von Cornelios Krücken. *Das ist unsere Melina.*

*

Schau, ich bringe dir Tee, mit einem Löffel Windbienenhonig. Greta streckt die Tasse durch die Zaunlatten, dahinter Flora mit den Schafen und Ziegen, ein breites Stirnband über ihren verdrückten roten Locken. Gleich wie kalt, wie nass, wie nass und kalt, Flora hütet die Tiere. In allen Winternächten kommt das Vieh in den Stall, bei unter zehn Grad bleibt es den ganzen Tag dort. Nicht seinetwegen, das zottelige Fell hält auch draußen warm genug. Wegen Flora, die kein Wetter davon abhält, selbst nachts Wache zu stehen. *Melinas Spieluhr geht wieder nicht. Es ärgert sie grün und blau und blau und grün*, Greta atmet die kalte Luft ein, *du weißt ja, Flora*, sie steigt über den Zaun, *für ein paar Minuten läuft die Musik, dann bricht sie wieder ab. Der neue Nachbar vom Mooshäuschen, Cornelio heißt er, versucht die Spieluhr zurechtzudrehen*, im Gegenzug kriegt er seine Krücken zurück. Langsam schmelzen in Gretas Händen Schneeflocken in der weißen Wolle der Schafe an ihrer Haut. Floras Stimme hüpft, immer ein bisschen, als würde sie eigentlich singen, *es gefiel mir, als Melina mit den Krücken tanzte*, im Schnee versunken, die Füße in der Luft, als würde sie eigentlich, *eigentlich schwebt sie dann.* Greta stimmt zu, *das stimmt, aber besser kein Wort zu Melina, der Lauser würde dem armen Nachbarn die Krücken wieder und wieder wegnehmen, und er braucht sie ja wirklich.*

Ihre Spieluhr unterm Arm eingeklemmt, geht Melina mit den zwei schwarzgrauen Eseln rechts und links, Cornelio führt trotz Krücken den weißen Esel Gian an einem Strick auf die Weide. *Gib Acht*, ruft Flora dem neuen Nachbarn zu, *streich ihm nicht über die Ohren, sie sind wund, er reibt sich an den Ohren immer auf.* Der weiße Esel sei sehr alt schon, vor Jahren erblindet, sagt Flora, ohne sich selbst vorzustellen, *seitdem geht Gian mit den Ziegen und Schafen, sie zeigen ihm die besten Flecken zum Grasen, die Krippe, wo wir sie mit Heu versorgen. Die zwei Eselinnen, seine eigenen Kinder sind es, lassen ihn nicht mehr zu sich. Aber unsere Ziegen, sie schauen gut auf ihn.*

Von Greta mit einem Schneeball eiskalt erwischt, stellt Melina die Spieluhr endlich ab, zieht die Mütze über ihre Ohren wie einen Schutzschirm. Über ein paar Schafsköpfe trifft es einmal noch Flora, zweimal Cornelio, dann den alten Gian zwischen den Ziegen. *Verzeih mir, alter Gian*, Melina klopft dem Esel auf den Rücken, mit frischem Schnee entlang der Wirbelsäule wieder fast so weiß wie früher.

Den kleinen Buben im rechten Arm, öffnet Tante Severine mit der linken Hand das Gatter, lässt zwei Kitze auf die Weide springen. In ein paar Jahren lassen sie sie zwischen Felsen frei, höher als das Dorf, hoch oben im Gebirge. Sie hüpfen jetzt zu ihrer Amme, ihrer Ziehmutter, und zerren an den Zitzen mit Milch. Die fremden Kitze nahm die Ziege an, als wären sie die eigenen. Wären sie Hausziegen wie sie, wären sie schon ganz richtig, am rechten Ort. *Das Apfelbrot, das Sie uns gebracht haben. Es ist jetzt weich*, Tante Severine mustert Cornelios Gesicht, *fast schon zu weich für meinen Geschmack*, als er, Schnee im Nacken, neben ihr steht. *Ich frage mich, was wir Ihnen schulden.* Verwundert schüttelt er den Kopf, *natürlich nichts*, Schnee rieselt ihm den Rücken hinab, ein kalter Schauer, *das war ein Gastgeschenk.* Beschämt mischt sich Greta ein, *weißt du, Cornelio, wir kriegen eigentlich nie solche Geschenke. Also Brot oder Kuchen, wir backen das alles selbst und verkaufen es im Dorf. Bis jetzt hatten wir niemanden als Nachbarn*, sehr selten komme jemand vorbei. *Gott sei Dank selten*, murmelt Tante Severine so leise, dass es Gott sei Dank bloß Greta hört.

Zusammen mit Melina begleitet Greta den Nachbarn noch ein Stück des zugefrorenen Weges. Es sei eigentlich nicht gut so für ihn mit seinem Bein, ganz allein. Er winkt ab, *das Alleinsein macht mir keine Angst*, nicht einmal jetzt, nicht einmal so, *aber*, er zwinkert Melina zu, *die Krücken müsst ihr mir schon lassen.* Obwohl in jeder Stirnreihe die Kleinste, schafft es Melina auf Zehenspitzen, die Arme hochgestreckt, dem Nachbarn ihre Spieluhr ans Ohr zu halten. Cornelio lächelt, *ist es ein Winterlied, singt ihr es auch manchmal.* Melina nickt, *draußen im Obstgarten, unterm Apfelbaum*, damit Flora auch mitsingt, *es ist ein Jahreszeitenlied*, es sei vier Strophen lang, wie ein Jahr. Die Spieluhr habe Greta Melina an Weihnachten geschenkt, es war zugleich ihr Geburtstagsgeschenk. *Ohne Rauschen kein Radio in den Bergen*, Cornelio werde schon noch sehen, wie anders es ist als in der Stadt. Warum sie glauben, dass er, *dass ich ein Städter bin.* Greta hebt die Brauen, *das sehen wir, du klebst dir einen Bart auf.*

Wieder Melina, *im Dorf wachsen Bärte brustlang oder länger.*

Wo der Schotter in löchrigen Asphalt übergeht, biegt Greta auf den Weg in den Wald ab, bittet Melina, *richte bitte Tante Severine aus, dass ich im Dorf noch Zimt besorge.* Verborgen ist das Bänkchen, die Zeit dort, außer für die Mädchen, den Nachbarn, Greta. Melina spaziert ein weiteres Stück weit mit Cornelio, umarmt ihn zum Abschied, wie Greta ein kurzer Blick über die Schulter verrät. Wie oft, wenn sie sich freut, wackelt das Mädchen mit den Ellbogen, die Unterarme an ihre Brust geklemmt. Es gibt wenige, so gut wie keine Männer in ihrem Leben, keinen Vater, Onkel. *So hat es auch sein Gutes*, ist Tante Severine überzeugt, *bei dir war es doch ganz gleich*. Anders war es, es gab Jannis.

An das Bänkchen gelehnt, merkt Greta, wie ihre Lider schwer werden. Natürlich kommt Jannis nicht. Warum wartet, erwarte sie, dass er dasitzt, verschneit, wenn sie kommt. Ihre Finger in den Schnee bis zu den Holzlatten getaucht, öffnet Greta ihre Augen. Rauch in der Luft wie von einer Dampflok, einer Reise von dort nach da, da wären sie, Greta und Jannis, Jannis und Greta. Vom Himmel auf den Grund segelt sie mit Blicken einer Feder nach, hebt sie hoch, ehe sie schwer landet. Ihre Zweige mehr um einen Mittelpunkt als um eine Achse angeordnet, erinnert die Feder an einen Blumenkopf. Die Blüten, stellt sich Greta vor, machten sich gut auf dem Hut des Nachbarn. Sorgfältig heftet sie sich die Feder hinters Ohr, an die Stelle, wo Jannis vor Jahren, *Jannis, was machst du da.* Er lege Küsse für sie für später bereit, erklärte er, *wenn wir erwachsen sind, uns nicht mehr jeden Tag sehen.* Ob er wisse, wie sich das anfühle. *Wie Käfer, kleine Käfer überall, fühlt sich das an, oder.*

Wenn es anfängt zu schneien, zum ersten Mal im Jahr, empfinden die Flocken die Formen der Gräser und Steine nach. Annähernd so gründlich wie der Reif, der vom Größten bis ins Kleinste alles nachzieht, von allen Seiten, Spitzen und Kanten verhärtet. Wenn viel, lange und länger Schnee fällt, sind Steine und Gräser irgendwann überformt, sammelt, zeichnet die Wiese alle Stapfen überdeutlich aus. Von Cornelios Haus, dem alten Mooshäuschen, wo es in den Zimmern dunkel ist, führt im Licht der letzten Straßenlaterne eine frische Spur zum Schloss. Zögerlich schlüpft Greta in die Abdrücke der Stiefel. Gesäumt von Löchern, wohl von Krücken, wandert sie den steilen Hügel hinauf. Niemals mit Schlüssel verschlossen steht das Tor in den Schlossgarten einen Spalt weit offen, ein Stück weiter als sonst.

*

Also ich schaute mich bloß um, erklärt sich Cornelio, auf die Steinmauer gestützt, ein bisschen heiser. Seinen Arm, sein Bein streifend bückt sich Greta hinab, schaut, wo ein großer Stein fehlt, hinaus zum See, *weißt du, der Schlossherr starb vor einer Weile, sowieso war er nie da. Früher verbrachte seine Frau mit ihrem Kind im Gebirge den Winter, und ein paar Tage im Frühling und Herbst war sie allein da.* Die Fensterläden auf der Ostseite seien, einer nach dem anderen, aufgeflogen, *am Abend, sagte mir Tante Severine, habe lange das Licht in vielen Zimmern gebrannt.* Cornelio lächelt, hell bis spät in die Nacht, bis zum Morgen, das leuchtet ihm ein. *Ob die Frau bei Licht geschlafen hat, wer weiß, vielleicht hatte ja ihr Kind Angst im Dunkeln oder sie selbst*, fährt Greta fort, ohne sich zu Cornelio umzudrehen. Niemals sei es finster gewesen, als Tante Severine vom Hof wie zum vollen Mond hinaufschaute, nie, ganz gleich, wie spät oder wie früh, sei es hell im Schloss gewesen.

Dichter werdende Vorhänge aus Schneeflocken ziehen sich über ihren Köpfen zu. Greta löst ihre kalte Wange vom Stein, kommt mit weißen Schulterpolstern wieder in Augenhöhe, *wir müssen unters Dach*. Verfroren stimmt Cornelio zu, geht voraus. Sie hält ihn zurück, *nicht bloß unters Vordach, dort findet uns der Wind*, einmal in den Bergen, schaffe er es durch alle Spalten, in jeden Ritz, überallhin, *wie Wasser*, Schnee. An Orten, wo die Sonne Wochen, Monate lang nicht hinlangt, einen ganzen Winter lang nicht, rüttle der Wind im Gebirge.

Seine Locken wie wehende Wipfel in aller Herren Lüfte, sein Bart wie ein totes Blatt verweht, fragt er, *sag, welches Dach meinst du.* Mit den Krücken zeichnet Cornelio wie in einem weißen Meer Wellen im Wind von überallher. Ob er über seinem Kopf, *schau*, mit Vögeln bemalte Fensterläden sehe, unterhalb ein Spalierobstgerüst, es sei aus Metall, wohl zur Zierde, *für uns ist es eine Leiter jetzt. Hinter den Läden gibt es keine Fenster, fast wie in deinem Mooshäuschen.* Greta schüttelt den Schnee von ihren Kleidern, zerdrückt ihn auf ihrer Nasenspitze, *jetzt bin ich, glaube ich, leicht genug*, die Sprossen hochzuklettern fällt ihr gar nicht mehr schwer. Ihren Arm mit kalter Luft von oben zwängt sie unter die Fensterläden, *da ist ein Haken, gleich habe ich ihn.* Zwitschernd schwingen die Vogelläden auf.

Mit einer echten Feder, glanzvoll, winkt Greta zu ihm herab. *Mir kommt vor, du bist geflogen, so schnell, wie du oben warst*, er strahlt verwundert. Sie schickt die Feder zu ihm in die Tiefe, *für deinen Hut, jetzt du.* Ehe er sichs versieht, reißt ihm der Wind die Feder aus der Hand, *wie soll ich das anstellen. Schau mich an, mein Bein ist steif.* Greta zuckt mit den Schultern, *du hast ja die Vogelfeder*, und verschwindet hinter den zugeschlagenen Fensterläden. Sachte fischt er die Feder aus dem Schnee, als würde er aus fester Erde eine Blume mit Wurzel, ohne die Wurzel pflücken. Er steckt sie unter die Hutkrempe hinters Ohr und hat, während sich an seiner Haut der Stiel wärmt, Schnee schmilzt, gleich ein paar Töne im Kopf. Ohne Gretas Blicke zieht Cornelio aus seiner Tasche den großen Bund mit Schlüsseln, probiert bei der ersten Tür ein paar Schlüssel durch, bis der feinste mit unendlich vielen Zacken passt. Zwei vier acht Mal dreht er ihn im Schloss durch, dann knarzt es und die Tür ist offen. Mit einem Schneewirbel im Rücken stolpert er vom Vordach unters Dach, in ein Zimmer ohne Fenster. Mit Lampen unter Stoffschirmen ist es alles andere als dunkel.

Als ob er auf Moos wandern würde, wird jeder seiner Schritte im Schloss gedämpft, sind bloß von oben Klopfgeräusche zu hören, so regelmäßig wie das Pendeln einer Uhr. Über Teppiche steigt er langsam die Treppen hoch, vorbei an den Zirkusbildern. Rahmen an Rahmen verkleiden sie wie eine lebendig frohe Tapete die Wände bis zur Decke. Ein breites Fenster zeigt ihm sein Mooshäuschen am Ufer, den kleinen Bergsee, zu dem er bald laufen wird, ohne Verband rundherum, wird er im Frühling bis zur Kugel mitten im See schwimmen. Der Spiegel von Kugel und Wasser fängt alles ein, seine großen Augen, die spitze Nase wie rund, andere Gesichter, die gespiegelt mit seinem Lächeln spielen und mit seiner Nase, seinen Augen.

Ein Zimmer nach dem anderen durchstreift er, berührt mit den Fingerspitzen, Handflächen die samtigen Möbel, Stoffe in allen Farben, keiner so weich wie der Boden, den er durch seine Stiefel hindurch spürt. Kaum etwas sagt ihm etwas, nichts verraten die Figuren und Vasen, die jeden noch so großen Saal voll machen, im Licht vieler Lampen. So viele, dass es hell ist, es darf niemals dunkel sein und still, schon gar nicht still. Das leise Klopfen im Takt wird hinter seinem Rücken lauter. Auf einmal hört es auf. Cornelio dreht sich um und schaut Greta ins Gesicht, *was machst du da.* Eigentlich müsse sie ihn das fragen. Ob er also doch hochgeklettert sei, durch welche Türen er sie überholt habe. *Ich streue Kieselsteine*, erklärt sie dann, *damit ich wieder zurückfinde. Sich in diesen bunten Zimmern zu verlieren, es geht schnell. Für ein Zimmer genügen die Steine in meiner Tasche noch.* Cornelio schüttelt den Kopf, *du gehst ja barfuß, ist dir nicht kalt.* Ihre Zehen trippeln, *natürlich. Aber denk daran, Cornelio, es ist nicht mein Schloss.* Wenn es so wäre, dann wäre sie, *dann würde ich erst recht barfuß gehen*, nach einer Pause, *komm, zieh deine Stiefel aus, stell sie neben dem Steinmännchen ab.*

Auf bloßen Sohlen folgt er Greta in ein kleines Zimmer mit Schreibtisch, darauf Briefpapier, farbig bedruckt, die dicken Vorhänge offen. Zwischen seinen bloßen Fingern befühlt Cornelio das raue Papier, wo die Tinte, wie er weiß, wie ein Gewächs grünblau ausfranst, wenn er, *pass auf*, sagte sein Vater immer, *Papier ist wertvoll, verschwende es nicht.* In seinem ganzen Leben habe er noch keine zehn Briefe verfasst. Auch Greta sei keine Briefeschreiberin mehr, *ich war es einmal, ein bisschen*, sie runzelt die Stirn, *inzwischen hat*

Flora fast alle Post übernommen. Makellos ahmt Flora meine schiefe Schrift nach. Cornelio lächelt, *bring ihr ein paar Blätter mit, es wird bei dem Haufen sicher kein Blatt mehr vermisst.* Es wäre ein ungeschriebener Brief weniger auf dem Tisch.

Auf Zehenspitzen zieht Greta einen Kreis um ihn herum im moosigen Teppich, *tanzen wir, Jannis*, sie räuspert sich, *Cornelio, meine ich. Was meinst du, wie die Zirkusfiguren auf den Bildern.* Er zieht den Hut. Sie nimmt ihm die Krücken ab, nimmt seine Hände, hält sie fest. Langsam drehen sie sich, um sich selbst, rundherum, schnell und schneller halten sie sich beide auf dem Boden liegend wieder, als würden sie noch tanzen. *Alles in Ordnung bei dir, deinem Bein.* Dann streicht sie ihm die Locken aus dem Gesicht, *ohne Bart ist es besser*, und küsst ihn wieder wie ein Kind auf die Stirn, *gehen wir die kleinen Kieselsteine einsammeln*, es seien, *es sind genau einhundert. Die großen Steine, die Männchen bleiben. So weiß ich, wo ich schon war.*

*

Als dränge der Winternebel vom Tal herauf zwischen die vier Wände in die Küche herein, hat sie noch immer kalt an den Füßen. Während Greta den Teig auswallt, fährt Flora wortlos die Falten ihrer Bluse entlang, zerknittert, *als hätte sie eine Kuh im Maul gehabt*. Greta hält inne, das hat sie bei Jannis auch gemacht, als er noch studierte, keiner seiner Kittel gebügelt, glatt war, *viel zu viel Aufwand, wozu. Wozu überhaupt studieren. In den Hörsälen und Laboren, dort lerne ich nicht, was ich brauche*, sagte Jannis. Die Tiere werden zuerst aus der Natur, dann durch Herz und Nieren geschnitten, *in den Laboren, dort lerne ich nichts mehr, ich muss ins Freie, gehen wir hinaus*, oder, den weißen Kittel um ihre Schultern gelegt, *schlaf mit mir, Greta*. Rund ein Jahr später, alle seine Kittel bei neunzig Grad gewaschen, gebügelt, gestärkt, beendete er das Studium, *ohne viel vom Leben zu wissen. Oder von der Liebe, das meine ich ernst, Greta.* Herbstnebel bis zum Hals, als er heiratete, waren ihre Füße fast unsichtbar.

Mit dunkler Schokolade kleben sie die Lebkuchenteile zusammen, mit einem Spritzsack trägt Flora die Ziermuster auf. Auf das Dach und neben das Hexenhäuschen steckt Melina lustlos ein paar Zimtsterne und Mandeln, *mir ist so schlecht.* Greta seufzt, *es wundert mich nicht, Melina*, vorm Backen habe sie fast alle Fensterläden aufgegessen, *und den halben Schornstein.* Auf die Fensterläden, die übrig sind, spritzt Flora Vögel auf, als wüsste sie, wo Greta war, schon wieder, als wäre es ihr Schloss, klettert sie dort ein und aus.

Sachte macht Greta zuerst eine Schublade auf, dann eine Zündholzschachtel, darin Figuren, die übrig sind, Schwester und Bruder, eine graue Katze. *Sag, Tante Severine, wo ist die Hexe hin*. Die alte Frau schüttelte den Kopf, *eine Hexe, damit die Eltern aus dem Schneider sind. Da spiele ich nicht mit.*

Auf Cornelios Fragen, woher Flora und Melina, ja, der kleine Bub, wie, warum auf den Hof, wusste Greta keine Antwort. Von den Kindern am Hof lässt sich nicht wirklich sagen, dass sie sich verlaufen haben. Die Eltern brachten sie her, aus dem Dorf den Hang zum Hof hinauf, stellt sich Greta vor. Weil sie zu spät oder nie laufen lernten, ohne Grund schrien, auf einmal keinen Ton mehr von sich gaben, meint Tante Severine, *weil es ihnen an Kraft und Ausdruck fehlte*. Auf eine

Art und Weise haben sie sich doch verlaufen. Flora und Melina wissen nicht, wo ihr Daheim war, und finden nicht mehr zurück, *sie sind jetzt am Hof daheim.* Tante Severine glaubt, *bei unserem Buben wird es ganz gleich, nicht viel anders sein. Nennen wir ihn Chaspar, das ist ein guter Name für das Kind.* Im Steinwildkorb im Stroh habe sie einen goldenen Chaspar gefunden. *Chaspar heißt Luchsstein, es heißt, so ein Stein entstehe, wenn Luchse ihren Urin mit Erde bedecken.* Vielleicht haben ihm die Eltern den Stein zugesteckt, *zum Abschied, wer weiß, oder ein Luchs war bei ihm auf der Reise.* Ob Tante Severine denn, hakte Greta nach, glaubt, der Bub sei wie ein Steinkitz im Korb über die Berge getragen worden. *Wer weiß, jedenfalls steht seitdem ein Korb mehr in unserem Stall oder täusche ich mich.*

Über die Jahre durch viele warme Kinderhände gereicht, verhüllen die Gesichter der Figuren vom Lebkuchenhaus, wer der Bruder, wer die Schwester ist, ob sie verwundert, erschrocken sind, lachen oder weinen, wie sie da an den Zimtstern gelehnt stehen, ihre Füße abgebrochen, versteckt im Schneeeiweiß.

Vor acht Jahren

Außer Atem lässt Greta sich auf die Bank neben dem Grenzstein fallen, *komm, mach die Packung auf, Jannis.* Den weiten Weg über den Berg geschmuggelt scheint jede der Zigaretten zu lang, kein Zug so kurz, dass sie nicht husten müssten, sie husten nach jedem Zug, *jetzt du. Nein du, Greta.* Nach der Hälfte zerstampfen sie die Zigarette. Verschnaufen kurz, es ist noch weit bis ganz zurück zu ihren Ziegen, zu seinen Schafen, ein weiter Weg, *aber ich bekomme so schlecht Luft.* Gretas aufgeraute Stimme, *selbst schuld, wir sind selbst schuld. Wir haben zu viel auf einmal geraucht.*

Unter einem großen Schwarm schwarzgrauer Vögel steigt sie mit Jannis durch den lichten Wald hinab zu den Weiden. *Das sind Bergdohlen da oben, sie ziehen die Konturen der Felsen nach*, erklärt er, *schau.* Schreiend stürzen die Vögel in die Tiefe und fangen sich gleich wieder für eine Zeichnung des hohen Gipfels, *wir brauchen eine Stunde, die Bergdohlen keine Minute.* Greta nickt, *sie fliegen mit dem Wind, wir gehen, wo es geht, vom Wind geschützt.* Ob er das auch höre, sie packt Jannis am Arm, *sind das deine Schafe, Jannis, hörst du das Blöken.* Er zeigt hinunter, *ich glaube, es ist ein Mutterschaf, es muss ein Lamm verloren haben.* Kreuz und quer laufen Greta und Jannis den Berg hinab, ohne Pfad, *mit dem Wind, jetzt spüre ich ihn auch, Jannis.* Als wären sie federleicht, erreichen sie scheinbar mühelos die Weiden mit ihren Herden. Sie sehen, wie das Mutterschaf blökend von Wiesenkuppe zu Wiesenkuppe hastet. Bei jeder Rast hängen drei

Lämmer an ihren Zitzen, *aber sie sucht das vierte, es ist die Mutter mit den vier Jungen.*

Zur rechten Zeit am rechten Ort gefehlt, schließen sich Greta und Jannis der Suche an, beschließen nach der ersten die zweite Weide, die vor allem Gretas Ziegen versorgt, von oben bis unten abzulaufen. Murmeltierpfiffe machen Jannis nervös, vielleicht sei das Lamm abgestürzt, *und der Adler.* Greta will beschwichtigen, *wir finden es*, stolpert tapfer einen Steilhang hinab, stolpert wieder, verliert ihr Gleichgewicht. Wütend strampelt sie am Waldboden mit ihren Beinen, ihre Knie aufgeschlagen an ein paar Kieselsteinen, obwohl ganz rund, glatt, es wären eigentlich Steine für Jannis' Sammlung.

Voll mit Dreck, feuchter Erde, zerrissenem Gras klammert sich Greta an Jannis, der sie hinter sich hinaufzieht, *ich bin so ein Rindvieh, es tut mir leid.* Zurück auf der Weide kein Blöken mehr, vor ihnen das Schaf mit ein zwei drei vier Jungen, *es sind vier, zum Glück*, Jannis lacht, *Greta, ich bin auch ein Rindvieh, zum Glück ist nichts passiert.* Von ihrer zerkratzten Haut, den verfilzten Haaren löst sich die Schmutzkruste wie von selbst vom Kleid im kalten Bach in den Bergsee auf. Hinter ihr reibt Jannis die Grasflecken von den Kieselsteinen. Auf einmal spürt sie seine Hand an ihren Schulterblättern, wie seine Finger ein Blatt von ihrem Nacken zupfen, *lass das, Jannis. Hängst du mein Kleid in den Wind*, dann trockne es mit dem Wind, spiele wie die Vögel, *dann ist es früher als morgen staubtrocken.*

Am Abend beim Feuer bringt sie keinen Ton aus ihrer Blockflöte, *mir geht die Luft aus. Die Lehrerin wird mich fortschicken, schon letztes Mal sagte sie „Greta, mach doch bitte Platz für Kinder, die fleißiger üben als du". Mir ist es gleich, ich brauche die Luft sowieso für anderes, das ist mein Trost*, sie gibt Jannis die halbe Zigarette, umspielt sie nach ihm wieder selbst mit ihrer Zunge. Sie schmeckt anders danach.

*

Sei bitte leise, Jannis, ich mag auf die Gerüche achten, es rieche immer so gut im Frühling. Auch keine Zeichen, *bitte Jannis*, das wäre ja das Gleiche, irgendwie sei das ja wie reden. Einmal werde sie inmitten von Lavendelfeldern für ihre Mutter einen Geruch erfinden, ein Parfüm, das ausdrücklich bloß zu ihr passt. Greta hebt ihr Kinn und forscht die Duftnoten der harzigen Zirben aus. Mit geschlossenen Augen hört sie in ihren Kopf und Körper hinein, in ihren Traum von letzter Nacht. Fröhliche Töne für ihre Ziegen aus der Blockflöte, Greta spielte sie ganz aufgeregt. Wie von selbst schloff ihr die Flöte aus den zittrigen Händen, glitt zwischen ihre Beine, schwang in einem Atemzug durch Bauch und Brust hoch über ihren Mund ins Freie, mit Tönen, die anders klangen. *Sag, was summst du da, Greta*, Jannis drückt seine Hände zu Fäusten gegen seine Stirn, *das ist das Jahreszeitenlied, richtig, mein Locklied für die Schafe*, Jannis seufzt, *nicht dass uns diese Lauser jetzt ins Dorf nachlaufen*, wo sie die Herden doch gerade erst auf die Weiden getrieben haben.

Statt Gemecker tönen tiefe Stimmen einer großen Rinderherde zu ihnen. Es sind viele Kühe mit Kälbern, *das hättest du riechen müssen, Greta.* Bleich wie ein Leintuch schlägt sie vor, das Vieh zu überholen, sich die Böschung über der Schotterstraße entlangzuhangeln. Sie sei die Ältere, *ich gehe vor*, Jannis kommt ihr nach. An den kahlen Ästen unterhalb der grünen Blätter der Büsche zwängen sie sich oberhalb der Straße mit den Rindern vorbei. Endlich haben sie wieder Schotter unter den Füßen, die Kühe hinter sich, *die haben wir hinter uns*, Jannis von den Wangen bis zu den Schläfen rot. Erleichtert biegen sie um die Ecke, erschrecken vor noch mehr Muttertieren, *wir sind eingeschlossen*, zwischen Rindern, Greta noch immer blass, Jannis rot, *das sieht nicht gut aus.* Wäre das Bachbett nicht voll, voller Schmelzwasser, *ganz gleich, wir sind nicht aus Zucker*, unterbricht sie ihn. Ihre Schuhe samt Socken an den Rucksackriemen befestigt, waten sie durch den Bach. Mit spitzem Kopf dringt das kalte Wasser in alle Felsritzen, zwischen ihren Zehen stichelt es wie Nadeln.

Gut seid ihr meinen Kühen ausgewichen. Obwohl nicht so gewandt wie ein Steinbock, bemerkt der junge Kuhhirte, ein paar Jahre älter als sie. Als Greta und Jannis auf seiner Höhe zur Schotterstraße zurückkommen, sind sie bis zu den Knien herauf nass. *Das wirst du wissen*, sagt Greta, *in deinem ganzen Leben hast du noch keinen Steinbock in diesen Bergen gesehen.* Da habe sie schon recht, *wie denn auch, in unseren Bergen sind die Steinböcke ja ausgestorben.* Über der Grenze, in einem königlichen Jagdgebiet habe aber eine Steinwildkolonie überlebt, geschützt von Wildhütern, die früher Wilderer waren. *Dort war ich schon, da seid ihr noch in Windeln gelegen. Jagen darf dort bloß der König*. Greta wundert sich, *dass, also wo Jannis und ich Zigaretten kauften, im Grenzland, dort gibt es noch Steinwild, stimmt das, ist das wahr*. Der Kuhhirte nickt, *im Frühjahr kommen die Böcke tief herab ins Tal, hung-*

rig vom Winter, ein paar Wochen später steigen sie wieder in die Höhe. *Manchmal bleiben Hörner zurück, wie tote Äste im Geröll. Wirklich, ihr könnt mir glauben.*

Als sich ihre Wege trennen, streicht er über Gretas Nacken, trippelt mit seinen Fingern ihre Wirbelsäule entlang, *dein kleiner Bruder hat dir die Knöpfe nicht zugemacht.* Greta stößt ihn weg, *lass das, er ist nicht mein Bruder und mein Kleid hat keine Knöpfe. Komm, wir gehen, Jannis.*

*

Am beißenden Geruch verwesender Tiere weiß Greta, dass sie bald daheim ist. *Bei mir*, sagt Jannis, *sind es die verbrannten Fliegen*, die er mit Daheim verbinde, verschmolzen mit der Glühbirne der Stehlampe. *Jeden Abend bleiben mehrere Fliegen dort kleben, vom Totengeruch lässt sich keine abschrecken*, fährt Jannis fort. Ist es so weit, ist es zu spät, *reiß das Fenster auf*, *ruft mein Vater dann*, *das Licht aus.* Greta nickt, *bei mir hilft bloß Fenster zu*, damit der Gestank von den Bahngleisen draußen bleibt. Ist die Verwesung schon so weit, sei es für Mutter und sie längst zu spät, den überfahrenen Wieseln und Dachsen zu helfen. Manchmal zünden sie eine Kerze an, für das Lebewesen, das es war. *Eure Lampe hätte Mutter schon längst entsorgt. Aber ich weiß, dein Vater ist da anders.*

Jeder tote Vogel, Frosch oder Igel verlangt ein Gebet, aus Mitgefühl, glaubt Gretas Mutter, aus Respekt. Manchmal kauft sie am Freitag am Wochenmarkt alle Flusskrebse aus den Kübeln, lässt sie im wilden Gebirgsbach frei. An einer Engstelle ein paar Meter weiter wartet der Koch vom Dorfgasthaus, er weiß gut,

Freitag ist ein guter Tag, ein Fangtag. Greta weiß es auch, *schau, dass du wegkommst*, aber es bringt nichts. Auch hat es keinen Wert, Mutter abzubringen. *Siehst du, Greta, die Krebse freuen sich. Wie kann ich das sehen*, erwiderte Greta, *ich bin ja kein Flusskrebs und du auch nicht.* Mutter spazierte ein paar Schritte am Ufer, *ich weiß es*, zitierte sie ihr Lieblingsbuch, *aus der Freude, mit der ich am Bach entlangwandere.*

Sorgfältig putzt Greta ihre Schuhe an der Fußmatte ab, ihren Traum, den sie Mutter nicht erzählen wird, er haftet noch am ganzen Körper. Auf der Schwelle steht ein Teller Essensreste, für Häuschenschnecken, sie schützen das Haus. Mutter nimmt sie an der Hand, *ihr habt lange gebraucht, du und Jannis. Geht es unseren Ziegen gut und Jannis' Schafen, und auch der Schafsmutter mit den vielen Lämmern.* Greta nickt, *weißt du, die leibliche Mutter ist ja gestorben, ein anderes Schaf hat die vier Lämmer angenommen.* Welche sei jetzt eigentlich die richtige Mutter. *Beide sind es.* Es gibt Omelett mit Käse und Schnittlauch, nach dem Rezept einer Tante, *deiner Großtante Severine,* sie würde darauf bestehen, dass Greta sie „Tante" nennt. Greta schaut auf, *wie war sie damals, als ihr zu zweit am Hof gelebt habt, wart ihr wie wir zwei. Sehr streng zu mir als Kind*, fängt Mutter an zu erzählen, offene, wilde Haare seien Tante Severine Dornen im Auge gewesen, *„ich sehe, du hast wieder deinen Haarreifen verloren, Mädchen, oder gibt es so etwas heute nicht mehr"*, *sagte sie dann immer, und „schau mir in die Augen, wenn du mit mir redest". Da wären wir wieder bei den Haaren.* Mutter schiebt Greta eine dünne Strähne hinters Ohr, *erzähl, was gibt es bei dir.* Greta kann ihrem Blick nicht mehr ausweichen, sie möchte, *ich möchte mit der Schu-*

le aufhören. Sie möchte, *ich möchte eine Lehre machen, ein Parfüm erfinden*, ein Parfüm für Mutter, denkt sie bei sich. *Sag nicht*, Greta lässt die Strähne zurück ins Gesicht fallen, *das hat keinen Nutzen, das ist bloß Gestrüpp in meinem Kopf. Ich wünsche mir das ganz fest, meine Nase ist so fein, ich rieche alles so gut, das weißt du.*

Mit der Kerze leuchtet Mutter durchs offene Fenster hinaus in den Garten, *du weißt, Greta, mir gefällt Gestrüpp*. Schon Jahre habe der Rosenstrauch draußen kaum Blüten, keine Hagebutten mehr, vielleicht nächsten Herbst, rotes Leuchten, süße Marmelade mit Apfelmost. *Und wenn nicht, nie mehr*, sie zuckt mit den Schultern, *braucht es uns auch nicht zu bekümmern. Seine Blätter sind jedenfalls eine Zierde.*

*

Also, in vier Wochen sind Heuferien, in acht Wochen ist mein letzter Schultag, Greta zwickt Jannis in den Arm, *was sagst du, sag etwas, Jannis.* Er bückt sich, liest vom erdigen Boden vor der Schule einen Stein auf, befühlt ihn, ob er an allen Seiten abgeschliffen, ist er auch wirklich rundum glatt. Dann sackt er ihn ein, in seinem Rucksack schon so viel, *wie viel denn noch, Jannis. Es kann nie genug sein.* Auf dem großen Küchentisch daheim werde er am Nachmittag die Steine, die gepflückten Frühlingsblumen in bunten Reihen auflegen. Einzig die Käfer, sie halten nicht still, *einfrieren müsste ich sie, so behielten sie auch ihre Farbe*, murmelt Jannis vor sich hin. Manchmal hat Greta das Gefühl, als sei er tief im Gespräch versunken, *aber nicht mit mir*, mit allem rundherum, Blättern, Steinen, mit allem, was nichts fragt. *Es heißt, der erste Kuss tut eine neue Welt auf*, ob ihm denn kein Mädchen in der Klasse gefalle, *ich glaube, nein, ich weiß, es kitzelt beim ersten Mal ein bisschen*. Jannis stutzt, *gehst du dann weg, Greta, nach den acht Wochen, also weg aus dem Dorf*. Sie schüttelt den Kopf, *wir müssen zuerst sparen, es kostet viel, die Ausbildung, allein schon die Reise zu den Lavendelfeldern. Die nächsten paar Jahre arbeite ich bei Mutter in der Bäckerei, das ist auch eine Geruchslehre und viel mehr.* Jannis stellt seinen Rucksack voller Steine auf den Boden, lächelt, *ich freue mich auf den Lebkuchen von dir.* Ein Hexenhäuschen im Schaufenster an Weihnachten stelle er sich vor, er würde alle Münzen vom Jahr zusammenkratzen, am Ladentisch jede einzelne aus seiner Geldbörse herauszählen. Als wären sie Gold wert, *das wären sie ja wirklich*. Alle Münzen zusammen und mehr, überlegt Greta, bedeuten endlich einen Geruch für Mutter.

Auf dem Weg zum Badeweiher erspähen Greta und Jannis den Kuhhirten, *schon wieder der*. Wo dem Weiher der Bach ins Dorf entwischt, baut der junge Mann einen Damm, aus Steinen viele Male so groß wie der wunderliche Haufen in Jannis' Rucksack, und viel schwerer noch. Mit einem Anlauf bloß schafft es Greta nach zwei Sprüngen auf die höchste Stelle in der Mitte, *wie eine Steingeiß, da sagt ihr nichts mehr*, ihre Arme hat sie stolz in die Seiten gestützt. Seinen Ellbogen am Felsen vernarbt, den Kopf in seine Hand gelegt, nickt der Kuhhirte, *ich bin beeindruckt.*

Ein paar Ecken weiter, beziehen Greta und Jannis ihren Strandfleck, immer frei, manchmal unter Wasser. Ihnen beiden ist ein schmaler Streifen breit genug. Ob sie sich mitten da in der Sonne umziehen müsse, fragt

Jannis, *wir sind heute nicht allein*, er zeigt zum Damm, versucht Greta an ihrem Arm hinter ein paar schattige Bäume zu ziehen. *Mir ist das gleich, Jannis*, sie zieht ihre weiße Unterhose aus, schlüpft dann in ihr grün getupftes Badekleid, *er kann mir nichts wegschauen. Ich mag mich nicht verstecken, du ziehst dich ja auch überall um und ich mich früher auch. Eigentlich*, sie streift die schmalen Träger über ihre Schultern, den ausgebleichten Stoff bis zu ihren Knöcheln ab, steigt hinaus ins Wasser, *eigentlich mag ich auch nackt schwimmen*, und wirft ihr Badekleid in den staubigen Kies.

Ist es so, weil es noch kalt ist im Frühlingswasser, sind Jannis' Lippen deshalb so, ein Anstrich Brombeer auf Ober- und Unterlippe ein Schimmern, blau, violett, *sie gefallen mir so, Jannis.* Was er nicht gern hört, *ich bin kein Mädchen, Greta*, er taucht tief unter. *Jannis, was soll das heißen.* Er schwimmt ans Ufer. *Was haben Brombeerlippen damit zu tun*, ruft sie ihm nach.

*

Die Bewegungen ihrer Beine scheinen Greta unter Wasser wunderlich abgerundet, fließend, kräftig, als hätte sie die Last des Winters auf ihren abgetauchten Schultern, auf Zehenspitzen, die gegengleich zwischen Luft und See pendeln. Ihre Arme kreisen neben und unter ihrer Brust. Mit offenen Augen mustert sie die langen Lichtstrahlen unter der Oberfläche wie riesige Seesterne, blickdurchlässig, selbst Licht. Greta verschließt die Augen, nimmt wahr, wie sich die Strahlen wie Fühler an ihre Haut heften, in ihren Haaren verhaken. Wie sie innen an den Beinen entlangfahren wie warme Schauer vom Grund an die Oberfläche, gegen die Schwerkraft.

Eine Hand zieht sie an die Stelle, wo sich See und kälteres Grundwasser vermischen, Nebel aufsteigt, kalkweiß, weiß wie ein Leintuch. *Ich zeig dir etwas*, er zieht sie weiter ins seichte Wasser, einen Winkel bloß, uneinsichtig. Sie hält ihn zurück, legt dann ihre Hände auf seine Hände, sie falten ihre Schamlippen auf, lassen ein zwei drei Finger eintauchen. *Wirklich, noch ein Finger*. Wieder nickt sie, hält sein Handgelenk, das sich mit ihren Hüften bewegt. Dann liegen beide, ihre vier Hände um ihren Bauch *sag mir jetzt nicht, dass es weh tun könnte*. Er sagt bloß, *halt dich fest*, später, *spann deine Muskeln an.*

Wie zwei Nadelfische stechen sie in See und durch warme und kalte Strömungen zum Ufer mit Gretas Kleidern. Keine Spur von Jannis. *Dein Bruder ließ ein paar Steine übers Wasser hüpfen, mit ihren Wellen bin ich losgeschwommen, dann war er weg.* Zum zweiten Mal knöpft Greta ihre Bluse zu, vertut sich wieder in der Knopfleiste, *du weißt, dass er nicht mein Bruder ist.* Der Kuhhirte räuspert sich, *sagen wir es einmal so, es ist mir aufgefallen. So vernarrt wie er in dich ist*. Ist er das, sind sie verliebt, *meinst du wirklich, aber er hat nie etwas gesagt.* Warum habe sie dann gerade mit ihm geschlafen, *mit dir, das ist mein erstes Mal. Lust, und ich war, wie heißt es, vor ihm gerüstet. Glaub mir, es war kein Fehler*, er öffnet einen Knopf, reibt mit seinem Daumenballen über ihre Brustwarze, *erklär ihm, er soll dich zuerst streicheln, zeig ihm, wie er dir mit seinem ganzen Körper nahekommt.* Greta geht in die Knie, zieht den Mann zu sich herab, *die Lust macht etwas mit mir.* Obwohl er glaube, *dass du jetzt bloß den Buben mit den Locken im Sinn hast*, legt er sich über sie, mit dem ganzen Gewicht, das nicht leichter sein könnte, legen sie sich ineinander. Ohne Deckung, keine Blicke, es wird schon dunkel, Abend und nächtlich. Hinter ihren Lidern schwarz bloß, das schöne All der Töne fehlt und Farben, bloß schwarz, Summen, keine Melodie. Sie erschrickt, *war es das*, ist das alles.

Es komme ihr nicht richtig vor, das zu sagen, setzt Greta an, *aber danke, dass du mir gezeigt hast, wie, du weißt schon.* Der Kuhhirte lässt sie auf dem Weg überholen, *schon recht*, einen Teil vom Sommer werde er wieder neben seinen Kühen ihre Ziegen und Jannis' Schafe hüten, *komm gerne vorbei, wenn du etwas lernen magst.* Sie schüttelt den Kopf. Auf ihrem Heimweg allein tut es ein bisschen weh, unter ihren bloßen Sohlen die Kieselsteine, in ihren Händen der makellose Stein, den Jannis liegen ließ. Greta fragt sich, ob Jannis wirklich verliebt in sie ist. Ob sie sich die Küsse zwischen ihnen in der Luft nicht bloß einbildete wie Schneeflocken. An einem winterkalten Tag hatte ihr Jannis vor der Haustür zweimal gute Nacht gesagt, dazwischen eine stille Pause und danach. Bis sie die Stille auflöste, *also bis morgen, Jannis.* Als erlöste sie ihn, sich selbst, kam es ihr damals vor.

*

Eine eingezäunte Unordnung, und sei es eine eingezäunte Ordnung, was hätten wir davon. Mutter habe noch keinen Zaun gesehen, der kein Einschnitt war, in Blick und Boden, in den Garten in ihren Augen, *auch in deinen Augen, Greta.* Wer sie besucht, kann von allen Seiten sich nähern, von den Sträuchern mit ihren kleinen Zaunkönigsnestern, vom Bach her, von überallher, quer durch die Margeritenwiese bis zur Terrassentür, ein Klopfen, *guten Tag, ich dachte, ich komme vorbei, die Tür war offen.* Meistens unangekündigter Besuch. *Mutter, eigentlich brauchen wir keine Hausglocke.* Aber sie schaue so schön aus, ihr Klang sei kräftig, *sogar bei Nacht könnten wir sie läuten hören.*

Fürs alljährliche Nachbarschaftsfest tragen sie die zwei langen Holztische zusammen vors Haus, überziehen sie mit einer Tischdecke weiß, *wie aus einem Guss*, einmal im Jahr, so werden die Nachbarn zusammensitzen, essen, lachen, *danach langt es wieder für ein Jahr. Greta, sei so gut und bring noch die Teelichter und die Schachtel mit den langen Zündhölzern.* Über dem Holzofen erwärmt sich die gusseiserne Reispfanne, außen golden lackiert, *die Kerzen*, obwohl es noch lange hell sein wird, *ich zünde sie jetzt an.* In der Zündholzschachtel entdeckt Greta ein paar Geldscheine und Münzen, *ein verstecktes Geschenk von Tante Severine, schau, Mutter*, schon an Weihnachten hätten sie nachschauen sollen.

Im Moment, da die erste Kerze brennt, gleich wieder verlischt, schlendert Jannis um den Ahornbaum herum zum Ofen. Sein Vater komme gleich, er bringe Schinken mit und Wein in einer Schubkarre Eiswürfel, weil er weiß, dass da kein Fleisch noch Fisch gekocht, kein Tropfen ausgeschenkt würde. Mutter schüttelt den Kopf, Greta spricht es aus, *ein Nachtessen im Jahr ohne, ein Weltuntergang für deinen Vater.* Jannis wendet sich ab, betrachtet wie die Nachbarskatzen die Zaunkönigseltern in den Sträuchern, *ein großer Baum, drei solche Bäume, ein paar Flügelschläge weiter ein ganzer Wald, aber bloß auf einem Zweig nisten sie.* Greta setzt den Satz fort, *und der Maulwurf, ein ganzer Bach im Fluss, nimmt er doch bloß ein paar Schlucke.* Mutter mischt sich ein, *die Sätze habe ich euch früh schon vorgelesen. Ihr wolltet sie immer wieder hören, „und jetzt das Bild mit dem Paar auf dem Bänkchen", habt ihr immer gesagt. Dann holte ich die alte Zeichnung, die heute in der Hütte hängt.*

Alle Nachbarn eingetrudelt, finden sich Greta und Jannis auf den Hockern an den Tischenden wieder. Dem Anschein nach ist Jannis nach gestern sowieso nicht in Stimmung, mit ihr zu reden. Ob er, fragt sich Greta, gesehen hatte, wie der Kuhhirte vom Damm über den Weiher zu ihr schwamm. *Hast du die Maikäfer und Junikäfer wirklich eingefroren*, löcherte sie Jannis vorhin, er schwieg, *und die Steine, der Stein blieb am Strand liegen*, und überhaupt, *du warst auf einmal nicht mehr hinter mir*. Jannis spitzte seine Lippen, Brombeerlippen, auch jetzt im Trockenen, ahmte mit ihnen einen Fischmund, einen Fischkussmund nach. *Du bist kindisch, Jannis, dann werfe ich den Stein halt fort.* In hohem Bogen über den Zaun, den es nicht gibt, sie brauche den Stein nämlich auch, *schon gar nicht. Dann sind wir schon zwei*, zu zweit. Greta gefallen sowieso die Steine mit Ecken und Kanten mehr, mit Zacken und Mulden. *Solche Steine sind dem Felsen näher*, begründete sie. *Abgerundet sind sie der Bewegung, dem Wasser, näher dem Wind*, sagte Jannis, genau das sei es nämlich, was ihm an den runden Steinen gefalle. *Aber*, wendete Greta ein, *rundum rund erzählen sie nichts mehr*, nicht, was sie berührt, noch, woran sie sich in ihrem Flug und Fluss gestoßen haben.

*

Den ersten Tropfen spürt sie auf ihrer Wange ungefähr dort, wo sie alle paar Wochen ein schwarzes Haar aus ihrem großen Muttermal zupft. Vorm Nachbarschaftsfest hatte sie mit zwei Spangen ihre Haare hinterm Ohr befestigt, das wäre Tante Severine recht, und Jannis gefällt es, längst aufgefallen war ihm schon einmal, *du hast immer Rouge auf deinen Wangen*. Sie zwinkerte, *vergewissere dich*. Kurz berührte er ihr Muttermal, als Ausgangspunkt, strich mit seinem feuchten Daumen wie ein Regentropfen über ihr Gesicht, ihren Hals, er war für den Rest ihres Treffens rot, das war vor einem Jahr. Zwischen Roséwein und Himbeersaft fallen jetzt viele Tropfen mehr aus heiterem Himmel. Wie von selbst füllen sich die Gläser und die Tafel leert sich. Greta und Jannis flüchten auf die Veranda, viele laufen heim, bloß Mutter und Jannis' Vater bleiben wie festgenagelt sitzen, unterhalten sich, essen, trinken, als ob nichts wäre. *Merken sie nichts*, wundert sich Greta. Jannis zuckt mit den Schultern, geht aus ihren Augen ums Eck. Je stärker, je mehr verschluckt der Regen die Stimmen der beiden Erwachsenen, ihre Gesichtszüge verschwimmen, der Himmel verdunkelt. Dann gedämpfte Schreie, jedes Wort gleich unverständlich, aber lauter als der Regen, sie reden nicht mehr.

Auf der anderen Seite des Hauses findet sie Jannis. Sie musste ihn nicht suchen, wo ein Zaun eine Tür mit Schnalle, zumindest ein Loch hätte, steht er, ganz rot im Gesicht. *Was war das, mein Vater, deine Mutter, Greta, ich habe die beiden noch nie so erlebt*. Mit der Fingerspitze fängt Greta an Jannis' Schläfe auf, was sie für eine warme Träne hält. *Komm mit, Jannis, wir lau-*

fen weg, heb deine Beine auf. Was das heißen soll. *Mach schnell.* Ob das heiße. *Ja, jetzt mach endlich weiter, Jannis, wir laufen durch die Schlucht in den Wald.* Weder ihre Sandalen brauchen sie noch Socken, vollgesaugt mit Wasser, *zwei Paar nasse Füße sind genug, finde ich, findest du nicht. Komm schon, Jannis.* Sie bückt sich, öffnet die Riemen ihrer, seiner Sandalen. Dann sind sie weg.

Der Regen hat aufgehört, sie hören es aber tropfen, überall rauschendes Wasser von den Bergen. An den steilen Hängen neben dem Fluss schlängeln sich lauter Bäche um die Stämme und Steine. Dicke Moospolster quellen über die Felsen springen laute Wasserfälle aus dem Regen der letzten Unwetter. Greta und Jannis folgen einem schwarzen Rinnsal durch einen Tunnel, in dem ihre Ziegen immer störrisch werden, *und meine Schafe erst.* So viel im Fluss ist, so wenig fließt ab oder versickert, es ist nie trocken in der Schlucht. Für einen Moment hält sie Jannis an seinem Ärmel fest, *ich glaube, die Schlucht ist der regenreichste Fleck auf der Welt.*

Nach ein paar Stunden erreichen sie endlich die Wiesen getauft mit wilder Minze, sie hebt sich hellgrün von den Gräsern ab, riecht so stark wie sonst nirgends. *Es ist schade, dass du nicht mehr Flöte spielst*, sagt Jannis, er habe gute Erinnerungen daran, wie Greta die Töne wie junge Blätter in die Bäume bläst. Als könnte er sie wachsen hören, kam es ihm vor. Greta sperrt die Holzhütte am Waldrand auf und legt den Schlüssel gleich wieder an seinen Platz zwischen den Holzscheiten. Sie holt ein Handtuch aus dem Kasten, reibt über ihre, über seine Haare. Zusammen beziehen sie das Bett und kriechen verfroren unter die Schafwolldecken.

*

Wenn sie seitlich liegt, hochrutscht, passt Jannis' Kopf genau zwischen ihre Brust und ihre Hüfte. Vom Bett wären es bloß ein paar Schritte, bis sie beide in wilder Minze lägen, die Decke feucht, frei ihre Nacht. Von seinen Wangen mohnrot bis zu seinen Schläfen hinauf wüchse Minze um ihre Nasen, von der Hütte Licht, ihre Nacht nackt, unter ihren Händen warm. *Schläfst du, Jannis.* Seine Stimme verschlafen, *nein, ich bin wach, Greta*, er stützt sich auf seine Ellbogen, schaut ihr mit verzwickten Augen ins Gesicht, *du hast Brösel in den Mundwinkeln*. Greta lächelt, *das ist nicht dein Ernst*, der ganze Regen habe sicher alle Brotbrösel auf den Waldweg geschwemmt, in die Bäche gespült, *aber stimmt, in beiden Mundwinkeln habe ich den Rest vom Fest gestern.* Wenn er sie schon so mustere, so früh am Morgen, ob er dann auch sehen könne, wo ihre Verliebtheit sitzt. Nach kurzem Zögern, *in den Fältchen um die Augen*, sie seien nicht immer da, *aber jetzt, da ist sie.* Greta fragt, *ob es einmal so bleibt, die Fältchen irgendwann immer so bleiben*, sie kommt dann Jannis' Antwort zuvor, *aber dafür sind wir noch zu jung.*

Sie schlüpfen in ihre kaum getrockneten Kleider, *zum Glück muss ich in keine nassen Socken*, Jannis spreizt seine Zehen, *hast du durchgeschlafen, Greta.* Sie war nicht wach und sei doch wach wie eine Eule gewesen, *nein, wie ein Mauersegler, hast du nicht einmal gesagt, dass Mauersegler wie zum Schlaf gleichmäßige Kreise vorm Mond ziehen.* Er habe das einmal beobachtet, *ja, wie Mauersegler, ich auch. Wem gehört eigentlich der lustige Hut am Türhaken*, mit Luchsohrpinseln, Schneckenhäusern, getrockneten Bienen und

Federn wie aus Gold. Greta seufzt, *ich weiß es nicht, Mutter überhört diese Frage jedes Mal.* Sorgsam richtet sie den gezackten Kragen ihrer Bluse, von gestern feucht wie fast alles. *Setz halt den Hut auf, Jannis, zumindest trocken ist er und*, ein Handgriff, zwei Blicke in den Spiegel, *er passt zu dir, wie ein feiner Herr siehst du aus.* So fein, so gewandt, stelle er sich vor, beuge sich ein Herr zu seiner Dame hinab. *Da kommt sie ihm zuvor*, unterbricht Greta, küsst Jannis mitten auf den Mund. *Diese Dame gefällt mir sehr*, Jannis lacht. Ob sie denn wirklich eine Dame sei, wahrscheinlich sei sie viel zu forsch, ein wildes Kind. *Also für mich bist du immer auch eine Dame.*

Jannis räuspert sich, es tue ihm leid, dass er, *dass ich gestern zu früh*, es sei auf einmal zu viel Nähe gewesen für ihn, *ich war so aufgeregt, dich so bei mir*, Greta wie eine Passform an seinem Körper zu spüren, im Augenwinkel ihr schönes Muttermal. *Dieses Muttermal ist bloß in deinen Augen schön, Jannis*, nach einer Pause, *ich war auch aufgeregt. Trauen wir uns später noch einmal, vielleicht mit dem Hut ins Gesicht gezogen.* So bringe ihn kein Muttermal mehr durcheinander.

Tag- und Nachtgleiche sehen sie, wie der Nebel wie Schafswolle weiß an grüner Minze hängt, schleierhaft. Ein paar Meter vor der Hütte geht Greta in die Knie, *schau*, ruft sie aus, *die große Kröte im Gras, ihre Augen, golden gesprenkelt.* Jannis bückt sich dazu, *stimmt, sieht speziell aus, zwei goldene Kugeln, wie an Weihnachten.* Von der Wiese pflückt Greta einen Strauß Mohn und Minze, trägt auf ihrer Zunge eine Hand voll Blätter, ihr Versprechen, immer so gut nach Minze zu riechen, bis in den Herbst hinein. *Und versprich mir, Jannis, dass du immer so rot wirst*, mohnrot, im heißen

Sommer, *wenn du sie schmeckst, die Minze. Nach dem hundertsten Kuss noch, Greta*, werde er Mohn auf seinen Wangen haben.

Komm, Chaspar, sie legt ihm den feuchten Stofflumpen in die offene Hand, legt ihre Hand auf seinen Handrücken, zieht mit ihm Kreise auf der Kommode, *so geht das*. Seine Augen sind wie immer zusammengekniffen, als müssten die Brauen endlich einmal zusammenwachsen. Dann taucht Greta einen zweiten Lumpen in den Kübel mit Seifenwasser, zieht in Kreisbewegungen blaue Seifenwasserspuren über den staubigen Boden bis zur Tür.

Auf einmal klammert sich der kleine Chaspar von hinten um ihre Beine, streckt seine Finger zur Schublade aus, auf Höhe des Schlüssellochs. *Deine Finger sind wirklich noch klein genug, sie passen ins Loch*, Greta hebt ihn hoch und setzt ihn neben dem zweiten Kübel, dem Kübel mit klarem Regenwasser ab, *ich bin gleich fertig, dann können wir wieder spielen*. Sie schaut kurz zurück aufs Schlüsselloch, dahinter Tante Severines Schatz, abgesperrt. *Das geht euch nichts an, als alte Frau darf ich wohl meine Geheimnisse haben*, setzte sie sich zur Wehr, als Melina auch im Namen von Flora bettelte, *bitte zeig uns, was da drinnen ist*. Flora solle an ihr fest verknotetes Tagebuch denken, Melina an die vielen Worte, die sie dem Esel Gian am Morgen früh ins Ohr flüstert. *Mir verrätst du es auch nicht*, fragte Greta später am Abend, *es hat etwas mit Mutter zu tun, nicht wahr*. Tante Severine wandte sich ab, *mit Müttern, so viel ist wahr, einer Frau, ja, mehr gibt es nicht zu sagen*. Sie schweigt sich aus, wenn es um Mutter geht. *Sie war deine Nichte, wie eine Tochter*. Tante Severine seufzte, *sie war ein Kind, ich hätte eine Mutter sein können, so viel ist wahr*.

Nachdenklich dreht sich Greta um, schaut nach draußen vor die Tür, *Chaspar, was machst du da.* Er taucht den Lumpen in den Kübel mit Regenwasser, drückt ihn auf sein Gesicht. *Du erinnerst mich an Mutter, an mich selbst*, wie sie sich früher in der Früh ihre Gesichter wuschen. Unter dem Stoff, den Greta sachte hebt, blinzeln Chaspars feuchte Augen im Licht. *Tante Severine*, ruft Greta ins Haus. Beide Frauen knien sich zum Buben hinab, wie vor Monaten, als sie ihn im Steinwildkorb fanden. *In einer Weise ist es natürlich Wasser in den Augen. Trag Chaspar durch den Regen*, Tante Severine folgt ihnen, *halte ihn so, dass die Tropfen über seine Wangen laufen*, so, dass seine Augen scheinen wie zwei Sonnen, ein Regenbogen. *Chaspar, du schaust uns ins Gesicht*, mit Augen weit offen. Schnell, schneller dreht sich Greta mit ihm um ihre Achse, der Putzlumpen fliegt durch die Luft zu Tante Severine, die voller Freude winkt.

Damit du spürst, was du siehst und was vor allem dich jetzt richtig sieht, zieht Greta Chaspar die Socken aus. *Komm mit, wir laufen weg*, zuerst in den Garten, zum Apfelbaum, *der ist gold und Gold wert, wenn wir den Honig seiner Bienen in unseren Lebkuchen mischen. Siehst du, wie die weichen Furchen in den Bäumen, in diesem Stein grün sind, grünes Moos*, es beschrifte wie Adern ihre Haut diesen Garten, alles hinterm Zaun, sie hebt ihn über die gezackten Latten, *halt dich fest*, steigt hinterher. *Tante Severine*, ruft sie, *Chaspar und ich suchen den glitzernden Faden.* Sie wird mit dem Buben zerstreute Farben sammeln, wie mit Jannis. *Den glitzernden Faden suchen*, so nannte er es, als Greta ihn fragte, *was machen wir da eigentlich, Jannis*, als sie stundenlang durch Wiesen, unter Büsche und Bäume krochen.

Sie spreche so leise, weil, so lernte sie es, *wir nicht heimlich genug über die Natur reden können*, noch leiser, *mit der Natur*, sagte Mutter, *gottesfürchtig*, nennt es Tante Severine. Chaspar solle Gretas Finger in die Äste der Lärche folgen, *die Nadelbündel sind wie kleine Igel*, schon gelb verfärbt. Im Winter werde die Lärche zwischen Tannen und Fichten kahl aussehen, *aber jetzt übertrumpft sie sie alle.* Die Lärche steckt ihre Verwandten an, von den oberen bis zu den unteren Nadeln bis zum Laub sind sie bald gelb und rot entbrannt, als laufe ein Feuer durch die Wälder, eine Flamme, die kein Regen, bloß Wind und Winter löschen sie aus. Dann Schnee über das letzte Glimmen, *dann haben wir es wieder kalt.*

Ihre zögerlichen Schritte auf feuchter Erde kreuzt leuchtend ein schwarzer Salamander mit gelben Flecken, kräftigen Gliedern überwindet er Tothölzer, hält inne im Trommelwirbel der Blätter im Regen. Ob er sie sieht, die Augen aufgerissen. Chaspar löst sich von Gretas Bein, zwei Schritte, dann erstarrt er wie der Salamander, ein Vorderbein gleich einem Arm in der Luft, dann auf und davon, lässt das Tier Greta und Chaspar hinter sich. In der aufgewühlten Erde warmes Funkeln, als wäre aus seinem Rücken ein Batzen Gold auf die Erde gesprungen. *Aber*, murmelt Greta, die Knie am feuchten Boden, *das ist ein Luchsstein, glaube ich. Wir werden Tante Severine fragen.* Wenn sie recht hat, sind sie, *wären wir einem Luchs auf der Spur*, einem Luchs, der seine Schätze nicht gut vergräbt. Chaspar langt nach dem Stein, legt sich den Schatz aufs linke Auge, das rechte weit offen, auf beiden Seiten goldenes Funkeln. *Du hast Luchsaugen, kleiner Chaspar*, stellt Greta fest.

Über 1000 Meter ist die Luft so wild, wie sie Melina braucht zum Laufen, vertreiben sich die Wolken scheinbar nach unten, aus dem Gebirge hinab ins Tal, im Felsen Reste Schafswolle, weiß wie die immer weißen Spitzen. 1000 Meter überm Meer leuchtet die Sonne wie ein Feuervogel. *Flora, wie ein Uhu nach dem Waldbrand schaust du aus, was ist passiert.* Außer Atem stürzt das Mädchen zu Greta und Chaspar, sie muss verschnaufen, *ich komme vom Mooshäuschen*, wie jeden Tag nach der Schule auf dem Heimweg spaziert sie dort vorbei. Aber heute habe sie den Nachbar Cornelio gesehen, *er war wie an dem Sommermorgen, du weißt schon, Greta, als er sagte, er warte so auf die Sonne*, bis auf die Unterhose nackt stand er vorm Haus, seine Arme in die Luft gestreckt. *Ein Sonnenanbeter*, schimpfte Tante Severine am Abend, *ich hoffe, ihr habt weggeschaut.* Allein hätte Greta, wenn nicht Cornelio die Sonne, so doch der Sonne den Mann verstellt. *Sag, Flora, hatte er wieder nichts an*, eigentlich sei da ja nichts dabei, *vielleicht machen wir das auch einmal, am Morgen.* Morgensonne tut Flora so gut, so hell draußen fängt sie an zu sprechen wie all die Vögel in den Bäumen nach der Nacht.

Sag, hat Melina die Schularbeit zurückbekommen, lenkt Greta ab. Flora nickt, *die beste Arbeit der Klasse, vor allen Klassenkameraden bekam sie Lob*. Greta schüttelt den Kopf, *Melina meinte doch, es sei ihr so schlecht gegangen, sie hatte so ein schlechtes Gefühl und machte uns alle damit verrückt*. Seit Wochen lernte sie tagelang, ließ sich um keinen Preis in ihre Hefte schauen. Als könnte Greta einen Fehler entdecken, prüfte sich Melina lieber selbst. Die Antworten mit ihren beiden Armen abgedeckt, schimpfte sie sich, wenn sie nicht gleich alles wusste, und Greta, wenn sie nachfragte, *lass mich in Ruhe, Greta.*

*

An kalten Tagen bloß ist die Tür geschlossen. Sie war es an keinem Sommertag, an dem er sie besuchte, abgeschlossen wird sie nie, gleichwohl abgesperrt ist der Weg für Fremde. In immer gleicher Reihenfolge aufgefädelt wachen die Hunde über Hof und Haus. Zwei drinnen im Gang, zwei draußen auf der Veranda, heben sie einer nach dem anderen den Kopf. Weil sie Cornelio schon kennen, kann er manchmal allein an ihnen vorbeigehen. Vom Bild eines Steinbocks auf seinen Hinterbeinen an der Haustür schweift sein Blick zum sonderbaren Hausspruch. *Du kommst auf der Suche nach dem Honig und kehrst*, liest er, *ohne Blick auf die Bienen wieder heim.* Wenig sagt ihm der Satz, fast schon so wenig, als wäre er wie die Wörter in seiner Weste in einer anderen Sprache verfasst, in einem Dialekt ohne Bedeutung für ihn.

Die Weste steht Ihnen gut, Tante Severine mustert ihn streng, *die samtige Hose auch, das sollten Sie öfter tragen oder tragen Sie es am besten gleich immer, besser als nichts.* Wie meint sie das, fragt er sich, zieht er doch kaum etwas anderes an, seit er im Mooshäuschen in den Bergen lebt. Ob Cornelio etwas brauche, sie haben nämlich alle Hände voll zu tun, *beide Öfen sind voll*, und die Stufen füllen sich nach und nach mit Früchtebroten. *Sie schauen mir nicht so aus, als kämen Sie mitanzupacken, mit Ihren feinen Kleidern.* Von hinten nimmt Greta Cornelio am Handgelenk, *das ist jetzt ganz gleich*, zieht ihn unter Tante Severines Arm durch ins süße Haus hinein. *Pass auf die Hunde auf*, als dachte er nicht sowieso daran, in hohen Bögen über die Köpfe zu steigen, sich, sobald es enger wird, mit dem Rücken an die Wand gedrängt vorbeizuschieben.

In der Küche entstielen und schneiden die Mädchen auf großen Holzbrettern getrocknete Pflaumen, Melina gibt Cornelio ihre klebrige Hand, *lös mich ab, ich mag nicht mehr, ich muss noch so viel lernen.* Greta macht die Ofenbank von Büchern und Heften frei, *Cornelio, es gibt Neuigkeiten. Der Wildschutzverein der Stadt hat einen Gönner gefunden. Ein Steinbockgehege wird am Dorfrand gebaut, mit einem Kletterfelsen*, geformt aus Gesteinsbrocken und Holz. *Bald sind unsere Steingeißen dort, bald haben sie Gesellschaft, zwei neue Kitze aus dem königlichen Jagdgebiet.* Zwischen der Teetasse und dem Unterteller klemmt ein rissiger Notizzettel, *lies ihn*, drängt Greta, es heißt dort, *Sie sind Käufer von jungen, echten Schafen. Wenn Sie solche wollen, ist jetzt der richtige Moment.* Schaf, deutet Cornelio, ist wohl das geheime Wort für Steinwild in Nachrichten, wo ohne Namen verhandelt wird. Greta räuspert sich, *als Kitze im September sind die zwei natürlich teurer*, mussten sie doch gut ein Vierteljahr versorgt werden, mit fetter Ziegenmilch, *so sind sie aber auch kräftiger als im Juni*, und sterben nicht auf halbem Weg übern Berg. Ob Greta sagen könne, wer den künstlichen Felsen, die neuen Steinböcke bezahlt, *sag, wer ist der Gönner.* Sie schüttelt den Kopf, *das ist geheim, ein stiller Förderer, heißt es.* Cornelio nickt, *ein stiller Förderer und vielleicht auch ein Liebhaber des Steinwilds, ich verstehe.*

Nach einer Stunde kleben auch Cornelios Finger zusammen mit denen der Mädchen. Bemüht unauffällig steckt er Flora die kurze Notiz aus seiner Weste zu, *bitte, könntest du mir das übersetzen*, flüstert er, *ich glaube, es ist der alte Dorfdialekt*, es sind drei Wörter, abgeschrieben von der Fußleiste einer Stofftür im Schloss. Flora hat sich, erzählte ihm Greta, den Dialekt beibringen lassen, *von Tante Severine, deren Eltern, also meine Urgroßeltern, sind noch damit aufgewachsen*.

Greta möchte ihm den Rückweg zum Schloss abkürzen, vom Baum mit im Winter goldenen Äpfeln schnurstracks hinab, einen Hügel im Schneckengang zwischen Steinmauern hinauf, dann stehen sie vorm Tor, offen, seit Jahren unbewacht. In den aus Spiegelglas geschnittenen Bäumen, die die Mauern umzäunen, spiegelt sich der Wald. So werden Statuen Wald, *als hätte der Besitzer den Hügel bewalden lassen.* Durch eine Schießscharte zeigt Cornelio zur Kugel spiegelnd im See, *das zweite Schloss im Wald im See, so schaut es aus*, wenn er nahe an die Kugel heranschwimme, *schaue ich aus wie der Schlossherr, die Besitztümer zugleich vor und hinter mir.* Greta klopft mit ihren Fingern auf eine Baumstatue, *wir führen uns auch ein bisschen so auf wie die Schlossherren, findest du nicht.*

Aber, weigert sich Cornelio, *ich brauche irgendeine Feder oder ein ganzes Federnkleid, Greta.* Sie schüttelt den Kopf, *du hast die Feder bloß für die ersten Male gebraucht, jetzt fliegst du von ganz allein hinauf, glaub mir*, in jedem ihrer Worte ihr Lachen. Verkrampft hebt er sich Sprosse um Sprosse höher, *und wenn sie bricht, die Sprossenwand.* Seit er ihr Nachbar sei, habe er sicher gehörig zugelegt, von all dem Lebkuchen. *Das Holz knarzt*, es ächze, ob sie das höre. *Das bildest du dir ein, die Sprossen sind aus Metall, mach jetzt schnell,* vor seinen Augen ihre herabgestreckte Hand. *Hältst du mich fest, Greta*, und ob sie auch kräftig genug sei. Seit der Nacht seines Unfalls hat er Gewicht wie Steine in den Säcken, für ihn spürbar wie noch nie. *Ich könnte dich ganz sicher halten, so schwer bist du nicht*, sie zwinkert.

Endlich beim Fensterbrett macht er einen Purzelbaum auf den Teppichboden. *Nie mehr ohne eine Feder.* Ein Kitzeln an seinem Nacken, *sag nicht „nie mehr", Cornelio.* Er zieht die Schultern zu den Ohren hoch, *Greta, du hattest ja eine Feder dabei.* Sie steckt sie ihm von hinten in den Mundwinkel, *sie war dir selbst im Nacken, den ganzen Weg herauf.* Es sei die Feder eines Feuervogels, *wenn die Nacht sein Feuerrot verschluckt, stiehlt der Lauser alle acht Jahre unsere goldenen Äpfel*, sei sich Tante Severine sicher. *Unsere Brombeeren im Herbst schmecken ihm auch, noch mehr den Rehen*, ganz unbeirrt, *als würden wir sie beim Frühstück nicht sehen*, zupfen sie gierig an den Sträuchern. *Wenn ich einmal eine Feuervogelfeder bei uns im Garten finde, hebe ich sie für Flora auf.* Das Mädchen spitze sich die Feder fürs Schreiben zurecht, *das ist keine alte Mode, Flora braucht den Feuervogel oder zumindest seine Feder im Haus.* Cornelio räuspert sich, *warum verstummt Flora eigentlich immer in den vier Wänden.* Er höre sie drinnen nie sprechen, *obwohl sie so viel zu sagen hat, sie ist sehr klug, fast schon weise.* Greta seufzt, Cornelio könne sie genauso gut fragen, *warum der Baum bloß alle acht Jahre Äpfel trägt*, das sei halt so. Gretas nackte Füße auf dem Schlossteppich zeigen Nagellack abgeblättert vom Sommer. Einmal überraschte sie ihn im Mooshäuschen, bemalte nach ihren Zehen seine Fingernägel feuerrot, *du arbeitest ja nichts im Dorf*, also werde die Farbe schon länger halten. *Eigentlich könnte ich vor Weihnachten euren Lebkuchen in der Stadt verkaufen, ich hätte Zeit*, schlug er vor.

Cornelio, lässt du deine Schuhe an, kommst du endlich weiter. Er schüttelt den Kopf, er gehe nicht in die Räume des Schlosses mit, *heute nicht*. Wo er gestern unter einer Stofftür die drei Dialektworte entdeckte, traute er sich nicht aufzumachen und nachzuschauen. Wer weiß, was sie bedeuten. Er möchte vorbereitet sein, so schrieb er sie ab und bat Flora, ihm zu helfen.

*

Allein wandert sie barfuß über die moosigen Teppiche tiefer ins Innere des Schlosses, an den ostseitigen Wänden Lichtfenster, Fenster aus Licht von einem Abend im Freien. Manchmal, auch als Cornelio noch den Verband hatte, holte er sie so geschwind ein, als käme er durch eines der Fenster gesprungen. Anders als Greta orientiert er sich gut im großen Schloss. Steine zu streuen will ihm nicht einleuchten, *sag, warum machst du das, Greta.* Damit sie ganz sicher wieder zurückfinde, sich nicht verlaufe, oder, erklärte sie sich, *damit ich ganz sicher weiß, dass ich zurückfinde.* Das sei nicht dasselbe. Im Laufe ihrer vielen Besuche sind wie auf Wanderungen durchs Gebirge Steinmännchen gewachsen, bloß kleiner, ohne Kanten, glatt sind die meisten Steine, wie sie Jannis früher zuhauf sammelte. All ihre Steinmännchen erlebt Greta manchmal als Gefährten, die mitwandern könnten, manchmal erstarrt sie selbst mit ihnen oder gerät ins Wanken, wenn ihr viel zu viel durch den Kopf geht.

Auf das größte Steinmännchen im Schloss setzt Greta noch einen kleinen Stein aus ihrem Rucksack und biegt dann in schwarzdunkle Gefilde ab. Bei jedem Schritt glaubt sie, es tropfen zu hören, wie im Tunnel mit dem Rinnsal, den sie mit Jannis vor Jahren oft durchstreifte. Bei jedem Wetter, ohne Angst und Zittern schlüpften sie aus ihren Kleidern, als bliebe für andere Wanderer, was sie taten, sicher so im Dunkeln. *Sowieso kommt da niemand vorbei*, versicherten sie sich selbst. Spitze Steine im Moos im Rücken, hat Greta Jannis nie mehr stärker gespürt als dort, in diesem feuchten Tunnel, *in unsrer Höhle mit zwei Ausgängen.*

Auf einmal leuchten neben und über ihrem Kopf lauter Lichter auf wie Sterne in einer Nacht, *das sind ja eins fünf zehn.* Da hat Cornelio sie schon überholt, *es sind einhundert*, sagt er, als hätte er sie gezählt. *Wo gibt es einen Lichtschalter, sag, Cornelio, warst du das. Am Boden, ich bin gestolpert*, worum Greta wohl immer einen Bogen gemacht hatte, dort habe er das Licht gefunden. *Schau, die große Skulptur, vielleicht die einzige im Schloss*, sie zeigt einen Steinbock und eine Steingeiß. Die Hufe auf einem Berggipfel im Schnee gepaart, strecken sie ihre Mäuler zum Baum vom Nachbarberg, nach langem Winter endlich Nahrung, Frühling. *Cornelio, ich bin sehr aufgeregt. In ein paar Tagen kommen die Septemberkitze zu uns, du weißt ja, sie sind schon auf dem Weg ins Dorf*, die Steinkitze, ein Wilderer und Jannis. Ein Kitz im Flechtkorb auf seinem Rücken, wandert Jannis wie abgemacht mit über die hohen Berge ins letzte Dorf der Dörfer, vorbei am Grenzstein, wo sie früher die geschmuggelten Zigaretten rauchten.

Hast du eigentlich Geschwister, Greta, Cornelio und sie sitzen unter der Skulptur. *Also, ich war ein Einzel-*

kind, aber ich war sehr eng mit einem Nachbarsbub, fast gleich alt, Jannis hieß, er heißt Jannis, stammelt Greta. Warum sie so in ihren Taschen nestle, ob sie etwas suche. *Bloß so, es ist*, es ist die Eichel in der rechten und der Luchsstein in ihrer linken Manteltasche, sie holt ihn ans Licht, *sagt dir dieser Stein etwas, er entsteht aus Luchsurin. Luchse, heißt es, verscharren auch ihren Urin so scheu, wie sie sind, darum seien die Steine sehr schwer zu finden.* Ob es noch Luchse gebe, *sind sie nicht wie Steinböcke in diesen Bergen ausgestorben*, fragt Cornelio. *Nein, aber sie sind selten und halt sehr scheu. Gestern habe ich den Luchsstein unter einem Salamander gefunden, zusammen mit Chaspar.*

*

In der Sonne stehen sie zusammen, wo die Ameisen kreuz und quer laufen. Es sind die roten, es ist noch Tag im Herbst. Tante Severine, Greta, die Mädchen und er stehen sich die Füße in den Bauch, während sich Käfer und Fliegen den Viehmist einverleiben. Ein paar andere Dörfler warten mit ihren langen Bärten im Schatten des künstlichen Felsens, stützen sich mit ihren Armen auf. Heimlich steckt ihm Flora einen Zettel in seine Hände, hinterm Rücken gefaltet, *die Übersetzung, sie steht auf der Rückseite, Cornelio. Danke dir, Flora.* Flugs steckt er den Zettel ein, fliegt vorher rasch über die Worte, es sind bloß drei, sie lauten „das grüne Liebespaar“.

Als vom Dorf her die Kirchenglocken läuten, lauter werden, als wären sie über ihren Köpfen, fängt Melina wie jedes Mal zu springen an. Ihre Arme hoch in der Luft reißt sie zuerst Flora mit, dann Greta mit Chaspar und sogar Tante Severine tritt von einem Fuß auf den anderen. Die Männer beäugen sie argwöhnisch, schütteln den Kopf. *Am Hof*, sagte ihm Greta einmal, *hat Melina die Kraft in den Füßen entwickelt, so viel, dass wir uns selbst manchmal über ihre Kunststücke wundern.* Voller Erwartung erinnert ihn Melina an Greta, wie sie auf dem Bänkchen am Waldrand sitzt, manchmal ihre Füße wild pendeln lässt. Sie ist dort fast jeden Tag. So luftig verspielt, fast kindlich ihre Bewegungen dann sind, so traurig sind Mund, Augen oder ihr Gesicht zur Erde gewandt, so verschlossen, dass er sich näherzukommen oft nicht traut.

Endlich hat das Warten ein Ende, die Wanderer treffen ein. Müde stellen sie die Flechtkörbe ab, eine Frau mit großer Brille stellt sich als Tierärztin vor, *ich habe die Wanderung begleitet. Eines der zwei Kitze schaffte es nicht.* Am vierten Tag habe sich die Ammenziege das Bein verstaucht, *sie gab keine Milch mehr.* Bloß ein Kitz, das kleinere, trank vom Schoppen mit Zuckerwasser, *bloß dieses überlebte die Reise aus dem königlichen Jagdgebiet, es ist wohlauf.* Aus einem Korb springt es in lustigen Sätzen auf Schultern und Kopf eines gebückten Trägers, gut behütet, *zu einem Hut rate ich allen, die auf das Kitz schauen.* Ein Tier auf der Flucht laufe nämlich in die Höhe. Cornelio ging es, überlegt er, nicht viel anders, nach dem Tod seines Vaters war er verschreckt, wollte weg und hoch hinauf. Als die Tierärztin das Kitz hastig herabhebt, fällt der Hut des Trägers auf den Boden. *Das Kitz ist natürlich reinrassig, sage ich Ihnen, ein Steintier durch und durch. Ich warne Sie, Kreuzungen mit Hausziegen sind zwecklos*, vertieft sie sich in ein Gespräch mit den bärtigen Männern. Die Kitze von Hausziege und Steinbock hätten keine Chance in der Wildnis. In der Regel früh geboren, *zu früh*, mitten im Winter, keine Spur von Frühling, Gräsern, Leben im Gebirge, sterben sie nach ein paar Tagen oder Wochen ohne Nahrung.

Verwundert beobachtet Cornelio, wie Greta den Hut für den Steinkitzträger aufliest, an dessen Brust legt, mit ihren Fingern die vielen Falten seines dreckigen, verschwitzten Hemds entlangkrabbelt. Außer Cornelio scheint niemandem aufzufallen, wie der Mann errötet, die Schoppenflasche nicht länger aufrecht hält. Zuckerwasser läuft aus, am Boden eine süße Spur wechseln die vielen Ameisen wie wild die Richtung. Als wäre der rote Auflauf hörbar, dreht sich die Ärztin um und schaut gleich wieder weg, als wäre da nichts außer ein paar Ameisen.

*

Noch sind die schwarzen Nachtameisen unterwegs, sie folgen denselben Gerüchen wie die roten, nutzen dasselbe Baumaterial. In die Quere kommen sich die beiden Arten nicht, *weil sie der Abend oder der Morgen abschirmt.* Ob es diese eine Stunde gibt, in der sie alle ruhen. Jannis gähnt, *du meinst, diese Stunde, die wir gerade suchen, ich bin mir nicht sicher.* Raschelnd packt Greta eine Hand voll Laub in den großen Sack, *für das Kitz, im Winter, und für unsere Tiere am Hof.* Es tue ihm sehr leid, fängt Jannis an, dass das zweite Kitz gestorben ist, *der Zuckergeschmack hatte, es war, als hätte der Zucker keinen Wert für dieses Kitz. Mit aller Not flößte ich ihm ein paar Tropfen ein, nicht mehr*, es war zu wenig. Hintereinander steigen Greta, Jannis und seine Frau übers Gehölz den Weg hinauf, den kaum jemand pfadet, *unter diesen Fichten suchen wir uns jedes*

Jahr unseren zweiten Weihnachtsbaum aus, am Balkon draußen steht er dann tagelang, leuchtet die halbe Nacht. Trotz der Lämpchen schlafen die Kinder tief wie Murmeltiere, vor allem Flora. Wenig Sonne im Winter ist mehr ein Entzug für sie als für alle, jedem anderen macht die Sonne viel weniger aus. Flora wird ohne genug Sonnenlicht müder, schneller heiser und schweigt stundenlang, wenn die Tage wie Nächte in Grau liegen.

Als es dämmert, sieht Greta, dass Jannis' Frau ihre Brille als Haarreifen verwendet, alle Haare aus dem Gesicht, ordentlich, das gefiel Tante Severine bei Mutter früher sehr. Die Frau wirkt so entspannt, als ginge es um nichts, und mit der Zeit doch ungeduldig, *wann sind wir endlich da, bei dem Ausblick, von dem du sprichst. Sonst sehen wir statt der Mondfinsternis bloß Bäume, die vielleicht einmal Weihnachtsbäume werden.* Sonst sei das alles ja umsonst, das frühe Aufstehen, Herumirren, Frieren, *ich muss heute munter sein, ich muss ja das Kitz und die älteren Steingeißen vor unserer Abreise noch untersuchen.*

Heller wird es mit jedem Schritt und trotzdem finden Greta und Jannis dunkle Winkel, Äste, Stämme, hinter denen sie einander überall im Gesicht, an der Brust, dem Rücken berühren, als wäre seine Frau nicht zwei Meter neben, vor oder hinter ihnen, als wäre sie nicht seine Frau, als müsste sie das Rascheln nicht hören, wenn sich Jannis gegen Greta lehnt, klopft ihr Herz schneller. *Es tut mir weh*, raunt er, *dann küsse, umarme ich dich und es bringt nichts*, ist nicht genug, seine Lippen, seine Arme. Irgendwann knistert kein Laub mehr, *wir sind da*, auf der Anhöhe, die wie ein Balkon in den Berg geschlagen weit über den See, das Schloss, bis hinab zum Dorf schauen lässt.

Vorm Himmel im blassen Sonnenschimmer schlägt der Mond tiefrot am Wasser auf, spiegelt sich in der Kugel aus Glas, von dort wider und wieder im Wasser, als wäre diese ein Kristall mit vielen Facetten, *die Kugel dreht sich, nicht wahr*, fragt Jannis. Greta gibt ihm recht, *sie spielt, kreist mit dem Wind.* Jannis' Frau runzelt die Stirn, stellt sich zwischen Greta und Jannis, *wem gehört eigentlich dieses große Schloss auf dem Hügel*, hinter dem der Mond unter, es geht die Sonne schon auf. *So genau weiß das niemand, der alte Besitzer verstarb*, sagt Greta leise, *Jahre vor seinem Tod, heißt es im Dorf, verunglückten seine junge Frau und sein Kind, sie wurden von einer Lawine verschüttet. Seit ich selbst im letzten Dorf wohne, ist das Schloss leer, niemand kommt her, das ganze Jahre über nicht.* Jannis' Frau schaut sie ungläubig an, *wirklich, ich bilde mir ein, dass Licht hinter einem Fenster brannte, als wir losgingen. Nein, ich bin mir sogar sicher, da war Licht.*

*

Vor der grünen Tapetentür mit einem Porträt schweben ihm die Steinböcke mit ihren lang geschwungenen Hörnern vor, als könnte er, Cornelio, mit ihrer Kraft und dem Gewicht, das er nie hatte, durch die Wand laufen. Mit seinem Zeigefinger fährt er seinen aufgeklebten Bart, dann die Schriftzüge auf der Fußleiste entlang, „das grüne Liebespaar" bedeuten die drei Worte, die ihm Flora übersetzte. Er drückt zuerst leicht, dann fester, bis die Tapete in der Wand getarnt endlich nachgibt.

Im Zimmer verborgen brennen unzählige Lampen, an Schnüren, unterschiedlich lang, hängen sie von der

Decke herab. Vielleicht ließ die Frau seines Vaters die Lampen absichtlich brennen, weil sie sich einen hellen Empfang wünschte, wie überall, mochte sie es bunt. Nicht eine Glühbirne ist durchgebrannt in einer der Nächte, an einem, ja, dem Wintertag, an dem das Sonnenlicht alle Lichter überstrahlte, es keine Kerzen am Friedhof gebraucht hätte. Heute bestünde Cornelio trotzdem auf hundert Kerzen, *es geht um deine Familie, deine Frau, deine Tochter, meine Schwester*, würde er seinen Vater überzeugen. Von Jahr zu Jahr kostbarer schienen die Lampen in ihrem Stadthaus. Bis Cornelio auszog, waren sie alle vergoldet und gleichwohl sparte der Vater beim Licht, *ich bin gegen Verschwendung*, murmelte er im Halbdunkeln, das Gesicht tief über eine Zeitung gebeugt. Bloß jemand wie er konnte es übers Herz bringen, Kunstwerke wie Gold und Geld in stockdunklen Verliesen einzulagern, reich damit zu werden. *Ein Verbrechen gegen die Malerei*, ärgerte sich seine Frau und verbrachte mit ihrer Tochter lange Wochen im Gebirge, im Schloss. Wie ein Kunstmuseum bestückt, seien dort die Steinwände voller Bilder wie Frühlingswiesen, *sie blühen auf*, schwärmte ihm seine Schwester vor, die, anders als Cornelio, aus der Stadt hinausreisen durfte.

Cornelio fährt erschrocken zusammen. *Als Besitzer darfst du deine Schuhe also anlassen, habe ich recht. Wenn ich das gewusst hätte, wenn ich gewusst hätte, dass du der Besitzer bist.* Auf einmal neben ihm bringt Greta den Schlossschlüsselbund in seiner Hand ordentlich zum Klimpern, seine, ihre Finger zittern, *ich ahnte es.* Als sie jede sonst verschlossene Tür aufgesperrt fand, *war es mir sonnenklar, dein Hut mit der Feder liegt beim Tor, also zum Klettern hättest du ihn, hätte er sie.* Cornelio unterbricht Greta, *hätte ich dich gebraucht, du hast recht.*

Als beschuhter Schlossherr entgehe ihm jedenfalls etwas, *sogar sehr viel.* Er spüre nicht, *wie diese roten und grünen Teppichfransen wie Mohn und Minze zwischen den Zehen sprießen*, sie legt sich hin, damit sie heiter grünes Wachsen im Ohr habe, zwischen Hals und Schultern ein Kitzeln. Rasch steht sie wieder auf, *der Teppich in diesem Zimmer fühlt sich nicht gut an.* Wie vertrocknet kommen ihr die Fransen vor, *und ja, schau, die Gräser sind zum Teil gelb und braun, etwas stimmt da nicht.* Ob er auch das leise Summen höre, *oder bilde ich es mir bloß ein.* Greta reibt über ihre Arme, *und den Wind, es zieht von allen Seiten, spürst du das.* Hastig ziehen sie sich aus dem Zimmer zurück, Cornelio drückt die Stofftür zu, ihr Blick bleibt am Porträt hängen. „*Das grüne Liebespaar*", übersetzt Cornelio die Worte auf der Fußleiste darunter, so lautet der Titel. Sie sehen gemalt zwei Liebende in grünen Kleidern, mit Hüten, mit allerlei verziert. In die Stille geflüstert, spricht ihm Gretas Satz aus der Seele, *hineinkriechen möchte ich in diese Farben, wie in eine Wiese voller Minze und Mohn.*

Zweiter Frühling nach der Apfelernte

So ist es recht, werdet mir bloß nicht empfindlich. So gehen sie also barfuß über die kleinen Kieselsteine, behände auf bloßen Sohlen, als wären die Steinchen nicht eckig und spitz, laufen dann Greta und Melina über den Vorplatz und verabschieden sich von der zufriedenen Tante Severine, *bis zum Abend sind wir zurück*. Melina ruft aus, *mit Händen voll Erdbeeren*, den ersten Erdbeeren des Jahres, die ihnen wie Rubine im Bergwerk vom Fuße der Bäume aus dem Wald entgegenleuchten werden.

Flora, bleibst du wirklich daheim, fragt Greta ein letztes Mal, sieht das Mädchen, die junge Frau im Türrahmen nicken, mit der Hand übers Nachthemd streichen, das sie, *das hast du seit dem Mittagessen an*, ärgerte sich Tante Severine. Deutlich stellt Flora sich quer, macht vorm nächsten Tag keinen Schritt mehr vor die Tür, das drückt ihr Nachthemd aus. Entschlossen zupft Tante Severine zwischen den Steinen ein Grasbüschel aus. *Wie wenn sie ein schwarzes Barthaar bei sich entdeckt*, flüstert Melina, kichert, *meistens unterm Kinn oder der Nase. Auf jetzt, beeilt euch, wahrscheinlich gewittert es später noch*, scheucht sie Tante Severine aus der Ferne weiter. Auf Gretas Rücken geschnallt der kleine Chaspar, *gut*, recht viel mehr redet er noch nicht, munter und laut *gut*, sagt er. Weil er mit Tante Severine spricht, die für ihr Alter gut hört, *aber halt bloß für ihr Alter*, erklärten ihr die Mädchen.

Von den Hausmauern über den Kies bis in den Wald wächst Efeu im Stein, unter Steinen. Überm alten Laub versiegelt es mit seinen grünen Ranken alles, *und jede*

Stelle erreichen deine Küsse irgendwann. Manchmal dauert es ein paar Tage, bis ich deinen Kuss aufs Schulterblatt in meiner Ferse spüre, schwärmte Greta Jannis einmal vor, *es ist wirklich so*, sei gar nicht unangenehm, so verwachsen zu sein. Er lächelte, fuhr mit seinem Finger ein Stück weit in ihr Ohr, schob ihn vor und zurück, *wie ist es mit dieser Berührung.* Greta machte die Augen zu, biss sich auf die Lippe, *sie wächst noch schneller überallhin.* Zum Glück sei das so, sie habe außer ihm ja eigentlich niemanden, der ihr so nahekommt, außer sie selbst. Ihm gehe es gleich, antwortete er. Eigentlich wollte Greta nicht wieder widersprechen, *aber das stimmt nicht, du hast deine Frau, sie liegt dir jeden Abend in den Ohren, in den Armen meine ich*, sie meinte, *in den Ohren*, und damit überall.

Greta beugt sich hinab, *Melina, bitte tupf sachte das Wasser vom Moos auf Chaspars Augendeckel*, damit er bald schon wie sie zwei nach Walderdbeeren spähen kann. Alle drei naschen sie vom ersten Büschel. *Mich nimmt es Wunder*, wendet sich Greta an Melina, *ob dir heuer die Erdbeermarmelade samt den Stücken schmeckt.* In den Vorjahren hat das Mädchen sich angewöhnt, die mit Zucker weichgekochten Erdbeerstücke an den Rand ihrer Butterbrote zu bringen, dann alle Erdbeeren auf einmal hinunterzuschlucken. Als hätte sie den Mund voll klebriger Schnecken, zog sie die wildesten Grimassen am Tisch. Währenddessen war ihr der flüssige Rest der Marmelade meist schon von allen Seiten auf ihre Finger getropft. *Ein einmalig heikles Mädchen, wie eine Fürstin führst du dich auf*, schimpfte Tante Severine. Vielleicht sei sie ja eine Fürstin oder Prinzessin, *wer weiß, wer meine Eltern sind.* Zum ersten Mal hatte es etwas Leichtes, als sie es sagte, *vielleicht ist meine Mutter ja eine Königin.*

Was redest du für Zeugs, Melina, iss jetzt auf, schloss Tante Severine das Gespräch, räumte Butter und Marmelade vom Tisch, *ihr solltet wieder einmal bloß trockenes Brot essen. Wahrscheinlich wisst ihr Mädchen gar nicht, wie das schmeckt.* Als Greta so alt wie Melina war, hat sie die ersten Erdbeeren des Jahres mit Jannis gegessen, Jahre später noch mit dem Probieren auf ihn gewartet. Bis sie ein Jahr leer ausging, *weil, ja weil ich da nicht wegkomme*, erklärte er, *ich habe jede Woche Prüfungen*, das erste Schuljahr im Gymnasium sei das härteste, *für mich als Quereinsteiger sowieso. Komm mich doch besuchen, Greta.* Bis sie in der Stadt bei ihm ankam, gab es keine Erdbeeren mehr, *keine einzige, ich hätte Marmelade machen sollen.* Hätte sie, wäre sie, dann wäre, hätte, wie auch immer.

Es schmeckt ungekocht anders, nicht wie Schnecken, verteidigt sich Melina, die Rosinen im Kuchen mit vollgesaugten Zecken vergleicht. *Hör mir auf mit diesen Bildern*, wehrt Greta ab, *sie verleiden mir noch das Feinste vom Feinsten.* Aber was verkehrt am Schneckenessen sei, fragte Greta schon einmal Jannis. *Sie sind in diesen Trockenwiesen selten*, seine ernste Antwort. *Stelle sie mir schlimmer als Haferschleim vor*, antwortet Melina, wie eingekochte Erdbeeren eben. *Gut*, reißt Chaspar sie beide aus den Gedanken, dem Gespräch, ihre Hände, kleine rote Ameisen in den Sträuchern. *Schau*, ruft er, *die Ameisen tragen Samen*, halbverdaut aus dem Kot eines Hirschs geborgen, ist da sogar eine tote Maus, die kräftige Käfer forthieven und als Nahrung für ihre Brut vergraben werden.

Tiefer wandern sie in den Wald, Hand in Hand, wie Geschwister, wie eine ältere Schwester für Melina, auch für Chaspar, für Flora fühlt sich Greta manchmal.

Nicht wie eine Mutter, wollte Cornelio wissen. *Wie eine Mutter, nein,* sei sie nicht, wäre sie gern für sie. *Denn sie haben ja keine andere mehr*, auch Tante Severine nicht, *sie ist mehr, halt eine Tante, wie für mich, aber es gibt Grenzen.* An ihren Sohlen spüren sie an einer Stelle spitze und klebrige Stiele mit Widerhaken. Auf den ersten Blick entdeckt Greta ein Vogeljunges, verfangen im Samenwerk. *Wir stehen vor einem Vogelfängerbaum*, erinnert sie sich an Jannis' Schilderung, wie gefallene Vögelchen die klebrige Saat im Wald vertragen, manche mit den Widerhaken an den Boden genagelt sterben, tot das neue Leben nähren. *Wir müssen es retten*, drängt Melina, ihr Gesicht noch von den Erdbeeren rot verschmiert, röter, wie sie sich mehr und mehr aufregt, *das arme Vögelchen.* Auf allen Seiten Fallen bis auf die Luft über ihren Köpfen, sie wäre rein. Sachte löst Greta das erschöpfte Tier aus der Umklammerung, zupft mit den Samen ein paar Federn aus. Keine Regung außer Atmen so stark wie damals in Chaspars Brust, als sie das Kind im Steinbockkorb fanden, *wir nehmen es zu uns*, versuchen alles, dass es ihm besser geht. Chaspar hat seit einem halben Jahr mehr Leben in den Augen, draußen, und einen Gesichtsausdruck.

Ihren Schritten heim haften Jannis' Worte an, wie damals würde er sagen, *in den Vorlesungen wird gelehrt, bloß zu beobachten, nicht zu empfinden, nicht moralisch einzugreifen, wenn es um Tiere, Pflanzen der wilden oder freien Natur geht.* Aus Erde, Vogel, Verwesung, Gefieder würde nach Wochen ein grünes Pflänzchen, nach Jahren ein Baum an der Stelle wachsen. Es sei natürlich, ein Kreislauf. *Aber*, ergänzte er, *was das Empfinden angeht, irren sich die Professoren.* Was sei verkehrt daran, zumindest Mitgefühl mit den Vögelchen zu haben.

An Jannis' Worte muss Greta jedes Mal denken, wenn sie wie getrieben Totholz aus dem Wald birgt, *weil sonst*, wiederholt sich Tante Severine, *haben wir bald bloß noch Käfer, keinen Wald mehr.* Manchmal sagt Greta Jannis' Worte als leisen Widerspruch für sich auf, *aus totem Wald wächst ein neuer Wald*, ihren Vorwurf an Jannis, laut, *du verklärst alles, uns, den Wald. Den Tod.* Mutter hätte wie sie das Vögelchen den Fängen des Baums entrissen und in ihre Schürze gepackt. Hätte sich anders als Greta noch vor dem Baum verbeugt, ehe sie ihm den Rücken kehrte. Sie hätte geweint, aber nicht vor Greta, ihrer Tochter lächelte sie still zu, schmächtig im Nachthemd weiß, als ob für Geister genäht. *Greta, warum weinst du denn jetzt*, Melina zwickt sie fest in den Arm, *sag, wird es sterben, das Vögelchen.* Von den Fingerspitzen flößen sie dem Schnabel ein paar Tautropfen ein. *Nicht bei uns, im Wald. Nicht vor seinem ersten Flug. Versprochen*, fragt Melina nach, streicht übers Gefieder verklebt, Klingeln im Wald. *Versprochen, nein, versprechen kann ich es dir nicht.*

Es kommt starker Wind auf, zwischen Stamm und Ästen, Haut und Stoffen spürbar, was Melina mehr als alle anderen braucht, um in Schwung zu kommen. *Wind, das Kind braucht den Wind*, himmelhoch zu springen, habe Tante Severine erkannt, als Melina zum ersten Mal mit ihren Beinen zappelte, *du wirst ein Wildfang werden, das weiß ich schon jetzt.* Das Mädchen habe sich umgedreht und verbeugt, gleichwohl sitzend, wie eine Tänzerin. *Ein Windfang, willst du sagen*, hatte sich Flora eingemischt.

Erste Regentropfen pochen auf die Frühlingsblätter, ihre Schultern, darauf, schneller zu gehen, *vergiss die Erdbeeren, Melina, wir haben zu viel Zeit vertrödelt.* Zwischen den Baumkronen lilagelbe Wolken, gezackt ein Blitz ganz in der Nähe Donnergrollen. *Es schießen die Könige*, sagt Tante Severine immer, *sie schießen über die Berge zu uns.* Wären es Schüsse aus dem Königreich, *wäre es kein Wunder, wir entführen Steinkitze aus ihrem Jagdgebiet*, setzt Greta das Bild für den Klang fort. Sie singt jetzt unwillkürlich das Jahreszeitenlied. So fällt ihr nicht gleich auf, wie sie beim zweiten Blitz wie zum Schutz einen Baum umarmt. Von hinten von Melinas feuchten Armen umfasst, von Chaspar am Hals, fühlt sie sich geborgen. Umso mehr erschrickt sie, als sie merkt, *was machen wir da.* Melinas Antwort, als wäre es eine Frage, *wir halten uns vorm Sturm fest, wir verstecken uns vor Blitz und Donner.* Greta voller Angst ganz außer sich, *wir müssen weg von den Bäumen, schnell.*

An einer Wurzel springt Greta wieder ein Luchsstein vom Boden ins Auge. Eine Luchsspur leuchtet auch in Chaspars Augen, die Regenbogenhaut gelblich, je mehr, je älter er wird, *fast schon golden finde ich*, findet Greta. Vor allem im Haus lässt er sich nach wie vor schwer in die starren Augen, ins Gesicht schauen. Wie durch einen Edelstein schielen seine Augen oft in die Welt. Tante Severine waren seine scheinbaren Luchsaugen vom ersten Tag eine Sorge, *da ist trotz allem noch wenig Leben in ihnen, im Haus sowieso. Es heißt, dass sich aus starren Augen das Leben früher ganz davonstiehlt.* Greta schüttelte den Kopf, *Tante, sag so etwas nicht, was soll das bitte heißen, früher, und überhaupt was willst du damit sagen.* Sie hebt den feuchten Stein auf und legt ihn Chaspar in die Hand, *halt ihn gut fest, den Luchsstein, er ist wertvoll.* In seiner kleinen Hand drückt Chaspar den Stein an seine Wange.

*

Es regnet, er rennt, spürt wie sonst gar nicht mehr sein Bein, als er über Pfützen springt, den Schmerz. Er hätte, ein paar Jahre ist es her, nicht auf diesen Apfelbaum klettern sollen, aber die glanzvollen Früchte waren so verlockend. Ein Ast brach ab, fiel in den Schnee mit ihm, es tat weh, sein Bein, aber irgendwie schaffte er es zurück zu seinem Mooshäuschen, tags darauf weiter in die Stadt, wo sein Bein behandelt wurde. Bis gebrochene Knochen wieder zusammenwachsen, vergehen einhundert Tage. *Hundert Tage, wirklich*, erinnert er sich an Gretas Verwunderung, *so lange wie von der Saat bis zur Ernte der Kartoffeln.* Cornelio macht im wilden Regen den großen Acker aus, wo schon die zweite Frucht seit dem Unfall heranwächst, zwingt sich nicht zimperlich zu sein, weiter zu laufen über den Hügel, weiter bis zum Hof. Alte Äste wehen ihm entgegen, wie im Spätwinter abgefallene Geweihe werden sie morgen überall verstreut liegen. *Besser zieren sie freie Köpfe von Tieren als Wände und Hüte von Menschen*, ist Greta überzeugt, *wir brauchen das Rotwild in den Bergen und das Steinwild, diesen Frühling, so der Plan, geht das Gehege auf, dann sind die Steinböcke und Steingeißen wild und frei.*

Mit regenvollen Kleidern kommt er an. Die Hunde bellen immer laut, bis Tante Severine, Greta oder eines der Mädchen das Leittier beruhigt. *Beim richtigen Wind kannst du sie bis zum vorletzten Dorf im Gebirge bellen hören*, machte ihm Greta einmal weis. Dann wieder bleibe aller Schall am Hof, wo immerzu Rauch aus einem alten Schornstein aufsteigt, wo von Frühling bis Winter gebacken wird. Wie so oft lässt sich Cornelio von den Hunden an die Mauer drängen, zwischen Kübeln mit Eicheln fürs Steinwild, gegen Durchfall. Er klopft mit der Faust gegen die Mauer. Bis zur Tür, zur Glocke traut sich Cornelio heute nicht allein.

Endlich kommt Tante Severine und die Hunde verstummen. *Sie müssen sich vertan haben, Herr Nachbar, zuerst beim Haus, dann*, sie schaut auf seine Faust an der Mauer, *bei der Tür, oder besuchen Sie uns schon wieder.* Cornelio schüttelt den Kopf, dann nickt er, *nein, doch, eigentlich wäre ich sogar froh, am Hof übernachten zu dürfen. Letzte Nacht wollte jemand bei mir ins Häuschen, ich hörte Stöße, Rütteln am Fenster.* Ungläubig lässt ihn Tante Severine ein, *das waren sicher Hirsche, glauben Sie mir.* Der Goldapfelbaum im Garten, ob er ihn schon gesehen habe, bei dem Sturm verwehe es noch die letzten alten Äste, *die Hörner vom Steinwild*, klagt die Frau. Als hätten Äste mit Hörnern, als wäre das eine mit dem anderen, *aber hängt das zusammen, ich verstehe nicht ganz.* Dann solle er sich den Apfelbaum einmal genauer anschauen.

An anderen Tagen sieht Tante Severine durch die dicken Brillengläser alles, nichts entgeht ihr, auch nicht, wie die Hunde mit dreckigen Pfoten hereinlaufen und ihr nasses Fell an den Wänden abreiben wollen. An diesem Abend lässt sie die Hunde gewähren. Sie ist mit ihrem Kopf woanders, *ein Teil meiner Kindheit, meiner Kinder, meine ich, steckt im Wald.* Flora schlafe trotz Blitz und Donner, obwohl sie alles höre. Die Schafe auf der Alm seien dem Gewitter ausgeliefert, *dem Hirten traue ich nicht viel zu, er ist zu verträumt.* Was sie gehört habe, besitze der Mann eine Schwäche für Wolken, *also weiß ich schon, was ihn jetzt interessiert, wohl kaum meine Schafe.* Am schlechtesten von allen gehe es ohne Zweifel ihr selbst, *ich sorge mich zu Tode.* Tante Severine steckt ihre Brille ins graue Haar, ist so auf einmal nicht mehr unnahbar, ihr blasses Gesicht ist schön so, findet Cornelio.

Sie setzt sich auf die Eckbank an den Kachelofen, die Brille auf dem Schoß abgelegt, *wir sollten sie suchen, aber ich will Flora nicht wecken. Ich will dem Mädchen keinen Schrecken einjagen*, ihre Arme auf der Brust überkreuzt, die Finger verkrampft, schüttelt Tante Severine den Kopf. *Das mag Ihnen, Cornelio, übertrieben vorkommen*, aber er wisse ja nicht viel über diese Kinder, *sie haben bei mir ihr Daheim, einen warmen Ofen, zu jeder Jahreszeit. Ich bin immer da. Ich kann nicht einfach weggehen.* Kaum je gehe sie so weit, dass sie den Rauch vom Schornstein nicht mehr aufsteigen sieht, *es gibt immer etwas zu tun, auch am Hof.* Aber dann, schlägt Cornelio vor, gehe er allein Greta und die Kinder suchen. *Nein*, er würde sich sicher verirren, er kenne vielleicht die Städte der Welt gut, *aber dieser Wald ist eine Welt für sich, ist eigen.* Dann solle sie ihm ein Stück Papier geben, eine der Schreibfedern, *wir schreiben für Flora eine Nachricht, legen sie auf die letzte Stufe der Stiege. Dann wird sie Bescheid wissen.* Sie werde nicht erschrecken. Im besten Fall wache sie erst auf, wenn alle wieder heil zurück sind.

In Mänteln aus weißgrauer Schurwolle, begleitet von den Hunden, von Blitz und Donner, treten sie unter die großen Tannen wie Kerzen, ihre schwarzen Wipfel wie Dochte in den Himmel gestreckt, sind sie eine Art Sonnenfänger bei Nacht. Wenn der Wald Feuer fängt, wäre der Wind zu viel, zu wenig würde der Regen auslöschen. Auf ihren Gesichtern bilden sich Bäche, über ihren Köpfen wirre Nester, die sie unter tiefgreifenden Ästen immer geduckter gehen lassen. *Melina, Windfang, Greta, hört ihr mich, Chaspar, Chaspar, kleiner Schatz*, Tante Severines Worte krächzend gegens Dickicht. *Melina, Chaspar, Greta*, drängt Cornelio lauthals weiter, *hört ihr uns*, die Hunde laufen voraus.

Sie treten hinaus auf eine Lichtung, schlurfen über die vollgesaugten Wiesen, *da war etwas, ein Fuchs oder ein Dachs, haben Sie das gesehen*, flüstert er, schaut zu Tante Severine, die sich niedergekniet hat. Alle drei, Greta, Melina und Chaspar, auf der Erde, aneinandergeklammert, durch und durch nass, kleben sie geduckt am Waldboden. Tante Severine schüttelt den Kopf, *Kinder, was macht ihr, seid ihr von allen guten Geistern verlassen.* Es sei wegen Melina, fängt Greta an zu erklären, *sie ist ausgerutscht, ich konnte sie und Chaspar nicht mehr tragen.* Mehr als der Regen ängstigten sie die Blitze. *Aber ihr seid ja völlig durchnässt*, überschlägt sich Cornelios Stimme. *Ach wirklich*, erwidert Greta, *ist dir das aufgefallen, dass wir nass sind. Was hätten wir*, wohin hätten sie gehen sollen, *wir konnten nicht in Deckung. Cornelio, nimm bitte Melina huckepack.* Greta legt Tante Severine zitternd ein kleines Päckchen, ein Vögelchen, in Blätter gewickelt, in die Hände, *sachte. Heben wir die Beine auf und laufen wir schnell heim.*

Wieder hört es Cornelio rascheln, *da ist es wieder.* Es sei ein Luchs, flüstert ihm Greta zu, *er war die ganze Zeit da*, sie schmiegt ihren Kopf an Chaspars Wange über ihrer Schulter, *der Luchs hat aufgepasst auf uns.*

Inzwischen gebe es wieder mehr Luchse im Wald. Es war eine Zeit, da war der Luchs schon fast verschwunden. Zwischen Prasseln und Schlägen hören sie ein Zwitschern, *es klingt wie ein Feuervogel*, überlegt Tante Severine laut, *aber nein, es ist natürlich Flora*, klingt täuschend echt, ihr Zwitschern, *sie ruft uns heim*. Wenn sie könnte, liefe sie jetzt mit Wind und Hunden voraus, seufzt Melina, *aber mein Bein tut mir so weh.* Cornelio nickt, *das kenne ich, aber es ist nicht so arg*, es sei nichts gebrochen.

*

Eins zwei drei vier sind sie im Badezimmer, rasch sperrt Greta die Tür ab, *damit uns Cornelio nicht überrascht. Er schläft heute bei uns.* Flora und Melina schauen sich verschämt an, werfen ihre Gewänder in Knäueln auf die Fliesen. Greta wringt sie überm Waschbecken aus, im Spiegel ihr Lächeln und das Lachen der Kinder. Jahre schon ist es her, seit die Mädchen zusammen badeten, *ganz wie, ja als Geschwister*, in die Mitte nehmen sie den kleinen Bruder, dem nichts lieber als das Wasser ist. Flora wird langsam erwachsen, ist in den Jahren, seit sie die Badezimmertür absperrt, dafür selbst das Schloss gebastelt hatte, eine junge Frau geworden. Sie hat große Brüste, wie sie Greta in ihrem Alter gern gehabt hätte und Jannis erst, glaubte sie. *Das stimmt nicht, Greta, du gefällst mir genau so, so passt du zu mir und ich zu dir,* sein Lockenkopf seitlich zwischen ihren Brüsten und abgewinkelten Beinen, *wie eine Passform bist du für mich.* Ist er für sie, *da hast du recht, Jannis.*

Greta, sag, wird unser Vögelchen überleben, reißt sie Melina aus der Erinnerung. *Es ist sehr schwach, aber es zwitschert schon mal wieder*, mit einem Blick zu Flora, *unser Nachbar war beeindruckt von deinem Feuervogelzwitschern, er wollte es kaum glauben.* Floras Mund öffnet sich kurz, die Mundwinkel, Augenbrauen hoch, für einen Moment verrät sie, dass sie sich freut, ein bisschen stolz sogar ist. Dann reibt sie weiter Chaspars Ärmchen ab. Melina spritzt ihr ins Gesicht, *ich habe Cornelio gleich erzählt, dass du bloß so gut zwitscherst, weil du eigentlich das Pfeifen lernen wolltest.* Sachte fährt Greta über Melinas verstauchtes Bein, *das bist wieder einmal du. Du kannst nicht immer im Mittelpunkt stehen, das weißt du schon.* Melina nickt, *in der Schule bin ich eh am Rand, weit weg vom Mittelpunkt. Wann kann ich wieder gehen*, draußen. Ums Haus humpeln, bis zum Apfelbaum, zur Bienenhöhle könne sie schon morgen. *Für den Schulweg sitzt du hinten auf Floras Fahrrad auf. Es geht wieder, wenn es geht, mach dir keinen Druck.*

Klopfen an der Tür, *macht auf, Mädchen, ich bin es.* Greta sperrt auf, Tante Severine tritt ein. Ihre ernste Miene schlägt, als sie die Kinder sieht, wie selten ganz in große Freude um, *dass ich euch so noch einmal zusammen sehe, alle zwei in der Badewanne wie früher und mit Chaspar.* Greta geht auf Tante Severine zu und tupft ihr die Wangen ab, Gräser und Erde. *Sag jetzt nicht, Greta, bei mir auch, gerade vorhin habe ich den Nachbarn für sein dreckiges Gesicht geschimpft.* Greta lacht, *als wärt ihr, nicht wir im Dreck gelegen.* So könnte, malt sie sich aus, Cornelio mit Kinn, Stirn und Nase all das leere Briefpapier in seinem Schloss bedrucken. *Du machst dich lustig über mich*, würde er erwidern. *Wie kommst du denn darauf, Cornelio*, wäre Gretas Antwort, *wir sind ja auch nicht wirklich nass geworden im Wald.*

Tante Severine taucht den Waschlappen ins Badewannenwasser, *aber das Wasser, es riecht so, Mädchen, dieser Geruch. Ihr habt also, ich weiß schon.* Flora und Melina nicken im Chor, begeistert, *wir haben eine kleine Erdschnecke hineingetan*, gesteht Melina, *sie klebte auf Gretas Stiefelspitze.* Im Milchwasser gelöst haftet der Geruch wie Tröpfchen auf der Haut, für eine Weile oder auch für immer. *In deinem Fall wohl hundert Jahre lang*, erklärte Mutter Greta, als diese vor Jahren fragte und wissen wollte, *warum rieche ich für andere immer noch danach oder so ähnlich.* Als verschluckte sie eine Erdschnecke oder eine der goldenen Perlen, die sich in ihrem Schneckenhaus bilden, *sei doch froh, Greta, du riechst gut.*

*

Schwer lässt er sich auf das Bett fallen, Wand an Wand mit Tante Severine. Das Vogelgezwitscher will ihm nicht und nicht aus dem Kopf gehen. Dieses Lied, das kein Vogel, *Flora sang es*, bekräftigte Greta zurück im Trockenen, *es war Flora, hast du sie nicht erkannt.* Als ob jahrelang die Fenster verschlossen in einem Schwung auffliegen, erinnert er sich wieder an den goldenen Käfig in der Stadt, den rotgoldenen Vogel darin, die Frau seines Vaters und wie seine Schwester das stolze Tier mit Fruchtstücken fütterte. Es hieß, Mutter und Tochter seien von einer Lawine nahe am Dorf verschüttet und fortgeschleppt worden, unauffindbar, begraben. Beim Abschied am Friedhof waren die Särge leer bis auf ihre hohlen Gewänder mit Blumenmustern. Für Cornelio blieben beide all die Jahre im Schloss im letzten Dorf im Gebirge, in einem der Zimmer hinter

Zimmern, wie der rote Blumenvogel, der seinem Vater und ihm aus der Stadt entwischt war. Als er Floras Stimme zwitschernd im Wald hörte, waren sie auf einmal frei, die Stiefmutter, seine kleine Schwester und der rote Vogel aus dem Käfig.

Wie Schuppen von den Augen fiel ihm auf, dass er die Feuervogelfedern, die ihm Greta fürs Sprossenklettern schenkte, schon seit seiner Kindheit kennt. Gleich erkennen hätte er sie müssen, an ihrer Farbe, dem Blütenmuster, woher habe sie die Feder, fragte er Greta ganz am Anfang. Sie zuckte mit den Schultern, *du meinst die blühende Feuerfeder, warum fragst du*, eine längere Pause, *vielleicht von unserem Goldapfelbaum, er blüht rot im Frühling.* Vorhin wünschte ihm Greta eine gute Nacht, *gute Nacht, Cornelio. Schreck dich nicht, auch rund um den Hof gibt es Hirsche.* Zur Sicherheit schließt er die Fensterläden, sodass es stockfinster ist wie im tiefsten Wald bei Nacht und bei Tag. Ungelenk kriecht er unters gespannte Leintuch, an Fußende und Seiten unter die Matratze geklemmt, darüber eine kratzige Wolldecke und eine weiche Daunendecke. Unter drei Lagen zugedeckt schläft Cornelio sehr schwer ein.

Da spürt er einen Finger auf seinem Mund, *Greta, bist du das*, spürt den Finger jetzt auf seinen trockenen Lippen auf und ab tippen. Er atmet Gretas unvergleichlichen Geruch ein, wie ein Parfüm, *aber es ist keins, so rieche ich selbst*, wehrte sie ab, er glaubte ihr anfangs kein Wort. So wenig er sie sieht, so viel spürt er sie, wie sie unters Leintuch schlüpft, ihn von hinten fest umarmt. Einen Moment hält er inne, unsicher. Dann streicht er von ihren Schenkeln zu ihren Hüften, streift das Nachthemd hoch, merkt, wie ihre Umarmung fester wird. Sachte löst er ihre Hände, dreht sich um zu einem Wort, bloß ein Wort, *wirklich*, einem Kuss. Da legt sich schon der Finger zwischen seine und ihre Lippen. Ihre ganze Hand zittert.

Seit sie ihm auf der Winterreise zum ersten Mal begegnet ist, bestimmt Greta fast jede Berührung, jede Form von Nähe zwischen ihnen beiden. Wie viel Platz ist, wenn sie zusammensitzen, auf der Bank am Waldrand bleibt der Platz in der Mitte meistens frei. Seit der stockenden Reise durchs Gebirge spielt sie in einer Art mit ihm, seiner Hand, seinen Füßen, seinen Lippen, *niemand im Dorf küsst sich zur Begrüßung auf die Stirn, das hast du erfunden.* Sie lächelte entlarvt, *sind wir denn niemand, Cornelio.* Wie es ihr einfällt, gefällt, fächert sie seine Finger auf, legt sie einmal hinter ihren Nacken, einmal oberhalb ihrer Brust, wenn sie traurig ist, sie beide am Waldrand auf der Bank warten, als wäre es ein Bahnhof. *Weinst du, Greta*, sagt er dann. Irgendwann, *Cornelio, es geht schon wieder.*

Gern lässt er sich das Spiel gefallen. Es ist nicht wenig, mehr will er, wollen sie beide nicht. Aber in den blinden Augenblicken dieser Nacht wirkt Greta auf ihn selbst so, als wüsste sie nicht weiter. Stocksteif liegen sie sich gegenüber. Bis sie ihm mehr wie einem Freund oder Bruder wieder um den Hals fällt, ihre Haare sonderbar sticheln und rascheln. Dann dreht sie ihn wieder um, schlingt von hinten ihre Arme um seine Brust, verschränkt seine Hände, hält sie fest. Am Nacken spürt er ihren Atem ruhig und ruhiger werden, seinen Herzschlag in ihrer Nähe.

Sie schläft noch immer hinter ihm, als er aufwacht, ihre Hände jetzt auf seinem Bauch, spürt er ab und zu leichten Druck, als wollte sie in diesen Sekunden aufwachen. Nicht lange und sie lässt locker, ein Seufzen an seinem Ohr. Langsam wandern seine Finger entlang ihrer Beine hinauf, bis zu den krausen Haaren zwischen ihren Schenkeln. Zuerst spürt er sie an seinen Fingerkuppen, dann an seinen Leisten wieder das Rascheln. Wie junge Zweige voller Blätter, er möchte sie nackt sehen, ohne Blatt vorm Mund spüren, bloß seine Finger, immer tiefer. Das alte Bett knarzt. Wie Zeiger einer Uhr drehen ihre Körper Kreise auf dem Bett. An einer Stelle wird es still, sein Pochen, lautloses Beben ihr ganzer Körper. Sie verkrampft sich, als müsste sie ausrufen, der Zeigefinger jetzt auf ihren eigenen Lippen. Kurz danach auf seinem Mund, während sie sich losmacht, auf den knarzenden Boden tritt. Ein paar Schritte leise und sie ist weg, lässt ihn mit ihrem Geruch allein zurück, die Tür fällt zu. Alle Decken lose, bemüht sich Cornelio das Leintuch und die Wolldecke wieder fester zwischen Bettkasten und Matratze festzustecken. Er schüttelt die Daunendecke auf, sie schwebt wie eine Wolke, ein Traum über allem, was war.

Wie nach einhundert Jahren Nacht, hundert geschlafenen Stunden fühlt sich Cornelio am Morgen früh, im Gesicht ein bisschen Licht durch einen Ladenspalt im Zimmer. Er lässt mehr Sonne herein, von draußen mehr Licht und Luft aus dem Obstgarten. Auf dem Holztisch vorm Fenster liegt eine Hand voll Walnüsse und Walderdbeeren, eine Nachricht in Gretas Schrift, *lass dir die Früchte schmecken und die Nüsse, aber kein Wort über diese Nacht. Es ist ein Geheimnis und kein Geheimnis für den Tag.* Ihm kommt das alte Sprichwort in den Sinn, *wer das Geheimnis einem anderen sagt*, heißt es, *der hat es schon verloren*, lautet wörtlich auch das Ende der Nachricht. Greta muss noch einmal gekommen sein, als er schon schlief und träumte. Auf Zehenspitzen leise, barfuß, als drehte sie eine ihrer geheimen Runden auf den Wollteppichen im Schloss.

Mit den Erdbeeren auf der Zunge ist es, als könnte er zurück in diese Nacht kriechen, unters Leintuch, das riecht, als wäre es Gretas blasse Haut. Da entdeckt er auf dem weißen Grund am Bett kleine rote Blumen, da, dort, zusammen genau acht, zählt er nach. Er schüttelt das volle Kissen aus, drückt, quetscht und zieht es wie eine Ziehharmonika, aber es bleibt bei acht Blumen, feiner als Daunen und rot, schlüpfen sie ihm immer wieder durch die Finger. Behutsam will er sie auf seine Handfläche heben, sie segeln an seinen Fingern in der Luft. Ihre Bewegungen zu geschwind, als dass er sie mustern könnte, sehen, ob sie rot in Rot ein Muster tragen. Am Ende bläst er sie auf den Holzboden, wo große Astlöcher sie scheinbar verschlucken.

Vor acht Jahren

Ist es Phantasie, dass sie die Minze schmeckt in dem Moment, da sie die Hütte aufschließt. Die Hütte gehört nicht ihr, der Schlüssel gehört in sein Versteck zwischen die Holzscheite. Aber die Minze schmeckt so gut da drin, aufgerieben zwischen ihren Lippen und seinen. Jannis wird, wenn sie sich küssen, sie vom Küssen ihm schreibt, schreibt er, *werde ich immer rot, Greta.* Ist es Phantasie, dass sie die Minze schmeckt, ihr Mund ist leer.

Sie stellt sich vorm Spiegel auf, raucht die halbe Zigarette, die ihr Jannis in den Umschlag gesteckt hat, sie schmeckt anders, *wenn du nicht da bist, warum kommst du nicht, es ist heißer Sommer.* Sie trage die weiße Bluse mit gezacktem Kragen, wie bei ihrem ersten Mal, gegen den Spiegel gedrückt, antwortet sie auf seinen Brief ein paar Sätze, die ihr einfallen, dann, *dann fahre halt ich zu dir. Der geschmückte Hut gehört nicht uns, aber er gehört auf deinen Kopf*, wenn Jannis mit Greta schläft, *also kommt er mit mir zu dir in die Stadt*. Greta nimmt den Hut vom Haken überm Spiegel, setzt ihn auf, mit feuerroten Federn, aufgenähten Bienen, Luchsohrpinseln und Schneckenhäusern verziert, *kurios finde ich ihn, auch dass mir Mutter nicht sagen kann, was das für ein Hut ist. Der Hut ist kurios, findest du nicht auch*, stachelte sie Jannis an, der zurückwich, *ich muss ja nicht alles wissen, Greta, es fühlt sich schön und gut an, ihn zu tragen, das weiß ich.* Als Kind im letzten Dorf im Gebirge wünschte sich Mutter lange, *ich wünschte mir so, diesen Hut einmal zu tragen*, aber Tante Severine ließ sie nicht. *Später habe ich ihn doch einmal aufge-*

setzt, da lebte sie schon im vorletzten Dorf, *danach nicht, nein, nie mehr*.

Fast ein Jahr ist es her, seit sich Jannis und Greta gesehen haben, zum Abschied vor seiner langen Reise in die große Stadt, *dort musst du dich fein anziehen, glaube ich*, fragt sie sich, glättet den gezackten Kragen ihrer Bluse, die Falten ihres Rocks. Jannis besucht das Gymnasium, das sei mehr als eine Schule, darauf beharrte sein Naturkundelehrer. *Du wirst in die Welt hineinkriechen können*, versprach er Jannis, die Taschen voller Steine und Käfer.

War es Einbildung, dass sie beim Abschied am Bahnhof über seiner Oberlippe ein Kratzen spürte, wächst ihm ein Bart inzwischen. In welche Welt kriecht er, während sie im Teig feststeckt, wie schon ihre Mutter, Großtante, Urgroßmutter riecht sie jeden Tag wie Lebkuchen, kommt ihr vor. *Ich mag deinen Geruch*, flüsterte der Kuhhirte, *du riechst, Greta, ähnlich wie Erdbeeren, aber anders*, als er sich neben sie auf die Bank setzte. Ob er das Lebkuchenhäuschen im Schaufenster endlich kaufen dürfe, es sei schon bald Neujahr, *und es ist immer noch da*, ist immer noch da. Seit Ostern schmückt es mit seinen schiefen Fensterläden ihr Schlafzimmer. Ob er es dort sehen dürfe, fragte er vor ein paar Tagen, als sie allein im Laden waren, wieder auf der Bank, legte der Hirte seine Hand auf ihrem Knie ab. *Darf ich dir wieder etwas zeigen, wie damals im See, du erinnerst dich.* Ohne zu zögern, glaubt sie, nahm Greta seine Hand, drückte sie an den Reißverschluss seiner Hose, *ich kann mir gut selbst helfen*, das sollte er auch. Sie wartete am Bahnhof am Anfang der Sommerferien, *es ist heißer Sommer, Jannis, und du sitzt in dunklen Räumen.* Er antwortete, *wir sind den ganzen Tag draußen am Sammeln und Schwitzen.* War es Einbildung oder klang seine Stimme tiefer, als sie telefonierten.

Jannis ist noch nicht sechzehn, *sechzehn bist du erst, wenn du endlich heimkommst.* Oder Greta zu ihm fährt, *erst dann werde ich achtzehn, wenn wir endlich zusammen feiern*, samt Hut mit Federn, Bienen, Luchsohrpinseln und Schneckenhäusern, samt weißer Bluse mit gezacktem Kragen, *kurios wird das ausschauen*, wie im Karneval verkleidet. Als gäbe es etwas zu verbergen, wenn sie sich lieben, *ja schon, da ist das Muttermal auf deiner Wange, Greta, es bringt mich durcheinander*, so speziell finde er es. Wann immer sie erröte, habe sie eine Mohnwange.

Es ist heißer Sommer und Greta sitzt am kühlen Boden dieser Holzhütte, die nicht ihr gehört. Aus ihrem Rucksack holt sie Hände voll Schminkstifte, verteilt die kräftigen Farben mit den Fingern in ihrem Gesicht, um ihre Augen, auf ihren Lippen. Für einen Augenblick gefällt sie sich, dann nicht mehr, immer weniger.

Sie stürzt zum Waschbecken, taucht ihr Gesicht ins kalte Wasser, in ihren Händen zittern die Farben. Ein Schwall schwappt über auf ihren Schoß. Rasch reibt sie über den Stoff, mit einer Faust, als dürfte über den blauen Stoff, als könnte er sich rosarot und violett, als dürfte sie nicht, wäre sie fehl am Platz, ihre Hand. Sie greift unter ihren Rock, trocken, ihre Finger feucht. *Aber nicht jetzt, es hat noch nie, nicht da*, sagt Greta laut, sie hat nie viel empfunden, wenn es ihre Hände waren, *aber jetzt, da*, sagt sie leise, bestimmt. Langsam geht sie in die Hocke, klemmt ihre Faust zwischen ihre Schenkel, reibt mit den Knien auf dem Boden, bis ihr die Finger zuströmen wie kleine Fische, Fühler einer

Schnecke. Weich wird es endlich im Sitzen, je tiefer, und ihre Füße hoch in die Luft, wie Mauersegler gleiten sie auf und ab. Hinter ihrer Stirn sieht sie unterm blauen Rock die Fingerfarben, rosarot und violett wühlen sie alles auf. Zart falten sie die Lippen auseinander, als diese zufallen wollen, pochen Gretas Finger dort, wo es weiter hart bleibt. Zurück vorm Spiegel schüttelt Greta den Kopf. Wie ein farbenvernarrtes Mädchen sieht sie aus und fühlt sich doch jetzt wie noch nie so sehr wie eine Frau, *so erwachsen, wie achtzehn, wie eine Frau mit achtzehn Jahren.*

Wenn sich Greta von Herbst bis Frühling vorstellte, sie wäre er, wenn sie sich berührte, als wäre sie nicht sie, rührte sich nicht viel, fehlte immer etwas, wenn sie das Jahreszeitenlied, Jannis' Locklied für die Schafe, summte oder sang. Vielleicht weil sie und Jannis sich um Mund und Augen irgendwie ähneln, kippten ihre Bilder unter ihrer luftigen Decke immer ineinander hinter Gretas Stirn. *Dann warst du da und auf einmal war es wieder ich, dann wollte ich dich und das ging halt nicht.* Bald war sie woanders, am Bahnhof, in Gedanken in der großen Stadt. Er könne sich ja vielleicht gut selbst helfen, wenn er sich Greta mit grünen Haaren, weißen Brüsten im Gras vorstellt, *als Mann, stelle ich mir vor, als Bursche, geht das besser, leichter. Vielleicht*, erwiderte Jannis, *ist es das Beste, wenn du dir gar niemanden vorstellst, alle Bilder weglässt*, sich Greta von Greta berühren lässt, *weiße Brüste, grüne Haare.* Sie unterbrach ihn, *meine Haare sind nicht grün. Grün sind sie bloß draußen oder auf dem Bild, Jannis, das du dir von mir machst.* Aber er hatte recht, *es war gut, von Greta zu Greta*, selbstbezogen, so bunt war es, rosarot, violett, auch grün bis in die Haarspitzen.

*

Greta sperrt ab, steckt den Schlüssel zwischen die Holzscheite. Letzten Sommer wollten sie die Hütte diesen Sommer neu streichen, ganz in Rot, war der Plan, sie und Jannis, ein rosarotes Liebespaar mit Pinseln in Händen. Mit alten Kleidern hätte sich Jannis anfangs verkleidet, als könnte seine Haut sich rot, als dürfte sie nicht, wäre sie zu kräftig, die rote Farbe. *Aber unsere Wangen sind auch rot*, sagte sie, dann hätte er seine mit Händen bedeckt, nicht bedacht, dass Greta ihn jetzt küssen und an die rote Wand drängen würde. Schon immer wehrte sich Jannis, wenn sie ihn schminken wollte, *aber es ist doch Karneval.* Dann gehe er halt als Jannis mit den Schafen. Dann tat Greta es ihm gleich, schnitt ihre langen Haare zu einem kurzen Wirbel ab, strich ihre Lippen brombeerrot. *Du siehst trotzdem ganz anders aus, Greta.* Nicht ganz, anders halt, fand sie, *unsere Lippen sind gleich jetzt*. So kurz waren ihre Haare sogar ein bisschen lockig um ihre Stirn.

Um die Hütte herum blüht kein Klatschmohn mehr, das sei halt so bei Mohn, er blühe woanders jedes Jahr, anders, wo keine Minze wächst, dieses Jahr woanders. Vor zwei Jahren gab es da viel Mohn und Minze. Im Wind reißen sich Schatten von den Bäumen los, wie Hasen, die übers Feld springen, wie eine Herde Schafe gegen den Wind, dabei sind sie selbst der Wind. Inmitten der Schatten kommt Greta die Luft kühler vor, sie geht schneller. Auf dem Weg zurück, mit dem Hut aus der Hütte geschmückt, fühlt sie sich irgendwie selbstbewusster, als müsste sie fliegen und könnte von allen überall gesehen werden. Wenn sie jetzt spräche, würde sie laut singen, eindrucksvoll. Ist es sie selbst, die so gut riecht, seit sie sich selbst mit beiden Händen unterm Rock berührte. Zum ersten Mal riecht sie sich selbst. Sie macht die Augen zu, blasse Lider über blauer Regenbogenhaut, wie bei Jannis.

Als Greta die Augen wieder öffnet, steht sie vor einem Geröllfeld, im Vorfrühling war eine große Schneelawine abgegangen. Mittendrin sitzt der bucklige Mann, dem die Schafe gehören. Es führt kein Weg an den Gesteinsbrocken und an ihm vorbei, wenn sie zurück ins Dorf, von dort weiter in die Stadt zu Jannis will. *Greta, bist du das,* Jannis' Vater greift sich an die Stirn, *für einen Moment dachte ich, ja, es war mir, als wäre deine Mutter. Aber sag mir, warum trägst du diesen Hut.* Sie will sich entschuldigen, verhaspelt sich, da spricht der alte Mann schon weiter, *du hast mich richtig verschreckt, mit diesem Hut. Komm, setz dich zu mir, mein Kind.* Warum zwischen den Felsen, *weiter unten liegt eine halb verschüttete Gämse*, ob er sie sehe. Ohne ein Wort mustern sie beide die wild durcheinandergewürfelte Landschaft. Ob er wie sie nach Steinen für die Sammlung seines Sohns späht. Kennt er ihn so gut, dass er weiß, wie sie sein müssen, rundum rund, keine Kanten.

Dann fängt er wieder an zu reden, *Greta, sag mir, wie alt bist du jetzt eigentlich. Achtzehn Jahre müssen es sein, oder*, er seufzt, nimmt den Hut von ihrem Kopf, riecht an dem Schneckenhaus, *das ist eine lange Zeit. Du bist jetzt erwachsen und ich ein alter Mann, deine Mutter*, er seufzt wieder, *es ist gut, dass ihr beide meine Nachbarn geblieben seid. Das war mir wichtig.* Wie er das meine. *So hattet Jannis und du einander immer zum Spielen, das war gut so*. Greta nickt, je einen Stein in ihren beiden Händen. Achtzehn Jahre seien eine lange Zeit, *weißt du, Greta, ich hielt dich einmal im*

Arm, das war am Tag nach deiner Geburt. Greta schüttelt den Kopf.

Da war vor Jahren dieser Tag, fährt Jannis' Vater ungefragt fort, da sei ihre Mutter für ihn unwiderstehlich gewesen. Ganz unscheinbar davor als seine Nachbarin, ohne Ausdruck, farblos, *das meine ich nicht böse, versteh mich nicht falsch. Aber da war halt dieser eine Abend an diesem Tag, sie hat diesen Hut getragen. Für Stunden war sie, wie soll ich sagen, beherzt*, sie trafen sich im Wald, die Schafherde und die Ziegenherde vermischten sich. *Dann bist du, also sie will es dir nicht sagen, aber ich wollte es schon lange, Greta, schon sehr lange.* Zwei Steine in den Händen an den Ohren, wehrt sie die Worte ab. Sagt er, *du und Jannis, ihr dürft das nicht*, will er sagen, *du bist meine Tochter, ihr seid Schwester und Bruder*, hätte er Bruder und Schwester gesagt. Sie drückt die Steine fest, als sie läuft.

Sie schüttelt noch immer den Kopf. Als sie die Bäche an den Hängen plätschern hört, will sich Greta die Zumutung dieses Vaters aus den Ohren waschen, Wort für Wort aus dem Kopf schlagen. Wäre sie früher von der Holzschindelhütte aufgebrochen, schneller gegangen, wäre sie früher beim Geröllfeld gewesen. Im finsteren Tunnel wäre sie an dem Mann mit Buckel vorbei, ohne mit ihm zu reden. Es wäre im Dunkeln geblieben, wer ihr Vater ist. Sie wirft beide Steine voller Kanten weit weg, sie erzählen zu viel, warum musste sie so viel hören, sie hatte nie gefragt. Sie schüttelte den Kopf, schüttelt den Kopf, aber er erzählte weiter, als wollte sie ihm zuhören, das alles mitkriegen auf ihrem Weg. Im schwarzen Tunnel schlief sie mit Jannis, es war das letzte Mal. Es fühlt sich wie eine Schuld an jetzt, Greta zittert, fühlt sich nackt, ausgezogen, den Hut ließ sie liegen. Niemand drückt sie an die Brust, hält sie fest, als sie in sich zusammensinkt wie ein Häufchen Elend. Ihre Kleider scheint es wie Papierfetzen in der heißen Luft zu verwehen.

Früher wünschte sie sich lange Zeit, als Kind, einen Vater und einen Bruder, nicht irgendeinen, natürlich Jannis. Sie erinnert sich, wie Jannis und sie als kleine Kinder zu zweit auf Holzlatten in der Sommerwiese lagen, viele Käferkämpfe verfolgten, zuschauten, wie sich eine Ameise aus einem Spinnennetz befreite. Wie Jannis auf einmal fragte, *Greta, magst du meine Schwester sein*, sie für einen Moment zögerte, dann nickte, *schau, dort wächst ein kleiner Apfelbaum*, bald von Hand abgemäht, lange Zeit, ehe er groß war. Sie erinnert sich, wie sie nach dem Nachbarschaftsfest nicht länger Jannis' Schwester sein wollte, sich ihre Seitenküsse verschoben, *mitten auf den Mund küsste ich ihn*, murmelt sie, sagte, *wir können nicht beides haben*, wurden also ein grünes Liebespaar. Am Morgen waren Samen überall, die Augen der Kröte golden gesprenkelt. Auf der Decke, in der Wiese, an ihren Brüsten, mittendrin lagen sie, schmeckten nach Minze.

Greta erschrickt, sie hatten gar nicht aufgepasst. Es war alles so natürlich und alles griff wie naturgewollt ineinander. *Was wäre, wenn*, fragte bald sie, bald Jannis. *Dann kriege ich, dann kriegen wir ein Kind, das wäre zu früh. Wir sind selbst keine Kinder mehr*, beruhigte er sich. Wie wäre es jetzt, sie weiß es nicht. Jannis ist ihr Bruder, *ich bin seine Schwester*, sie schiebt ihre Lippen nach links, ein Seitenkuss von rechts. Aber Jannis steht nicht neben ihr, da ist diese Wand, dunkel, in dem Tunnel, wo sich Ziegen und Schafe fast zu Tode ängstigen.

*

Mutter ist nicht im Haus. Ist nicht im Garten. Nicht dort, wo ein paar Rosen nach dem Regen blühen, eine Biene mit kleinen Hörnern auf den Blütenblättern tänzelt. Diese Windbienen seien, so machte ihr Mutter vor Jahren weis, *alles, was uns im Gebirge von dem Steinwild geblieben ist*, Greta war noch ein Kind. Sie lernte dazu, in der Schule, aus Büchern, wusste bald, *das kann nicht stimmen, Steinbock und Windbiene sind nicht verwandt*, Jannis gab ihr recht. Nach Jahren, es ist ein paar Wochen her, belehrte sie also Mutter, *das ist nicht wahr, was du sagst*, mit dem Nachsatz, *aber unsere Ziegen sind verwandt, sie könnten die Steinkitze sogar säugen, als wären sie ihre Mütter*, naseweis klangen Gretas Worte. Unbeirrt fand Mutter mit spitzen Fingern ihren Weg zu einer Rosenknospe, *„ihr jungen Leute seid so gescheit“, würde Tante Severine jetzt zu dir sagen*, dann sprang die Knospe in Mutters offener Hand auf, *du übersiehst das Ähnliche*. Zwischen den Rosenblättern berührte sie mit ihrem gebogenen Ringfinger die Biene an ihren Fühlern geschwungen, *glaub mir, es sind Hörner*, mit dem Nachsatz, *aber sie riechen rosig*. Greta ließ die Schultern, den Kopf sinken, *kein Wunder, sie riechen halt wie die Blüten, die sie geerntet haben. Es geht ihnen wie mir*, seufzte Mutter, für andere, für sich sowieso rieche sie immer bloß wie etwas anderes. *In Wahrheit habe ich wohl keinen eigenen Geruch, andere riechen, wo ich gerade war oder wo ich noch bin.* Schon viel früher hat sich Greta fest vorgenommen, *ich werde dir einen Geruch erfinden, ein Parfüm allein für dich.*

Nicht im Haus, nicht im Garten. Dort, wo die Züge fahren, findet sie Mutter. Das passt gut, denn Gretas

Sachen für die Reise zu Jannis sind gepackt, sie trägt sie schwer am Rücken. In knapp einer halben Stunde fährt ihr Zug aus dem vorletzten Dorf in die Stadt. Mit Netzen weiß schimmernd überzogen säumen Büsche voll roter Beeren die Gleise. Jeden Frühling befestigt Gretas und Jannis' alter Naturkundelehrer die klebrigen Fallen. Mitte Sommer nimmt er sie ab, hängt sie im Herbst wieder auf.

Greta schaut zu, wie Mutter die Vögel verletzt aus den Netzen pflückt, sie in ihrer Bäckerschürze behutsam abputzt und in den Korb zu ihren Füßen setzt. Wie Mutter sich erklärt, mit roten Wangen, *der Lehrer befreit die sesshaften Vögel erst, wenn sie tot sind*, er befreie sie also nicht wirklich, *es quält mich, bloß zuzuschauen, sie so schreien zu hören*. Dem Lehrer geht es um den Schutz seltener Zugvögel, sie halten auf ihrem Weg gen Norden oder Süden im Tal, völlig erschöpft. An ihren Rastplätzen brauchen sie viel zu fressen. Aber die sesshaften Vögel, so behauptete der Lehrer im Unterricht, gebe es in Scharen, daher seine Netze, der Andrang auf Nahrung wäre zu groß sonst. An der Tafel zeigte er begeistert Bilder der bunten Vögel auf Wanderschaft, ließ in den Heften einen Namen rot unterstreichen, rot wie Feuer, „Feuervogel", eine fast ausgestorbene Art oder Unterart. Gegen die Zugrichtung fliehe der Feuervogel anders als alle anderen vorm Sommer zu Schnee und Eis, halte also im Winter im letzten Dorf oder tiefer noch im Gebirge. *Manche Feuervögel haben wie Steinböcke Hörner*, von Bäumen im Frühling tragen sie Blüten getrocknet bis in den Winter hinein in ihrem Gefieder.

Greta hebt den Korb voll mit Kohlmeisen auf Höhe von Mutters Schürze. *Danke, mein Mädchen. Bin ich auch das Mädchen von Jannis' Vater*, fragt sie auf einmal und spürt ihre Frage als eine alte Antwort. Als hätte sie es immer schon gewusst, als Kind schon, *das muss ich von dir wissen, Mutter, sag, ist Jannis mein Bruder.*

Aus Gretas Händen zitternd nimmt Mutter den Korb, stellt ihn wieder ab, ein grün getupftes Tuch über den Vogelköpfen. *Ihr seid Geschwister, das ist wahr, Greta, du und Jannis, er ist dein Brüderchen.* Nach einer Pause fährt sie fort, *ihr habt es immer gespürt, glaube ich, ihr musstet es nicht wissen. Wie ihr zusammen gespielt und gezankt habt. Wie ihr miteinander seid, ich sehe es gern.* Greta schüttelt den Kopf, verärgert, *Mutter, Jannis und ich haben miteinander geschlafen, wir küssten uns, im Garten, ein paar Meter von dir beim Zaunkönigsnest. Das musst du doch gemerkt haben. Fällt dir das nicht auf. Da war mehr, da ist so viel zwischen uns.* Schwer kann ihr Greta böse sein. Wie ihre Mutter dasteht, in ihrer Bäckerschürze, weiß, mit Rüschen, eine Schere in der Hand, an ihren Beinen der Korb mit den geretteten Vögeln. Wie immer wird sie die piepende Schar in den nächsten Stunden wie kleine Püppchen aufpäppeln. *Mutter, schau, Jannis und ich sind keine Kinder mehr und du bist es auch nicht.*

Mutter wühlt in einem der Büsche, pflückt eine drei sieben rote Beeren und legt sie auf ihre Zunge, *für die Kinder heißt es immer,* sie schluckt, *Vogelbeeren sind giftig. Aber ein paar Beeren tun nichts. Möchtest du probieren, mein Mädchen.* Greta presst ihre Lippen zusammen. *Greta, wirklich, ein paar Beeren tun dir nichts, Kindern wird so viel erzählt. Du bekommst leuchtrote Lippen davon, heißt es unter den Erwachsenen.* Rote Fingerspuren in Mutters Schürze, ihre Lippen leuchten. *Jannis hat die Farbe nicht not, sein Mund ist sowieso so rot, fast schon violett.* Greta nickt, himbeer- oder brombeerrot sind sie, die Lippen von Jannis, *weißt du, ich wollte manchmal auch solche Lippen wie Jannis.*

Ob Greta sich noch erinnere, dass sie manchmal eiferte, *du bist meine Mutter, Jannis hat einen Vater,* *hast du dann geschimpft. Weißt du, Greta, ich könnte von Jannis sagen, es wäre mein Bub, er war so viel da, es wäre wahr. Aber du bist nicht das Mädchen von Jannis' Vater. Du warst von klein auf immer bloß mein Kind.* Bloß Tante Severines Kind sei Mutter selbst gewesen, *meine Eltern, also deine Großeltern waren ja schon längst auf und davon in die große Welt.* Als sie ihre ersten kurzen Worte, kleinen Schritte machte, *roch ich wie der süße Lebkuchen, den Tante Severine jeden Morgen aus dem Ofen zog.* Auch die allererste Vogelbeere steckte ihr Tante Severine zu, *ich war ungefähr gleich alt wie du jetzt.* Zögerlich greift Greta zu. *Aber wirklich bloß ein paar Beeren, wir sind ja keine Vögel und im Sommer schmecken die Beeren ein bisschen bitter.* Greta solle achtgeben, dass sie sich nicht im Vogelnetz verhake.

Wild schießen in Gretas Kopf viele Fragen durcheinander, *und wie kam es, warum hat sie, ist er*, formuliert sie unbeholfen ohne Stimme. Aber es ist zwecklos, die Fragen zu stellen. Mutter müsste sich noch mehr verstellen, um sie zu beantworten. Sie sich selbst, um weiter zu fragen. Sie spuckt die bittere Beerenhaut aus, *lass uns eine wilde Vogelscheuche bauen, vor diesem Busch*, schlägt Greta vor, zieht ihre weiße Bluse aus, in ihrem Rucksack ist noch eine zweite, *manchmal braucht es eine Vogelscheuche.* Aus den größten Ästen, die sie entlang der Bahnstrecke finden, wie abgefallenes Geweih, stecken sie Rumpf und Glieder der Vogelscheuche zusammen, binden ums klapprige Gestell Schürze, Bluse und getupftes Tuch, grünes Flattern. Das werde die hungrigen Vögel schon abschrecken. Von den roten Früchten, dem Süßen, davon, etwas zu naschen.

*

Es war höchste Zeit. Schon längst hätten sie eine Vogelscheuche bauen sollen, mitten im Garten, immer und immer wieder, nach jedem Winter, das hätte viel erspart. Wenn Greta es gewusst, hätte sie sich vor Jannis nicht ausgezogen. Sie hätte ihn weggezogen, als sie sah, wie Jannis, während sie sich nach dem Sturz die Erde mit Wasser abwusch, ihr nasses Kleid in der Luft an seine Brust drückte, seine Muster küsste. Sie hätte ihn später nicht dort geküsst, an den Stellen, wo er den Stoff über seine nackte Haut gelegt und festgedrückt hatte. Die Augen geschlossen, suchte er, suchte sie nachzuspüren. Auf ihrer Blockflöte ahmte sie mit Jannis' Locklied alle Jahreszeiten, den Frühling am besten von allen nach, *das ist unsere Zeit, Jannis*, sagte sie, das war vorm heißen Sommer.

Eine Vogelscheuche hätte viel erspart, ihr seid Bruder und Schwester, ein flatternd rosarotes Tuch, Schwester und Bruder machen so etwas nicht, *richte den Kragen, häng den Stoff wieder in den Wind*, wäre recht oder richtig gewesen. Zu ihrer Mutter passt das nicht, eine Vogelscheuche, andere abzuschrecken, *allein hättest du sie nicht aufgestellt, Mutter.* Sie nickte, *habt es gut zusammen*, rief sie ihr nach, winkte und wirkte, als Greta in den kleinen Zug stieg, erleichtert. Dann ärgerte sich Greta, dass sie Mutters Hände nicht zurückhielten, nicht schon längst eine Vogelscheuche im Garten gebaut hatten. Es war höchste Zeit, als sie einstieg.

Alle Fensterplätze sind frei, niemand außer Greta fährt in dieser Hitze aus dem vorletzten Dorf im Gebirge heraus in die brennheiße Stadt. Sie setzt sich in Fahrtrichtung, dann wieder auf den Platz gegenüber. Bei all den Kurven sieht sie kaum, was war und was kommen wird. Bloß ein kleines Stück nach vorne und zurück, stellt sie fest und lässt die modrigen Vorhänge in ihr Gesicht fallen. Sie stellt sich in den zugigen Spalt zwischen den Zugwaggons, wieder in den stickigen Gang zwischen den Sitzreihen, lässt sich durchschütteln. Die Tische geben so wenig Halt wie eine Tischdecke, beim Nachbarschaftsfest war die Decke strahlend weiß, nach Streit und Unwetter durchnässt, voller Flecken und Scherben. Mutter und der Nachbar oder ihr Vater waren sehr laut. Jannis oder ihr Bruder und sie rannten barfuß in den Wald, wo es so etwas wie Flecken nicht gibt. Es fließt alles wild zusammen, Körper verbinden sich, wie sie wollen.

Schwer vorzustellen, wie Jannis in diesem wackeligen Zug in die Stadt vor gut einem Jahr so gut arbeiten, gerade schreiben konnte, *ich habe alle Steine aufgelegt, sortiert und mit Namen versehen*, berichtete er am Telefon, *dann notierte ich auf dem Rücken der Steine, wann und wo wir sie aufgelesen hatten.* Greta lehnt sich schwer gegen die Tische im Zug. Möchte mit ihrer Hand die scheinbare Ordnung umdrehen, auf die Bäuche der Steine, die da lagen, aufschreiben, was darunter lag, ob alte Blätter, Würmer, Ameisen oder eine Spinne, eine seltene Blume, Samen. Wie sie sich anfühlten, die Adern, kleine Füßchen, ein Netz klebrig zwischen Fingern aufgespannt, wie es roch. *Das sind die Artikulationsorgane der Natur*, sagte Jannis selbst, die Pflanzen und Tiere sind gleichsam die Nerven der Welt. *Warum hältst du das alles dann nicht fest*, wollte Greta nicht einsehen, da, dort, auf den runden Bäuchen der Steine wäre noch Platz genug, *schade, so vergessen wir halt, was sich rund um die Steine ausdrückte*.

An ihrer Brust, um ihren Bauchnabel, den ihre Bluse knapp bedeckt, würde sie gerne entziffern können, wo genau Jannis und sie beieinander lagen. Eine Kröte mit Sprenkeln gold in den Augen war dort, glaubt Greta sich zu erinnern, aufschreiben hätten sie es müssen. Es ist mehr als zwei Jahre her, ihr erstes Mal zu zweit, kaum einen Tag, ihr erstes Mal allein. Greta weint. *Tröste dich*, würde Mutter ihre Tante Severine zitieren, *das Leben ist halt einmal so und viel öfter anders.* Sie schlägt mit dem Knie gegen eine Sitzbank.

Nach Stunden füllt sich der Zug je mehr, je weiter vom vorletzten Dorf, vom letzten Dorf, das Greta selbst nicht kennt. Mutter war dort aufgewachsen, tief im Gebirge, mit einem eigenen Dialekt. Die Leute drängen sich auf die Sitzplätze, ein paar Frauen und Männer mit fliegenden Ärmeln, *Gelehrtenärmel*, sagt Greta leise, sie haben sie zurückgestreift, während sie ruhig an den Tischen schreiben, als würden diese nicht wackeln. Streift der Zug große Bäume, kleine Wäldchen, kommt Greta die Luft für Sekunden kühler vor. Kommt er aus deren Schatten, wird es wieder Sommer und heiß. Sie zieht ihre Handschuhe an, für die Stadt, *danke dir fürs Nähen*, sagte sie zu Mutter, *sag mir, warum brauche ich Handschuhe in der Stadt. Weil es schön ausschaut*, glaubte Mutter, *weißt du, ich habe sie gar nicht selbst genäht, Tante Severine gab sie mir mit, ich habe sie aber nie gebraucht.* Nicht weiter als ins vorletzte Dorf sei sie gekommen. *Dann*, murmelte Greta, *kam ich schon auf die Welt.*

Im Stehen fährt sie in den langen Bahnhof ein, steigt als Erste aus, viele Leute hinter und vor ihr am Warten, unter ihnen Jannis. *Jannis*, sie dreht sich um, *nein, bitte nicht.* Aber da kniet er schon vor ihr auf dem Boden, küsst sie im Gedränge von den Knöcheln über die Knie, Hüften, Bauchnabel, Brust und Nacken bis zur Stirn, *ich habe dich von Grund auf gern, Greta*, so wie er es am Telefon sagte, will er sich an ihre Wange drücken. Sie hält ihn ab, *lass das bitte, Jannis.* Er probiert es von der anderen Seite, seine Locken wie ein Kranz um sein Gesicht. Drückt ihre Finger, *Greta, du brauchst keine Handschuhe, in der Stadt tragen sie bloß noch die alten Damen.* Es freue ihn, dass sie da ist, *dass du bei mir bist. Ist mir auch recht*, schimpft Greta, *dann schmeiße ich die Handschuhe halt weg*, auf die Bahngleise, dem Zug zurück hinterher. *Aber Greta*, kurz ist Jannis' Stimme wieder höher, hoch wie früher.

Viel Abstand zwischen ihnen verlassen sie den Bahnhof, lassen die karierten Handschuhe auf dem Bahnsteig, dann läuft Jannis noch einmal zurück und liest sie auf. Immer wenn Greta bedrückt ist, wird Jannis, sonst so ruhig, so überschwänglich, dass sie merkt, er merkt es, *und dann werde ich doch wieder zwei Klassen überspringen und im Herbst an die Universität gehen. Dann bin ich viel in den Bergen, bei dir*, es gebe ein Projekt mit Steinwild im letzten Dorf. Greta unterbricht ihn, *aber bei uns gibt es keine Steinböcke mehr.* Darum gehe es ja, es gehe darum, sie in unserem Teil vom Gebirge wieder anzusiedeln. Einen Vertrag werde er unterzeichnen, *dass fortan der Himmel über mein Leben und meinen Tod entscheidet*, dass er gelobe, Lehrling der Natur zu sein, *und in den Nächten, Greta, bin ich dein Lehrling. Das ist mir zu feierlich, Jannis, bitte komm nicht für mich zurück*, sie stockt, *irgendwann gehe ich ja auch weg, zu den Lavendelfeldern. Sobald ich genug Geld gespart habe*, wolle sie, *will ich ein Parfüm erfinden.*

Dritter Winter nach der Apfelernte

Melina, deine Stimme, Melinas Stimme, je näher sie der Schule kommt, steigt, unter Leuten wird sie unnatürlich hoch und melodisch, ein Singsang ohne Kraft, *Melina, was ist denn mit dir.* Auf dem Kiesweg weicher Schnee, von verschiedenen Tierspuren verziert, einer Chiffrenschrift, weicht Melina den Mustern mit Drehungen aus. Vor Jahren, erzählte Tante Severine einmal, in ihren ersten Jahren, bei ihrem zweiten Versuch in der Schule, sei Melina sehr leise, fast unhörbar gewesen, habe der Lehrerin am liebsten bloß ins Ohr geflüstert. *Daheim war sie natürlich ein Wirbelwind*, wild und so laut. *Jetzt ist sie endlich eine stille Schülerin, wie es sein soll*, lobte die Lehrerin. *Daran ist*, antwortete ihr Tante Severine, *dieses Dorf, sind die Leute schuld. Am Hof ist das Mädchen alles andere als still*, so laut und wild, wenn sie aufstampft oder Flora um den Apfelbaum jagt, mit Zähnen und Händen sich zur Wehr setzt. *Weißt du, Greta*, sagte Tante Severine gestern wieder einmal, ihren Schafwollschal viele Male um den Hals gewickelt, *dieses Dorf ist schuld, Flora ist drinnen, in den engen Häusern, wirklich stumm*, spricht bloß draußen, unter freiem Himmel, so sei das halt. *Aber Melina, ihre Stimme wäre eigentlich stark, überall.*

Wie es das Dorf von tatsächlich Zweit- und Spätgeborenen erwarte, habe Melina sich unter Leuten zu benehmen gelernt, still, steif, den Blick gesenkt, *also unscheinbar, ausdruckslos. So war ich lange Zeit selbst, die kleine Schwester Severine deines Großvaters, ein Schattenkind.* Seit einer Weile beobachte Tante Severine argwöhnisch, wie Melina dieses stille Benehmen, sich selbst nach außen hin ausschmückt. *Sie gibt sich wie ein Püppchen, lieblich, zart*, wie aus Porzellan, zerbrechlich, oder wie Zucker, süß. *Lass dem Zimtstern seine Glasur*, beschwichtigte Greta, *Melina macht das schon und sie ist stark.* Tante Severine wisse ja, es sei schwer, nicht als Erste der Kinder im letzten Dorf im Gebirge aufzuwachsen, sei so ja nicht leicht, *das sagst du selbst.* Tante Severine nickte, *wie sehr wünschte ich mir so einen großen Hut*, wie ihn der ältere Bruder hatte. *Die meisten bleiben ihr Leben lang unscheinbar*, sie seufzte, dachte sicher an Gretas Mutter. *Einzelne wie ich ecken irgendwann ein bisschen an, schließen sich aus.* Melina mache, fährt Greta fort, vielleicht aus der Not eine Tugend, sie spiele mit dem Dorf Theater. *Sie macht sich zur Zierde und spielt vor allem mit sich selbst*, sorgt sich Tante Severine, *Melina will alles schön und noch besser machen und allen im Dorf gefallen.*

Greta drückt die winternachts angeeiste Tür der Schule auf, bringt Melina ihren klapprigen Rollstuhl, *viel Glück, mach's gut, Melina.* Sehr gut wird sie es machen, wie immer und bei jeder ihrer Schularbeiten feinsäuberlich, jede Antwort richtig und gut, schön formuliert, verschnörkelt, wenn noch genug Zeit bleibt. Jeder Buchstabe wie jede Aussage wie illustriert, schreibt sie immer bis in die Pausen hinein, sucht am Heimweg noch nach Worten, *die hätten besser gepasst, es klänge so viel schöner.*

Die Schultür fällt hinter Greta zu, sie stapft heim. Um die unversehrten Tierspuren macht sie wie Melina einen Bogen, einen Umweg zum Bänkchen am Waldrand unter Stromleitungen. Zwischen Stämmen und Ästen gut getarnt entdeckt sie einen Hirsch, Schnee auf den Zweigen, in seinem Geweih. Scheuchte sie das Tier versehentlich auf, in der Härtezeit des Jahres, überlebte es nicht.

Greta folgt dem Hirsch lange umherstreifend mit ihren Blicken, mit ihren Händen gräbt sie den kleinen Besen aus, das war Cornelios Weihnachtsgeschenk für sie. *Damit du dein Bänkchen besser abputzen kannst*, ritzte er in Blockbuchstaben in den Holzstiel, Briefpapier sei nichts für ihn. Die Sitzfläche ist, *danke Cornelio*, jetzt höhenverstellbar, für wechselnde Schneelagen. An diesem Morgen liegt der Schnee hoch, Gretas Beine stecken bis zu den Knien fest. So viele Hirsche, aber keinen einzigen Steinbock gibt es in der wilden Höhe. Die teuren Kitze, von Jannis und anderen huckepack gebracht, waren im Gehege gestorben, ein paar Tage, ehe sie sie freigelassen hätten.

Wir werden neue Kitze bringen, nächsten Herbst, Greta, versicherte Jannis, als er im Sommer, dem vorerst letzten Sommer, Tante Severines Schafe hütete, Greta ihn viele Nächte besuchte. *Mach meinen Zopf auf*, ihr Kleid. Ungewohnt lockig seien ihre Haare. *Sie sind jetzt wie deine, Jannis, bloß dunkel, gewöhn dich für die Sommerzeit daran.* Auf seiner Brust, um ihre Brustwarzen gedreht, um seine Finger zwei drei viele Locken. Ihr gefalle, was er mit seinen Händen mache. *Mir gefällt, wie du es nachmachst.* Mit ihren Blicken, dann mit Gespür bis in die Fingerspitzen weiß sie, *weiß ich ganz sicher, dass du zu mir gehörst, wie der Steinbock in diese Berge.* Wie der Schneeluchs, der Feuervogel, die Erdschnecke, die Windbienen zum Apfelbaum im Garten am Hof.

Der Sage nach, weihte Greta Jannis in Tante Severines Erzählung von früher ein, *starb der letzte wilde Steinbock in unseren Bergen im Obstgarten vor unserem*

Hof. Ein Luchs, werde in ihrer Familie erzählt, habe das angeschossene Tier in die Kehle gebissen und gefressen. Vögel, Bienen und Schnecken aus dem Wald hätten die Reste verzehrt, sogar seine Hörner. Sie wären eine Verbindung eingegangen, *alle starben an Ort und Stelle. Im Jahr darauf erblickte ein Baum das Licht der Welt*, mit Ästen aus Horn, acht Jahre später mit Äpfeln wie aus Gold. Seitdem gebe es im Gebirge sonderbare Wesen, *Feuervögel, Windbienen, Schneeluchse und Erdschnecken mit harten Hörnern an ihren Köpfen, Gold an Gefieder, Fell und Schale. Die Leute begannen nach dem Steinbock jetzt diese Tiere zu jagen, in Käfigen zu halten. Mit ihren Federn, Flügeln, Pinselohren und Häusern, vor allem mit ihren Hörnern schmücken sie bis heute ihre Hüte.* Jannis unterbrach sie, *sag, der Hut in der Holzschindelhütte.* Greta nickte, *das ist so ein Hut, im letzten Dorf dürfen ihn bloß Erstgeborene tragen.* Wundersam seien diese Hüte wirklich, *voller Musik und Tanz, duftend*, eindrucksvoll wirken seine Träger, selbstbewusst, *es ist wahr, Jannis, glaub mir*, sie erlebte es selbst an einem heißen Sommertag vor gut acht Jahren. Jannis nickte, *ich glaube dir, mir ging es nicht anders. Ohne diesen Hut hätte ich mich viel später erst getraut, dir, du weißt schon, so nahe zu sein.*

Der Steinbock, knüpfte Greta wieder an die Sage an, *lebt fort im Baum und in den anderen Tieren, Schneeluchs, Feuervogel, Erdschnecke, Windbiene*, sie hält kurz inne, *und im Königreich gibt es die letzte Kolonie von Steinböcken.* Von ebendort schmuggelten Greta und Jannis ihre ersten Zigaretten über den Berg, unter Bergdohlen wanderten sie, *wir haben uns verliebt und zu viel geraucht.* Als spürten sich Zungen und Finger an den geteilten Zigaretten, *es schmeckt noch immer anders mit dir, Greta*, mit ihr rieche er den Rauch gar nicht. *Ohne dich rauche ich eigentlich fast nie, Jannis*, aber den Geruch nach Rauch von ihren Treffen trage sie, *trage ich manchmal tage- und nächtelang mit mir.*

Sie waren lange einfach Greta und Jannis, noch und keine Geschwister mehr. Sie hatte keinen Vater, eine Mutter, einfach Jannis, *Jannis*, sie rutscht auf der kalten Bank hin und her. Er würde fragen, *was ist mit dir oder uns, Greta*, wäre er einfach da, und sie wäre ganz ruhig. Sie bricht einen Eiszapfen vom Holz, wirft ihn in hohem Bogen auf die zugefrorene Lache im Feld. Der Zapfen zerspringt wie Glas in alle Richtungen, lauter Scherben, Schimmern vor ihren Augen. Die Landschaft verschwimmt. *Bist du traurig, Jannis*, fragt Greta in die Stille, wieder und wieder, bis sie sich selbst schluchzen hört.

In einem Brief an Jannis beschrieb sie ihr Herz, *es fängt beim Bauchnabel an*, führe über die Rippen, schließe ihre Brüste ein, *wenn ich es könnte, würde ich es aufzeichnen*, was alles weh tut, seit er weg ist. *In unserer Kindheit war die Welt kleiner*, da war so viel unerreichbar, *zugleich war sie größer, weil wir bloß zu Fuß unterwegs, sogar barfuß waren*, so die Wege sich in die Länge zogen. Als Jannis aus dem Dorf wegzog, ihm Greta im wachsenden Zug nachfuhr, schrumpfte die Welt zusammen, wie sie sich ausdehnte. Denn nach unendlich vielen Bäumen, Feldern, einem gewaltigen Kirchturm im See war noch immer keine Stadt in Sicht. *Die Fahrt dauerte ewig*, obwohl alle Welt draußen vor den Fenstern rasend auf der Flucht war wie sie selbst, vor sich selbst. Es verschwamm, wer sie war. *Es verschwimmt, was ich will.* So wolle er sie nicht, sagte Jannis Jahre später, *zwischendurch ist mir zu wenig, ich will eine Familie mit dir.* Eine Familie sind wir schon, schoss es Greta durch den Kopf, sie schüttelte ihn, *das geht nicht, Jannis. Das geht nicht*, schärfte sich Greta selbst ein, sie darf Jannis nahe sein wie einem Bruder, bloß als Schwester. Dazwischen ist nichts, zwischendurch wäre nicht genug.

Greta steht vom Bänkchen auf, mit dem Arm ausgestreckt, als hätte sie jemand aufgefordert, hebt sie die Beine, hinterlässt Tanzschritte als Spuren. Die Abfolge ist alt, sie lernte sie mit Jannis, den Arm um seine Schulter. Es war heißer Sommer, es ist weißer Himmel und weiße Erde, aber die Schritte sind gleich, ob heute, vor acht oder in einhundert Jahren. Zweimal lang, zweimal kurz, bis sie, mit Wangen rot, müde auf die Knie sinkt. Der Schnee, den sie mit Mutter und Jannis schmelzen sah, fällt jedes Jahr wieder. Wenn sie ihn unter Herbstblättern riecht, läuft sie los, um ihn auf dem Bänkchen zu erwarten. Er deckt alles zu und auch sie selbst wie die Kutscher in der Stadt, wie Jannis am Bahnhof, wie die Vogelscheuche mit Mutters grün getupftem Tuch. Für Stunden scheint alles eine Spur weicher. Dann schlägt ein Gedanke ein, zersplittert in unzählige Teile. Mutter ist nicht mehr da oder seit rund acht Jahren tot. Jannis ist weg und verheiratet. Als sie jünger war, war immer die Frage da, wer geht zuerst. *Ich hoffe, ich*, war Mutters Antwort. *Ganz sicher du*, neckte Jannis Greta, *du bist älter.* Jetzt erlebt sie, was in der Frage mitschwang, nämlich, wer bleibt zurück, auf der letzten Bank im Gebirge. Zwischen Tannen bei Tag eine kleine Nacht inmitten der Berge, der Platz wäre groß genug für sie drei.

Rote Farbe sticht Greta in die Augen, zwischen Eisblüten eine kleine Feder, der Feuervogel mit Hörnern.

Er ist fast schon zutraulich. *Weil er hinter unseren goldenen Äpfeln her ist*, erklärt es sich Tante Severine, *der Vogel kann den Winter kaum erwarten*, kommt jedes Jahr, weil er ja nicht bis acht zählen könne. Greta hört zuerst das sonderbare Zwitschern, merkt im zweiten Moment, *es ist Flora*, sagt sie leise, ruft laut, *Flora, wo versteckst du dich.* Der Vogel fliegt weg.

Da sind wir, Greta, aus dem Wald stapft Flora, ein kleines Stück gebückt, um Chaspar an der Hand überm Schnee wie über Wasser zu halten, beide tragen sie ein Flickwerk aus Stoffen. *Tante Severine hat uns verscheucht*, beim Abkranzen der Weihnachtsbäume sei Flora ein Glaszweig zerbrochen, *dann sagte Tante Severine „das ist keine Arbeit für zwei", lass mich das allein machen.* Greta sieht die alte Frau vor sich, wie sie die Tannenzapfen, die dornigen Hagebutten vom Baum aus Glas in der Stube löst, danach den echten Baum am Balkon von den Glaskugeln und Kerzen befreit. Zur Weihnacht waren Kunst und Natur unterschiedlich zusammengekommen. Wüst und schön waren die Bäume, besonders der Baum am Balkon, dem Cornelio den Spitz abschnitt, *weil ich mir sicher war, da kommt eine Christbaumspitze aus Messing hin.* Tante Severine war außer sich, der Nachbar feiere ja nicht das erste Jahr mit ihnen. Wissen müsse er, dass, oben am Stamm befestigt, im Wind je eine Haarsträhne aller Kinder flattere. Dann schnitt sie Cornelio eine graue Locke ab.

Zum Himmel zeigte Tage nach dem Zwist eine Fichtenspitze, *Cornelio, wo hast du sie her.* Von einem umgestürzten Baum am Wegrand. Greta klopfte ihm stolz auf die Schulter, später erlaubte sie sich einen kleinen Scherz mit ihm, *also ich weiß nicht, etwas stimmt mit dem Baum am Balkon nicht. Unsere hübsche grüne*

Tanne hat den Docht einer Fichte. Cornelios sowieso schon blasses Gesicht verlor die letzte Farbe. Rasch erlöste sie ihn, *nein, guter Nachbar, es ist eine Fichte*, es war eine Tanne in Wahrheit. Tante Severine rollte mit den Augen.

Flora setzt Chaspar auf Gretas Schoß ab, setzt sich neben sie aufs Bänkchen, *was macht die Greta für ein tieftrauriges Gesicht*, sagt sie, schiebt und zieht Gretas Mundwinkel hin und her, seufzt, *bloß fröhlich wird es nicht, dieses Gesicht.* Schnee in den Wimpern strahlt Chaspar sie an, draußen versteckt er seinen Ausdruck nicht länger. *Es braucht die Augen dazu*, murmelt Greta heiser, *für mein fröhliches Gesicht braucht es Augen wie von unserem Chaspar*, draußen überstrahlen seine Luchsaugen mittlerweile sie alle. Am Weihnachtsmorgen vorm Apfelbaum im Garten lächelte Greta, als Cornelio die ganze Familie, Tante Severine in der Mitte, fotografierte. *Ich glaube, ich habe mein Lächeln verschenkt, es steckt im Fotoapparat unseres Nachbarn oder hast du es, Chaspar*, dann werde sie es aus ihm herauskitzeln.

Die Kirchenglocke im Dorf läutet, Chaspar springt auf, das dritte von vier Mal in der Stunde. Jetzt ist Melinas Schularbeit zu Ende, fast, nicht ganz, sie wird natürlich wie immer bis in die Pause hinein kunstvoll weiterschreiben. Wenn ihr die Lehrerin die Zettel wegzieht, wird sie draußen noch so lange mitgehen, im Gehen da und dort ein Wort ergänzen, bis die Lehrerin den Zettel in die Mappe mit den anderen Schularbeiten eingeschlagen hat. *Ich mache mich auf zu Cornelio*, Flora klopft auf ihren Rucksack, *ich bringe ihm frischen Lebkuchen*, längst schon hat ihn Greta in der Nase, *er ist noch ganz warm. Cornelio hat heute Morgen unseren*

Vorplatz freigeschaufelt, Flora sei aufgewacht davon, konnte nicht aus dem Fenster rufen, wollte doch eigentlich Danke sagen, *dafür jetzt der Lebkuchen.* Tante Severine habe geschimpft, *„Platz und Wiese müssten schon kahl sein, so viel Lebkuchen, wie du dem Nachbar bringst“. Aber wir haben ja genug*, Schnee und genug Lebkuchen sowieso.

*

Vier oder zwei Schritte geht der weiße Esel vor und Cornelio hinter ihm her. Beide kennen sie den Weg vom Mooshäuschen zum Schloss mittlerweile blind. Sie steigen über alte Triebe von Fichten, von Eichkätzchen abgefressen, müssen sie den Bäumen fehlen. Alle paar Meter stellt Cornelio eine Kerze zu den Nadelzweigen. Immer, wenn er sich bückt, hält der Esel mit ihm inne. Bei Nacht werden wie an einer Leinwand im Schnee Schatten von Nadeln flackern. Die Kerzen brennen für seine Familie. Als sein Vater starb, hatte er sie schon lange verloren, unter Schnee erfroren, im Winter vor Jahren wurde er schon einsam. Vater war tot, alles blieb gleich. Bloß reich wurde Cornelio in einem Sinne ohne Sinn für ihn so lange, bis er im letzten Dorf im Gebirge vom Baum fiel, schwer dalag, einen Ast wie aus Stein in der Hand, im Mund ein Stück Apfel wie aus Gold. Bald bekam das Geld aus der Stadt Gewicht, ließ ihn heimlich die Wiederansiedlung von Steinwild im Geheimen fördern.

Seine Nachbarinnen machten ihn zugehörig. *Feiere doch Weihnachten mit uns*, lud ihn Flora schon im ersten Winter ein. *Wer so oft da ist und so lange bleibt, ist kein Gast mehr*, sagte Melina, als ihm Tante Severine wieder einmal vor allen anderen Suppe schöpfen wollte, weil er ja ein Gast sei. *Nimm den alten Esel Gian zu dir, dann bist du weniger allein*, schlug Greta vor. Sachte legt er seine Stirn auf die Nüstern aufgeschürft, sagte damals laut, leise und still, *danke*, immer wieder, *danke*.

Oben beim Schloss fühlen sich Cornelios Finger steif an und wie Eiszapfen hart. Aus dem kalten Wind zieht er geschwind den Esel mit sich vom Vordach unters Dach zurück. Drinnen im Schloss fangen seine Hände wie wild zu stechen an, mit ihnen sein Herz, und mit aller Kraft behält er die Tränen für sich, schon immer blieben sie zurück. *Drück dir fest die Daumen*, riet ihm Greta im letzten Winter, *fester, Jannis, so taust du rascher auf.* Aus Versehen nennt sie ihn manchmal Jannis, stellt sich ihren Freund aus der Kindheit vor, wenn sie Cornelio anschaut oder berührt, ist er sich sicher, glaubt sie oft, Jannis nahe zu sein.

Als sich Greta in der Frühlingsnacht nach dem Sturm zu ihm ins Bett gelegt hatte, schlief sie eigentlich mit Jannis. *Es ist ein Geheimnis und kein Geheimnis für den Tag*, schrieb sie. Cornelio weiß es, es war eine täuschende Nacht, im Dunkeln sind alle Haare grau und können golden scheinen. Als er die Nacht, seine Hand an den Knöpfen ihrer Bluse, an einem helllichten Tag wiederholen wollte, küsste sie ihn auf die Stirn, kopfschüttelnd, *das geht nicht, Cornelio, das sind nicht wir.* Über die Sprossenwand hinab kletterte sie wie im Flug aus dem Schloss, eine Vogelfeder hinterm Ohr, *bis bald, Cornelio*. In einer Weise wurde ihm leichter, *Greta, wenn ich nicht da bin, wie stellst du dir deinen Nachbarn dann vor*, rief er ihr nach. Sie winkte mit der Feder, *mit einem bunten Hut.*

Die vielen Hüte seines Vaters ruhen auf dem Kachelofen, im hintersten Eck, wo die Kacheln im Winter glühen, im Fell einer Katze Schnee wie zwischen Nadeln in der Sonne, im Frühling schmilzt. *Cornelio, wenn es nach dem Dorf geht, brauchst du einen anderen Hut*, sagte Greta, *einen lebendigen Hut, verziert mit dem, was um dein Häuschen herum, im Schloss wächst oder begraben liegt, oder was dir Wind und Wasser zutragen, wenn du aufstehst oder ins Bett gehst.* Aber, fügte sie zögerlich hinzu, solche Hüte würden oft kein Glück bringen.

Im letzten Dorf im Gebirge, das weiß Cornelio noch von seinem Vater, zeigen die Hüte, wohin ihre Träger gehören. Sie erzählen, wie es der Erde geht, auf und von der sie Jahre, ein Leben lang leben. *Aber*, schränkte Greta ein, *eigentlich dürfen bloß Erstgeborene solche Hüte tragen.* Ob Cornelio denn Geschwister habe, *sag, hast du einen älteren Bruder oder eine Schwester. Aber das hättest du uns längst erzählt.*

Gedulde dich, heißt es in der Besitzurkunde, *wahrer Besitzer ist wahrlich erst, wer Geist und Sinne eines Ortes besitzt*. Vielleicht müsste er mit Hall wie mit Echo im Schloss schreien, wie auf einen Berg ins höchste Zimmer steigen, in allen Teppichen schlafen, bis überall sein Geruch ist. Vielleicht müsste er sich spürbar machen, wie er es Jahre, sein Leben lang nicht war in der Stadt. Seine Arme und Beine waren immer weich, schon als Kind, noch als Erwachsener berührte er alles, als könnte es zerbrechen, wenn er einmal fester zudrückte. Wie könnte er einziehen, ein Auge zutun, wo er nicht alle Zimmer kennt, setzte er Gretas Drängen entgegen. *Wo es versteckte Türen, Zimmer unter Dachschrägen gibt*, so viele Schlufe wie in einer Höhle, die ihm Angst macht. *Kriech hinein, wo du kannst.* Es kostet ihn Mut, sich anzunähern wie Greta, die dafür auch einmal im Dunkeln tappt, Steine nicht wieder findet, fast sich selbst verliert. *Wahrscheinlich kennst du nie alle Plätze, jeden Winkel. Erst recht nicht, wenn du das Schloss bloß besuchst*, hielt ihm Greta vor, das sei, *das ist wie in jeder Beziehung*, sie biss sich auf die Lippen.

Cornelio gefällt, wie die vielen Fenster innen und außen spiegelnd einfangen, was und wer dazugehört. Eingefasst ins angezuckerte Holz eines der Fenster stellt er sich die Familie vom Hof und sich selbst am Rand vor, unter Wipfeln, hinter Glas. *Vom Schicksal benachteiligte Kinder*, heißt es im Dorf über Flora, Melina, Chaspar, selbst über Greta. *Die Kinder sind sonderbar, leben bei dieser alten Hexe*, besser mache Cornelio einen weiten Bogen. Diesen Rat hörte er sehr lange, bis das erste Jahr verging, dann war er mehr am Hof als im Dorf, eine graue Waise, das verschickte Kind in Erwachsenenkleidern. *Armer alter Junge, er hat sich verlaufen*, flüstern die Dörfler hinter seinem Rücken, wissen nicht, wie gut der Lebkuchen schmeckt, am Tisch mit den Frauen und Kindern, in ihrer Mitte, selbst am Rand. Als er wieder durchs Fensterglas schaut, entdeckt er Flora, wie sie einen Lebkuchenlaib zu ihm in den Schneefall streckt. In der Früh, einen kurzen Tag ist es her, war es umgekehrt, da waren Brösel im Schnee. Er schaufelte den Vorplatz frei, sie schüttelte die Tischdecke durchs Fenster aus. Ein paar Monate nach Greta fand Flora heraus, dass er zum Schloss gehört, *es gehört dir, nicht wahr*, fragte sie damals. *Schlossherr Cornelio*, ruft sie jetzt. In Windeseile läuft er an den vielen Fenstern und Zirkusbildern, dem Esel Gian vorbei zu Flora, *Flora*.

In den Zimmern verteilen sich ihr Mantel, Schal,

Schuhe und Socken mit Bröseln vom Lebkuchen. An der Stofftür mustert Flora das Bild vom grünen Liebespaar, geht zwei Schritte ins geheime Zimmer vor und ist Cornelio bald viele Schritte voraus. Entlang der Wände, von Wind durchzogen, tastet sie sich weiter. Vielleicht gebe es ja eine zweite Stofftür, *nimmt es dich gar nicht Wunder, Cornelio*, schreibt sie auf einen Zettel, ihre Schrift jeden Tag anders, *ist dir gleich, was es alles noch gibt.* Auf Zehenspitzen streckt sie sich, um die Vorhänge eines hohen Fensters aufzuziehen. *Lass es besser, in dem Zimmer weht schon genug Wind*, stellt er sich dazwischen, *hörst du das. Als summten Bienen*.

Ob Cornelio das nicht spüre, *spürst du das*, liest er von Floras Zettel. Er nickt, *ich spüre durch die Schuhe durch, dass der Teppich Wasser braucht.* Verwundert schaut sie ihn an. Trotzdem löst er jetzt die Bänder seiner Schuhe, löst seine Socken von den Füßen, ist sich jetzt ganz sicher, *wir müssen den Teppich gießen*. Seine Fransen stechen wie Stroh vertrocknet, graues Schilf beim Bänkchen nach dem Winter. *Aber im ganzen Schloss fließt kein Wasser*, überlegt Cornelio laut. Vereist oder rostig geben die Rohre und Hähne bloß verfärbte Wassertropfen von sich, *sie riechen wie faulige Äpfel. Gehen wir raus*, schlägt Flora vor, lässt den Zettel fallen und sammelt ihre Sachen wieder ein.

Draußen vorm Schloss, an den Esel gelehnt, redet Flora wieder, wie anfangs immer leise. *Am besten streuen wir Schneekristalle*, überall auf der Wiese, *streuen wir sie übern Teppich im summenden Zimmer. Wenn du recht hast, Cornelio, wachsen neue Gräser, vielleicht sogar Blumen, als wäre es Frühling im Schloss.* Als wären da Glöckchen, klingelt es leise, hell, als läuteten sie, als Flora die Schneekristalle sachte an ihrem Schal wie an einer Kette um den Hals auffädelt. *Schau her zu mir, an der Schafswolle behält der Schnee länger seine Zacken.* Cornelio solle es ihr gleichtun, gleich klingeln seine Handschuhe, gleich die Ärmel seiner Weste.

Auf ihren Wegen durchs Schloss streut Greta seit Jahren immer noch Steine. Flora findet sich sorglos zurecht, streut Schneekristalle über einen Teppich, als wäre es wirklich eine Wiese. *Es ist wahrlich eine Wiese*, spürt Cornelio, wie es andere sehen oder wissen. Flora dreht alle Lampen auf, die nicht immer schon brennen, *zum Wachsen braucht es natürlich Licht, zur Not auch künstliches Licht.* Cornelio stutzt, *du schreibst „natürlich", als ob es natürlich wäre.* Vor den Fenstern wird es so dunkel, wie es der Neuschnee bei Vollmond zulässt. Flora klopft weitere Teppiche in anderen Zimmern ab, kriecht mit bloßen Händen und Füßen zwischen Knoten und Fransen. *Aus reiner Schafswolle*, hält sie fest, was sie spürt, *ein paar Menschenhaare dazwischen*, sie zwinkert ihm zu, den Zettel vor ihrer Brust, *da braucht es wohl kein Wasser zum Wachsen. Sag*, fragt er Flora, *wären meine Locken gutes Teppichgarn.* Die Antwort schreibt sie auf seinen Arm, den Ärmel hochgekrempelt, *keinesfalls*, streicht mit ihrer Hand über seine Schulter, zuckt zusammen.

Draußen lacht sie, hält ihre beiden Hände ins Licht einer Kerze, *Greta malte Melina und mir die Fingernägel rot an.* Für einen Augenblick sei ihr gewesen, als wäre es die Hand einer anderen Frau, *Gretas Hand oder von einer Frau aus der Stadt.* Wie falle der Schnee in der Stadt, lenkt sie ab, *wo du Kind warst, Cornelio, gab es doch Schnee, oder.* Neuschnee sei selten, beschreibt er den Stadtwinter. Noch seltener Schnee, der länger als eine Nacht, einen Tag liegen und weiß bleibt und alt wird. Am schönsten falle Schnee in der Stadt in den vielen Lichtern ihrer Straßen in der Luft. *Stell dir die Flocken, Flora, unter endlos vielen Laternen vor, dort schwirren sie wie weißgoldene Insektenschwärme*, zwischen hohen Mauern, auf offenen Plätzen. In Hauseingängen und Unterführungen, auf Straße und Gehsteig entstehe leider rasch brauner Gries. Bloß auf Stiefelspitzen, Schultern und Hüten tragen Städter das Wunder ein bisschen länger durch den Winter. *Das erklärt deine Schulterpolster, die Hutsammlung und deine großen Schuhe*, Flora mustert ihn von Kopf bis Fuß. Cornelio seufzt, *glaub mir, dafür gibt es andere Gründe*.

Manche würden sich wundern, verwundert fragen, warum die vielen Friedhofskerzen. Flora geht ihm ohne Fragen zur Hand, von Docht zu Docht eilt sie, um Zündhölzer zu sparen. Eine Schachtel Zündhölzer schenkte Tante Severine ihm wie allen anderen, *an Weihnachten schenkt sie immer Zündhölzer, manchmal steckt ein Schein oder eine Münze in der Schachtel*, klärte ihn Melina auf. Ehe es die in Backpapier gewickelten Geschenke gab, sangen sie draußen, wo es kalt war, Weihnachtslieder im Kanon, Wolken vor ihren Mündern. Tante Severine zeigte die Einsätze an, höchstens zwei Strophen, dann fuchtelte sie wild mit ihren Armen, *das ist genug, nächstes Lied.* Ihre eigenen Lippen waren zugefroren, *früher als Kind durfte ich auch nicht singen wie mein älterer Bruder. Singt ihr ruhig ohne mich.*

Jetzt neben ihm summt Flora das Jahreszeitenlied aus Melinas Spieluhr, die er vor Jahren geflickt hat, *dafür gibst du mir die Krücken zurück*, hatten sie damals abgemacht. Seitdem läuft sie, läuft er wieder gut oder besser. Feucht spürt er seine Augen, den Schnee, wie er in dichten Netzen fällt, Nase und Wangen benetzt. Wie ein warmer, mehr kalter Schauer läuft Schnee übers Gesicht. Ob Flora für ihn wie ein Feuervogel singen wolle, *ahmst du sein Zwitschern für mich nach, für meine Ohren.* Sie wehrt zuerst ab, *heute lieber nicht. Ist dir kalt, Cornelio.* An seine Wange legt sie ihre Wange, wie ein kleines Feuer auf einmal in der Luft, als sie doch wie der Vogel singt, ist es so, als wären die Kerzen kleine Öfen zu ihren Füßen. In die Stille, *danke, Flora.* Wie der Feuervogel zwitschert, gefalle ihm. Er drückt ihre Hände. Da legt sie ihren Zeigefinger auf seine Lippen, *wie ein roter, goldener Vogel*, drückt ihre Wange noch fester an seine, *ich gehe*, sie gehe jetzt heim, *kommst du mit mir*. Er schüttelt den Kopf, *vielleicht morgen*.

Langsam und einsam stapft Cornelio zwischen den Kerzen auf Zweigen zurück zum Schloss, legt für den Esel Stroh und Heu wie vom Teppich nach, denkt an die Gerstensuppe und Tante Severine, wie sie für alle schöpft, *für dich zum Schluss, Melina, warten musst du endlich lernen*. Von allen Steinen, die Greta die Zeit über mit und ohne ihn zurückließ, trägt er die allergrößten zusammen. Aufeinander sind sie wie ein Schemel, wackelig, hoch genug, dass er den Vorhang im zugigen Zimmer aufziehen kann. Statt einem Fenster ist da wieder ein Bild, ein Liebespaar auf rosarotem statt grünem Grund. Von den Wörtern darunter kennt er das letzte und das erste, das mittlere heißt wohl „rosarot“ wie der Grund, die Wangen der zwei Figuren. Unwillkürlich drückt er sich gegen die zwei Gesichter und ihre Körper, mit Rückenwind, stärker, je schwerer er sich macht. Das Bild gibt nach, schwingt wie ein Fenster in ein Zimmer auf. Kopfüber fällt, landet er, wo es weich ist zwischen Decken und Kissen, auf einem Bett, wo es warm ist unter vielen Lampen wie unter einem Feuer.

Vom Bettgerüst sieht er wilde Sträucher bis zu allen vier Wänden wachsen, bis hoch an die Zimmerdecke zieren sie grüne Früchte, geformt wie Erdbeeren, Himbeeren oder Brombeeren. *Natürlich*, als ob es Natur wäre, *sie brauchen Wasser wie der Teppich.* Auf dem Weg zurück schiebt er das Bett ganz an die Wand und deckt so am Boden ein Bild auf, ein verliebtes Paar auf blauem Grund. Von der Seite gibt die Frau dem Mann einen Kuss auf die Lippen, ihre Hand an seiner Wange. Ihr Gesicht um die Augen blau, verschleiert. Auf einmal ist da Gezwitscher, hört er Flora oder einen Feuervogel, er weiß es nicht.

Vierter Sommer nach der Apfelernte

Wo sind alle, fragt er sich, nähert sich zaghaft dem Hof, auf Zehenspitzen. Es fehlen, *es fehlt von den Hunden jede Spur*, murmelt er. Zum ersten Mal ist es so ruhig, dass er die Bienen um den Apfelbaum summen hört. Wie Harztropfen klettern sie aus dem Stamm, der ihr Stock mit der Bienenbrut und Ernte ist, die zu Honig wird, *zur Essenz von unserem Lebkuchen*, hat ihn Melina eingeweiht, *es ist Windbienenhonig, Bären würden ihn lieben*. Wenn es noch einen Bären im Gebirge gäbe, dann im letzten Dorf, *dann unter unserem Apfelbaum*, der Bär überwände jede Scheu, *einen Bären stelle ich mir sowieso ohne Angst vor*, meinte Melina. Bei jedem seiner vielen Besuche, die gar keine Besuche mehr sind, fühlt sich Cornelio vom rätselhaften Satz über der Tür ertappt. *Du kommst auf der Suche nach dem Honig und kehrst*, steht in den Putz geritzt, *ohne Blick auf die Bienen wieder heim.*

Die Tür versperrt statt der Hunde ein Korb geflochten, so groß, es wäre Platz für ein Steinwildkitz, *für Chaspar, wir fanden ihn in so einem Korb im Stall*, hört er auf einmal Greta sagen. Durch ein Loch im Geflecht trifft er auf ihren Blick, hält ihm stand.

Sie schnäuzt sich, schlüpft aus dem Korb, *er ist weit zu klein für mich, ich wäre auch zu schwer.* Greta befüllt ihn mit Leinensäcken, *voll mit Rosinenbrötchen, für die Schule, und mit den Schwarz- und Milchbroten, für die Familien. Flora und Melina werden dir helfen verteilen.* Die Älteste und der Jüngste am Hof seien sehr stark erkältet, über ihren Schlaf wachen die Hunde, *danke, dass du einspringst*, Greta niest, *ich muss für ein paar Tage weg*. Er solle sie um Himmels Willen nicht so mitleidig anschauen. *Die Tränen sind der Schnupfen, das Halskratzen ist schon vorbei.* Bis sie zurück sei, werde sie höchstens noch ein bisschen husten. *Oder der Hals kratzt wieder*, neckt sie Cornelio. Sie schüttelt den Kopf, *du verstehst das nicht, es ist immer gleich bei mir, bloß am Anfang, an den ersten Tagen kratzt es im Hals, dann kommt der Schnupfen, immer zum Schluss der Husten.* Den Schnupfen sei sie von allem am meisten leid, sie niest ein zwei immer drei Mal.

Im dritten Sack habe es noch ein Schächtelchen mit Walderdbeeren, *als Ansporn, besonders für Melina*, die beim Brotaustragen immer am weitesten laufe. *Sie ist einfach die Schnellste, so einfach ist das.* Vom Fenster fällt Cornelio ein Efeuzweig auf die Stirn. Seinen Kopf im Nacken, schaut er Tante Severine ins Gesicht ohne Farbe. Mit einer großen Schere schneidet sie Efeu wuchernd vor Chaspars Fenster, *damit er hinausschauen kann. Unserer Melina*, mischt sie sich krächzend ein, *tun die langen Wege gut.* Bloß vor Büchern und Spiegeln im Badezimmer verliere sie sonst die Erde fest unter ihren Füßen. Sie solle ja barfuß gehen, sonst verlerne sie es noch. *Leg dich jetzt wieder hin, Tante Severine*, beschwichtigt Greta, flüstert Cornelio ins Ohr, *sag kein Wort von dieser Predigt zu Melina, sonst trägst du alle Brote allein aus*, das verspreche sie ihm. *Pass gut auf dich auf, dass du dich nicht verläufst, Cornelio.* Er nimmt den Korb auf seinen Rücken, *ich pass auf, Greta, zur Not verstreue ich noch ein paar Brotbrösel, dann findet mich schon jemand.* Ihre Antwort, *besser als Kieselsteine auf einem Kiesweg, aber denk immer an die Raben.*

*

Die letzten Meter zu Mutters Haus im vorletzten Dorf im Gebirge und Garten geht Greta ohne Schuhe. Vom Sommerregen sind die Steine weicher, die Pfützen sind warm, die Gräser feucht an ihren nackten Beinen. Ihre Hand in der kühlen Höhle im Baum spürt sie, weil sie leer ist, dass Jannis schon da ist. Wie ausgewaschen oder verbleicht wirken die Farben am Haus, wie eine Tapete ein Stück abgerissen, vom Wind, schmutzig, von der Erde. Als wären die Farben nicht verschwunden, leuchtet ums blasse Haus in allen Tönen die Blumenwiese bunter, als sie Greta in Erinnerung hatte. Ein paar Mohnblumen rot und wie immer zittrig im Wind.

Vorm Stubenfenster sieht sie eine Rauchwolke, so viel Rauch, als ob Jannis, *Jannis*, ruft sie, *Jannis.* Er zündet eine zweite Zigarette an, *für dich, Greta*, als sie an die Hausmauer gelehnt vor ihm steht. Sie drückt die Zigarette am Fensterbrett aus, *eine war doch immer genug für uns.* Sie streckt ihre Arme aus, ihre Hände hoch in seinen Locken. Sein Gesicht über ihrem Gesicht lässt sie sich an den Schultern auf die andere Seite des Fensters, an Jannis' Seite heben. An seiner Brust schwebt sie ein paar Zentimeter und Sekunden überm festen Grund. *Bitte setz mich nicht ab, jetzt nicht*, ehe sie mit beiden Beinen um seine Hüften geschlungen ihn fest umarmt hat, *ich bin so froh, dass wir da sind, Jannis.* Im ersten Moment ist ihr, als wollte er sich mit seinem Mund wie mit seinem ganzen Gewicht schwer auf sie fallen lassen. Im letzten Moment aber schiebt er die Zigarette dazwischen. In ihrem Rauch husten sie beide, lösen sich ein Stück weit voneinander. Dann niest sie, drei Mal. Am Spiegel des Fensters sieht sie Jannis'

Gesicht, *mein Gesicht*, murmelt sie unvermittelt, verbessert sich dann, *also ich meine dein Gesicht.* Jannis räuspert sich, *das weiß ich*. Seine Lippen zucken immer ein bisschen, wenn er den rechten Satz, etwas zu sagen sucht, *sag es, Jannis.* Wie immer sagt er dann nichts.

Überall im Haus findet Greta Spuren von Mutters sorgsamen Gesten, am Kachelofen den Zettel, *heiz dir jeden Tag gut ein, mein Mädchen*, ein paar Holzscheite im Korb, Kirschkernsäckchen für einen Winter vor gut acht Jahren. Als Greta damals am späten Abend aus der Stadt angekommen war, rief Tante Severine an, *deine Mutter ist wieder bei mir*, im letzten Dorf im Gebirge, *es geht ihr nicht gut*. Unterm grünen Geschirrtuch auf dem Tisch läge ein handgeformter Stein aus Roggen, hätte Greta das Brot damals, als sie wegzog, nicht mitgenommen. Steinhart, wie es war, ließen sich keine Brösel streuen. *Sind da noch Mehlspuren, Jannis, komm her, ist das Mehl*, so schmückte es das Brot, *Mutter hatte es für mich gebacken.*

Greta läuft Jannis voraus über eine Schwelle zurück in ihr Kinderzimmer, unterm Kopfkissen ein Nachthemd, gebügelt, mit langen Ärmeln. Mutter wusste, ihre Greta würde frieren, ob sie ahnte, wie Greta verfroren den ganzen Winter wie im kalten Fieber Decke für Decke nass schwitzen würde. Sie träumte Nacht für Nacht, dass Mutter starb, wachte auf und glaubte kurz, das war bloß geträumt, *das habe ich mir bloß eingebildet. Wer in deinen Träumen stirbt, wird im Leben sehr, sehr alt*, hatte sie Mutter früher beruhigt. Sie ist jetzt tot und wurde nicht wirklich alt, *kein Traum bringt sie mir zurück*. Mutter starb zu jung, verstieß gegen ihre eigenen Regeln, *sicher bleibe ich so lange, bis du eine Mutter und ich eine Großmutter bin*. Vielleicht werde sie, *vielleicht habe ich niemals Kinder, vielleicht, wie lange bleibst du wirklich, Mutter,* wollte Greta wissen, damals war sie noch ein Kind.

Nase und Augen verbirgt Greta hinterm großen Taschentuch aus dem Nachttischkästchen. Sie hat Jannis' Stimme leise in den Ohren, in ihrer Nähe, *ich hatte deine Mutter auch sehr gern. Sie war mir wie, du weißt schon, ich hatte ja meine Mutter nicht bei mir*, sie war bei seiner Geburt gestorben. *Wohl schaukelte ich mehr auf den Knien deiner Mutter. Die Knie von meinem Vater waren so hart.* Für die Lakritze vorm Schlafengehen lief er abends quer durch den Garten zu ihnen, es gab ja keinen Zaun. *Ihr wart nicht bloß Nachbarn für mich, ihr wart wie eine Familie.*

Einmal, ein kleiner Bub war er noch, habe ihn ein schlechtes Gewissen geplagt, *nicht einmal dir, Greta, konnte ich etwas sagen.* Sie schaut auf und folgt seinem Fingerzeig nach draußen zur Regentonne. Ob sie noch wisse, dass ihre Mutter, *ich sehe sie vor mir, wie sie morgens ihr Gesicht mit frischem Regenwasser wäscht*, mit den Händen eine Schale formt, *uns in die Höhe hebt, damit wir es nachtun können.* An einem Sonnentag, erzählt Jannis, sei er auf einen Holzschemel geklettert. *Von dort pieselte ich in die Tonne*, allein des Farbstrahls, eines Regenbogens wegen, Wasser und Licht so verspielt haben ihm gefallen. Greta klatscht ihre Hände zusammen, *Jannis, das ist nicht dein Ernst, sag nicht, das hast du öfters gemacht.* Rosarot und röter Jannis' Wangen, *ich schämte mich, aber ja, doch, ein zweites Mal, das Regenwasser war damals auch schon dein Morgenbad. Es gab eine Zeit, da warst du in der ersten Schulklasse und fühltest dich zu groß, um mit mir zu spielen.* Greta schnäuzt sich, *dann geschah es mir recht,* geschadet habe es sicher nicht, sie streicht über ihre Wangen, zieht die Brauen hoch. Sie tauche ihr Gesicht morgens immer noch ins Regenwasser, im Winter tupfe sie Neuschnee auf ihre Haut, *das habe ich mir von Tante Severine abgeschaut.*

Im Schneidersitz setzen sie sich zwischen Haus und Garten auf die Veranda, beobachten den Wind im Zaunkönigsstrauch, darum ein Flimmern wie ein Insektenschwarm. *Silbrige Blätter, sie zittern*, flüstert Jannis, Greta spürt es. Er berührt ihre Fußsohle mit seinem Knie, schaut weiter auf den Strauch, während er aufsteht und sich dann in die Schale ihrer Beine einpasst. Wie von innen heraus wühlt er sie auf, hält ihren Kopf in seinen Händen, als sie nach hinten nachgibt, von ihrer Brust bis hinab zu ihren Hüften kleine Impulse setzt. Es ist Tag, es wird Abend, ohne dass sie sich vom Fleck rühren. Sie sind draußen, warteten sonst immer die Nacht ab, zogen die Fenster und Vorhänge zu, öffneten ihre Kleider. Sie lassen alles an, schwitzen, als es schon dunkel ist. Zuletzt ein Schrei wie aus einem anderen Mund.

Das war ein Vogelschrei, das waren nicht sie. Sie saßen bloß draußen, bei Sonnenuntergang auf der Veranda. Sie mustern die gemaserten Latten, spüren wie befremdet an einer Stelle warmes, feuchtes Holz. Sie saßen weiter drüben, redet sich Greta ein, da und dort saßen er und sie. Ihr Taschentuch liegt wie ein Laken aufgewühlt da, Jannis' Hose ist feucht, er zittert, *was haben wir gemacht, ich habe eine Frau.* Es war, das war nicht das erste Mal, aber es fühlte sich früher niemals wie Schuld an für sie. *Das waren wir, Greta. Du und ich, zu lange schon*. Immer Jannis und Greta. Jede Bewegung, ihre Worte, alle Äste in ihren Blicken wirken auf einmal kantig, begrenzt. Von allem abgeschnitten, stehen sich Greta und Jannis gegenüber, dort und da. Gebunden in dem, was sie fühlen, denken, sind sie selbst ohne Halt. Sie sind einsam, sich selbst fremd, als griffe nichts mehr ins andere im Haus und im Garten stehen Bäume ohne Wurzeln.

*

Von Greta lernte Cornelio Umwege zu machen, langsam wie eine Schnecke sich fortzubewegen, umsichtig wie ein Luchs und, wenn es darauf ankommt, zu fliegen. *Rede dich immer auf den Wind heraus*, er solle sagen, *es war der Wind, selbst die Vögel und Bienen flogen rückwärts*. Oder verführerische Düfte oder Töne in der Luft, *musstest du halt da und dort noch hin*. Mit den Brotsäcken für die Schule, für die Haushalte innerhalb und außerhalb der Dorfmauern beladen, geht er ein Stück das Steinwildgehege entlang, es ist viel zu leer. Eingeschleppte Räudemilben rafften viele Tiere dahin, für ein paar hatten Salben, Öle und Bäder Wert genug. Aus Baumstämmen und Holzlatten, glasiert mit Pappe, Draht und Beton bildete Cornelio einen Kletterfelsen nach, kletterte selbst einmal hinauf ohne Gerüst. *Dabei hast du dir fast alle Knochen gebrochen*, übertrieb Flora. Wie sei der Beinbruch vor Jahren eigentlich passiert. *Vom Baum gefallen*, antwortete er knapp, zum Glück fragte niemand nach. Winden müsste er sich, um nicht zu gestehen, *von eurem Apfelbaum*, ein Stück Gold im Mund. Ein Vogel, ein Feuervogel, wie er mittlerweile wieder weiß, flog fort, Cornelio lief weg, obwohl er kaum noch gehen konnte. *Wer brachte dir bei, so etwas mit deinen Händen zu formen*, begeistert vom Kletterfelsen, turnte Melina spielerisch zwischen seinen Zacken, in seinen Mulden. *Mein Vater, mein Vater hätte ihn früher auch bemalt, naturgerecht*, er zeichnete sehr gut, malte noch viel besser, so hieß es in der Stadt. Cornelio wollte als Kind wissen, *warum haben wir Bleistifte in allen Stärken, so viele Pinsel im Haus, aber keine Farben*, und dann, *sag, warum malst du nicht mehr.* Seit Cornelio weiß, sparte sein Vater Licht und Geld. *Ich weiß nicht*, seufzte Vater, seine Hand an der Stirn, *es ist meine Hand, ich habe Weh in meiner Hand, wenn ich male.*

Bald wird es ernst im letzten Dorf im Gebirge, vorm Gehege. Die aufgezogenen Steintiere kommen hinaus ins Freie, *zurück, wo sie hingehören*, wie Tante Severine es sieht, ins echte Gebirge, wo sie bleiben werden. *In hundert Jahren ist das Steinwild längst wieder natürlich wild in unseren Bergen*, ist sich auch Greta sicher.

Unterm Pausenglockenläuten läuft Cornelio zum Schulhaus, verspätet, verkauft mit beiden Händen fast alle Brötchen aus dem Sack. Beharrlich zerrt ein Bub an seiner Weste, *meine Mutter sagt immer, „iss einen Apfel, wenn du Hunger hast", aber ich mag keinen Apfel. Ich mag ein Brötchen mit Rosinen, wie alle anderen.* Ein zweiter Bub jammert, *mein Großvater gibt mir fünf Münzen für die ganze Woche, für fünf Pausenbrötchen*, am Montag habe er aber alles schon aufgebraucht, für Lebkuchen. *Wirklich Lebkuchen, woher*, fragt Cornelio nach. *Von Melina.* Cornelio schmunzelt, *schon gut, nehmt euch beide ein Brötchen aus dem Sack*, dazu schenkt er ihnen noch ein paar Erdbeeren.

Aber ich brauche doch das Geld, Cornelio, erklärt sich Melina später, *ich wünsche mir neue Schuhe, schmal geschnitten, Lackschuhe, mit violetten Bändern.*

Cornelio schaut dem Mädchen ins glitzernde Gesicht, *das wäre ein guter Geburtstagswunsch.* Aber er wisse doch, regt sich Melina auf, dass Flora, Chaspar und sie als Waisenkinder nicht wissen, *wann wir geboren sind, wir feiern Geburtstage mit Weihnachten und das ist noch lange hin.* Das wisse er, *stimmt, aber lass uns für dieses Jahr annehmen, du bist ein Sommerkind*, er werde es mit Greta besprechen. *Aber bitte, Cornelio, sag nichts zu Tante Severine*, ihre Stimme ein Flüstern, *schon gar nichts von meinem Lebkuchengeschäft in der Schule.*

Es knarrt und klappert laut in der Straße und Cornelio ist sich sicher, er könnte, *ich würde die Handweberei blind finden.* Melina will nicht auf Flora vorm Haus warten, nimmt ihm einen Teil der Brote und fast alle Erdbeeren ab und rein in ihre Tasche, *ich laufe die Häuser im Dorf ab.* So bleiben für Cornelio und Flora die Bauernhöfe, außerhalb der Dorfmauern verstreut. Sein Einspruch zeigt keine Wirkung, *ich muss lernen, Cornelio, mir alles selbst beibringen, was die Lehrerin nicht versteht. Bitte macht ihr die großen Runden*, sowieso habe Cornelio ja den ganzen Tag nichts zu tun. Das Mädchen hat recht. Es klappert und knarrt und er steht meistens bloß herum, die Hände in seinen Taschen. Ein Vermögensverwalter kümmert sich um alles in der Stadt, Cornelio rührt keinen Finger dafür. *Nicht wirklich viel, ich tue ein bisschen etwas*, schwächt er vor sich selbst ab. Ihm schwebt vor, dass er, ja, eigentlich könnte er eine Lehre am Webstuhl machen. Einmal, als Aushilfe bloß, half er Flora. Zusammen zogen sie tagelang die Fäden Rohgarn für ein neues Muster ein, verknüpften sie als Vorarbeit zum Weben. *War ich dir wirklich eine Hilfe*, hatte er am Ende gefragt. Die anderen Weberinnen lachten, *das ist keine Arbeit für Erstgeborene, schon gar nicht für Männer.* Es knarrt und klappert nicht mehr und Flora tritt auf die Straße, *du warst am Anfang schon eher im Weg*, hatte sie damals gesagt. Aber rasch begriff er ihre Finger ohne Worte, ahmte nach, was sie aufzeichnete, *es wäre alles da, Cornelio, in deinen Händen, was es braucht.*

Ob er über ihren Rücken reiben könne, *der Stoff meiner Bluse beißt mich überall.* Als Flora seine Hände sieht, *besser nicht*, nimmt sie ihre Bitte zurück, *sie sind ja voller Mehl*, steckt ihre Nase in den Brotsack, sie liebe diesen Geruch. *Deine Nase ist jetzt fast so weiß gepudert wie Melinas ganzes Gesicht*, sagt Cornelio, so weiß wie Vaters Gesicht, sein eigenes es war, früher in der Stadt, ohne viel Sonne, als müder Archivar von Bildern.

Gleich den Fenstern vom Hof überwuchert Efeu die Dorfmauern, versiegelt die Kieswege zu den anderen Höfen, selbst die Winter über hält es unterm Laub und Schnee zusammen. Es grünt eifrig im Frühling und Sommer, *und wie sieht dein Teppich im Schloss aus*, erkundigt sich Flora und steigt über die Dorfmauer. Cornelio kriecht durch ein Loch zwischen den Steinen hinaus aus dem Dorf, *die Margeriten und Vergissmeinnicht blühen schön.* Täglich gieße er den Teppich, es sei ja mehr wie eine Wiese, *da ist so viel Leben zwischen den Fransen*, Gräsern. Jeden Tag werde das Summen lauter, ohne dass er eine Biene erspähen könne. *Gern wüsste ich, wie der Teppich gemacht ist.* Seine Finger in die Erde gekrallt, zieht ihn Flora auf, *lass ihn einfach wachsen.*

Lass sie einfach wachsen, erinnert er sich an Gretas Worte, er verstand nicht. Es müsse doch eine Lösung für die Häuser geben, damit drinnen Flora reden, Melina gehen und Chaspar, ohne sein ganzes Gesicht zu verkrampfen, in die Welt schauen, ja sich anschauen lassen kann. *Lass ihnen Zeit*, sagte sie, *die drei haben einen Verlust erlebt, waren anfangs ganz unhörbar, unbeweglich, übersehen.* Es sei ein Wunder, dass sie überhaupt wieder, *kennst du, Cornelio, in dir eine Angst, einen Verlust so groß, dass du keinen Ton herausbringst, dich nicht rühren kannst, dein Blick verschwimmt.* Er nickte. *Dann stell dir die Angst noch viel größer vor, nämlich dich selbst ganz klein. Selbst zu klein, um den Verlust auszudrücken.*

*

Zwischen Nacht und Tag drückte sie Jannis immer wieder für einen Moment an sich. Sie war zu müde, in ihren Händen lag zu wenig Kraft, ihn länger festzuhalten. Zurückgelassen bleibt sie lange liegen. Ein flaues Gefühl im Bauch, als hätte sie Tag und Nacht getrunken, tut ihr der Kopf weh. Greta stützt sich auf zum Husten, mustert an der Wand angestrengt ein Foto von Kindergartentagen. Um den Hals des Mädchens, das sie war, eine Kette glanzvoller Perlen. *Wo ich aufgewachsen bin*, hört sie Mutter in der Erinnerung, *durften solche Ketten bloß erstgeborene Mädchen, Frauen und Männer tragen.* Die Kette habe Gretas Großmutter gehört, *sie ließ mich zurück, mitsamt den Perlen, um in die weite Welt zu reisen*, nicht wieder heimzukehren. Greta rieche so gut wie die Schnecke, die in ihrem Haus diese Perlen bildet, *die Kette gehört jetzt dir, mir gehörte sie in Wahrheit nie.* In Mutters Kästchen findet Greta alle Schmuckstücke ihrer Kindheit auf Samt, all die kleinen Ringe, Spangen mit Glanz, der haftet auf der Haut. Unter allem drunter die Perlen, für ein Kettchen um ihren Hals, selbst für ihr Handgelenk sind es heute viel zu wenige.

Jeder Schritt schwer, zwischen Augenbrauen spürbar, gräbt sich das schlechte Gewissen ein, die Gewissheit, dass Jannis und sie, *wir hätten das nie tun dürfen, acht Jahre lang*, murmelt Greta. Es war nie eine Frage der Schuld, *bis jetzt.* Mehr eine Frage, *wie können wir uns sehen, nahe sein*, ein Flüstern am Telefon, *nächste Woche bin ich allein in der Stadt*, oder, *pass auf unsere Schafe auf, ich komme jede Nacht.* Die Sonne blendet auf der Veranda, die Gräser, Blumen sind grell grün und gelb. Viel zu bunt und verschieden die Schmetterlinge, im Dunkeln waren sie alle grau.

Als sie den Schlüssel zurück in die Baumhöhle legt, entdeckt sie, wie in einer Straße schwarze Nachtameisen zittrig, völlig wirr den Stamm hochkrabbeln, sich an den Ästen verkrampfen, erstarren. *Die Ameisen sind befallen*, erklärte ihr Jannis vor Jahren, *gibt es zu viele schwarze im Verhältnis zu den roten oder umgekehrt, befällt sie ein Pilz*. Er zeigte auf einen Ast, *schau*, sie schaute auf eine Ameise, aus deren Körper sprossen wie Blüten gelbe Pilze, *mit dem nächsten Wind sind die Sporen verteilt*. Damals war die Ameise rot, erinnert sich Greta, eine Tagesameise, jahrelang gab es zu viele rote, zu wenige schwarze im Gebirge. Dann wendete sich das Blatt.

Ihr wird schwindlig, sie setzt sich auf die Fersen, schaut hinauf in den Baum. Verästelt legt er Schablonen auf den Himmel. Am liebsten würde sie bleiben, Tag und Nacht, hinaufschauen, bis alle Blätter herunterfallen, endlich neue wachsen. Sie müsste nichts tun, nichts entscheiden, im Kreislauf gibt es keine Richtung, falsch abzweigen könnte sie nicht, es wäre alles recht und richtig. Da kommen ihr Chaspar, Melina und Flora in den Sinn, *für die drei verkaufe ich das Haus im vorletzten Dorf*, setzte sie sich bei Tante Severine durch, *damit sie studieren können, wenn sie wollen. Flora, sie singt so gut*, sie wurde entdeckt. Zwei Wanderinnen aus der Stadt stimmten in der Dorfkapelle ein Lied an, *wollen Sie nicht auch mitsingen*, ermunterten sie Flora, die den Kopf schüttelte, unterm Dach drinnen lauschte, bei offener Tür draußen dann doch einstimmte. *Sie singen wunderbar, gehen Sie ans Konservatorium*, waren sich die Frauen einig. *Was sagt ihr dazu, Greta, Tante Severine, „wunderbar" fanden sie meine Stimme*, Flora war außer sich. Später am Abend kam Greta der Gedanke, *dass das*, ob es denn möglich sei. Tante Severine nickte, *das ist der Feuervogel in Flora*, was auch immer das heiße.

Zwischen den Rosensträuchern verlässt Greta den Garten. Geschickt weicht sie den Dornen aus, schützt die rosaroten Köpfe. Sie kommt vorbei am Dorfgasthaus, Scherben und Zigarettenstummel am Boden, Reste vom letzten Fest, am Spiegel hinter der Theke letzte Preise verschmiert. Für einen Moment ist es Greta, als würde sie Musik hören, als wären Menschen am Tanzen. Als könnte sie durchs Fenster verstaubt das blaue Liebespaar erspähen, das sie waren, zu zweit unter vielen waren sie eins, verliebt. *Das Lied darf niemals aufhören*, wünschte sie sich, immer so zu tanzen, betrunken nach zwei Gläsern Wein, zu mehr reichte ihr Geld nicht, *das Lied ist jetzt unser Lied*, sagte sie. Jannis meinte, *wir brauchen kein Lied*, tanzte sie bis heim, quer durch den Garten vor die Tür.

Im Fensterspiegel zuckt Greta zusammen, dreht sich um, wer war das hinter ihr. Sie ist sogleich dem buckligen Mann auf den Fersen, versucht in jedem Fenster wieder, ihn zu erkennen. Ihr fehlt der Mut, ihn zu überholen. Sie könnte ihm ins Gesicht schauen, seinen Namen rufen, „Vater“ sagen. Leise *Vater*, der Mann hört sie nicht, sie schleicht ihm weiter hinterher. Je weniger Häuser, desto wilder der Pfad, er schlängelt sich aus dem vorletzten Dorf einen Hügel hinauf. Die Blätter am Grund sind staubtrocken, rascheln und zischeln bei jeder Berührung. Greta unterdrückt einen Hustenreiz, stellt sich vor, sie wäre die Schlange, die den Weg formte, unterm Sand bedeckt. Sobald sie so weit wäre, könnte sie den Mantel aus Körnern abschütteln. Erst wenn sie sicher wäre, träfen sie aufeinander. Der alte Mann steigt vom Fußpfad ins leere Bachbett. *Das Bachbett ist auch ein Weg, es ist der Weg des Flusses*, waren oft Mutters Worte.

Ein Lamm läuft auf Greta zu. Der Mann fängt es ein, erblickt erschrocken Greta, die ihm jetzt hilft, das Lamm aus dem Flussbett hinauf zu seiner Mutter zu hieven. Sie sagen kein Wort. Es ist lange her. Aber der Abstand, den sich Greta erwartete, von den vielen Jahren, die verstrichen, wo ist er, wo sind all die Jahre hin. Da ist das Gefühl, so angreifbar zu sein wie an dem Tag, als er sagte, *Greta, ich wollte es dir schon lange sagen.* Das letzte Stück bis zum Friedhof gehen sie langsam nebeneinander. Der Mann gebückt, Greta so aufrecht, wie es geht.

Wilder Wein wuchert auf den eng platzierten Gräbern, sie sind wie versiegelt, wie in hell- und dunkelgrüne Ketten gelegt. Zwischen den Steinen reißen überall die weißen Schafe Grasbüschel mit Gänseblümchen aus. *Das war Jannis' Vorschlag*, sagt der Vater in die Stille, *damit das Hochwild im Gebirge Nahrung auf Vorrat hat, sagte mein Bub.* Jannis erklärte es auch Greta, weshalb Tante Severines Tiere heuer vorm Hof statt auf der Alm weiden. Sie nickt und schnäuzt sich, ihre Augen feucht, *ich bin bloß erkältet*, murmelt sie hinterm Taschentuch. *Greta, ich glaube, du hast diesen traurigen Schnupfen von mir*, er lächelt verlegen. Der Friedhof ist viel zu klein, selbst für ein kleines Dorf. Es fehlt Platz für Zwischenwege, sodass sie auf Stegen oder anderen Gräbern gehen müssen. An Mutters Grabstein lehnt ein Rosenstrauch oder umgekehrt, der Strauch ist Stütze und Schutz. Greta neigt ihren Kopf zur Seite, trifft die Schulter des alten Mannes. *Mutter hatte, glaube ich, niemals wirklich Schnupfen. Sie verstand nie, wenn sie krank war.* Das sei nichts, *es geht mir gut*, sagte sie immer, *es geht mir gut, Greta*, dann ist sie eingeschlafen.

*

Ihre Hand. Schmal ist sie, stark ihr Druck. Finger, die vorrutschen zu seinem Handgelenk, während die Sonne Steine am Boden aufheizt, unten haften bleibt. *Ich bin barfuß, ich kann nicht aufsteigen, Greta*, er sitze schon zu lange da, auf der Bank. An die Sonnenmauer der Kapelle gelehnt, grübelt er schon zu lange an Ort und Stelle, zieht Greta am Handgelenk neben sich auf die Bank. Eigentlich lässt sie sich fallen, mit dieser Hand, dem unverändert festen Griff. *Greta, verkauf das Haus deiner Mutter nicht*, er habe gehört, dass Flora ab Herbst in der Stadt studieren werde, *lass mich das zahlen*, sie sei, sie alle seien wie eine Familie für ihn.

Dass er nicht ihr Vater, nicht ihr Bruder sei, wisse er gut. *Das ist gleich, Cornelio, sag das nicht*, sagt Greta heiser, *so gesehen wären wir alle bloß wie, wir sind aber eine Familie.* Ob er schon wisse, *Chaspar sagt Mutter zu mir*, bringt sie zum Lächeln, wenn sie bloß daran denkt.

Ein Spätherbst oder Frühwinter, es ist ein paar Jahre her, habe Greta die Familie und den Glauben an eine Familie gekostet. Übrig war bloß das leere Haus, die Baumkrone ohne Laub, der Strauch ohne Zaunkönigsnest, *vielleicht hätte ich in dem Haus nach Mutter, in dem Garten mit Jannis glücklich werden können. Mutter wünschte es sich für uns. Aber es geht halt nicht*, habe sich Greta selbst gesagt, *es wäre vielleicht gut gegangen, der Garten hatte keinen Zaun, weißt du.* Verloren im Gebirge habe sie Tante Severine, Flora, Melina gefunden, *heute bin ich sogar Chaspar eine Mutter*. Sie macht die Augen zu, ihre Wimpern feucht, *ich verkaufe das Haus ganz sicher, für meine zweite Familie. Und du, Cornelio, du gehörst dazu, nicht wie, sondern einfach als Cornelio.* In gewisser Weise fühle sich Greta ihm verwandt, den anderen am Hof gehe es gleich, nicht viel anders, glaube sie. *Außer Tante Severine, für sie bin ich vor allem ein fauler Nachbar*, Cornelio gähnt, *die Sonne macht mich müde.*

Greta steht auf, bringt Cornelio wie ein Kind auf die Füße, *siehst du, so heiß ist der Kies gar nicht. Du liegst Tante Severine am Herzen, glaub mir, das spüre ich.* Sie gehen zu zweit querfeldein, endlich Gras unter den Sohlen, auf dem alten Kirchenweg zwischen Feldern. *Bloß wenn wir den Kirchenweg regelmäßig gehen, verlieren wir nicht das Recht dazu*, klärt ihn Greta auf. *Wir müssen schauen, dass die Wege im Dorf nicht noch weniger werden.* Es sei so schon so streng und eng im Gebirge wie sonst nirgends, *auch in Familiendingen, obwohl in gewisser Weise auch wieder nicht.* Allein Erstgeborene dürfen Kinder bekommen, sie übernehmen das Elternhaus. Ihre Geschwister kümmern sich mit ihnen um alles und alle, *besonders um die Kleinen, so wird eine Tante schnell zur Mutter. Die Rollen verschieben sich.* Was sei mit jüngeren Schwestern, den kleinen Brüdern, die trotzdem Eltern werden, hakt Cornelio nach, *was wenn Tante Severine schwanger geworden wäre.* Aus ihrem Rucksack holt Greta ein Taschenmesser, sie nehme es für alle Fälle immer mit. Ein Stacheldraht versperrt ihnen den Weg, *da will jemand, dass die Wege weniger werden.* Greta versucht, den Draht zu zerschneiden, scheitert. *Ich gebe es auf, lass uns umdrehen, Cornelio.* Es gebe immer einen anderen oder neuen Weg, hält er entgegen. *Aber nicht im letzten Dorf,* sie seufzt, *Tante Severine hätte weggehen oder das Kind weggeben müssen. Unter uns, ich glaube, sie ist noch Jungfrau.*

Cornelio legt sich auf den Boden, kriecht unterm Stacheldraht durch, *komm, Greta, stell dir vor, du bist eine Erdschnecke.* Zögerlich folgt sie ihm. Vorm nächsten Gang ins Dorf werde sie eine Zange einstecken.

Mutter, muss das, ob das denn sein müsse, *ein Geschenk braucht es doch nicht. Tante Severine hilft dir sowieso*, wenn sie es kann, mit den Kräutern, ihrem Wissen. Mutter will etwas sagen, muss husten, sagt dann nichts und streckt sich nach einem Glas Hagebuttenmarmelade über ihren Köpfen. *Viel zu flüssig ist die Marmelade*, ärgerte sich Greta vor Wochen beim Einkochen, vor Tagen, als sie das erste Butterbrot bestrich, schimpfte sie, als schmeckte die Marmelade nicht trotzdem gut. Als Greta jetzt helfen will, auf Zehenspitzen, lässt Mutter das Glas fallen, fällt selbst in die Knie, kniet in der roten Lache vor ihr auf dem Teppich. *Pass auf, überall Scherben*, überall Hagebutten, der Kasten, ihre Kleider und Gesichter rotorange besprenkelt. Mit ihrer Zunge tastet Greta ihre Lippen ab, die Marmelade schmeckt viel zu süß, zu sehr nach Apfelmost. *Das putze ich auf, sobald wir zurück sind*, das könne warten. Anders der Bus ins letzte Dorf, der warte nicht, *und wie wir aussehen, ist ganz gleich*, drängt Greta. Nächstes Jahr wird sie die Hagebutten hängen lassen, an Zweigen wertvoll für hungrige Vögel. Es wäre erst das zweite Jahr, dass im Rosenstrauch Früchte reifen, nahrhaft rot, ein Leuchten im dunklen Skelett.

Unter erdigem Moos platziert Greta den Schlüssel in der Baumhöhle, zu eng für die Raben. Die Vögel könnten ihnen einen Streich spielen, dann wären sie ausgesperrt. *Warum nehmen wir den Schlüssel nicht mit*, wollte Greta als Kind lange nicht einsehen. *Weil er nicht uns gehört, er gehört zum Haus*, erklärte ihr Mutter ein ums andere Mal, warum der Schlüssel zurückbleibt.

Greta hält sie fest am Arm, zieht sie mit sich. Das müsse sie nicht, sie sorge sich zu viel. Für einen Moment bloß lässt Greta los, *dann versteh mich endlich, Mutter. Um dich muss ich mir Sorgen machen*, sie war im Regen gestürzt und fängt sich seit Wochen nicht wieder, *du kennst deine Grenzen nicht.* Mutter lag, seit sie stürzte, keine Stunde länger im Bett als sonst. *Greta, ich glaube, du siehst mehr Grenzen als ich.* Sie verlassen den Garten ums Haus ohne Zaun, genau dort, wo sich Greta als Kind die Tür im Zaun, das Schlupfloch ausgemalt hatte.

Ihr Weg ist rot und bewegt, überall Ameisen unter ihren Schritten. Mutter versucht auszuweichen. *Wir müssen*, zieht Greta sie weiter, *wir dürfen nicht trödeln.* Neben ihnen der Bach, angewachsen zu einem Fluss, trägt er ein Floß Ameisen. Das Floß trage die Königin, erinnert sich Greta an Jannis, wie er ihr am Ufer zeigte, *wie sich Arbeiterameisen zu einem Floß zusammenhängen.* Damit der Ameisenkönigin und den Eiern nichts passiere.

Je stärker der Geruch von Verwesung, desto näher sind sie am Bahnhof, obwohl ein Endbahnhof, mit wenig Verkehr, zählt er viele Tote. *Der Bus ist noch da, zum Glück.* Kurz trennen sie sich, weichen rechts und links einer Regenlache aus. Sie schauen hinauf zur Vogelscheuche, ihr Gewand weht nach zwei Wintern noch wie eine Fahne lottrig im Wind. Trotzdem verfangen sich nach wie vor Vögel in den Netzen, zuletzt haben sie einen Mauerläufer gerettet. Obwohl sie schwer hustete, sammelte Mutter jeden Morgen nahrhafte Samen im Wald. Bald hüpfte der Vogel wieder munter auf Steinen, Sträuchern, selbst im Wald. *Leb wohl*, sagte Mutter klanglos zum Abschied, sie hatte Fieber und es war wie ein Flüstern, *leb wohl, kleiner Vogel.*

*

Übern Berg fahren sie mit dem Nebel, er ergießt sich wie ein Wasserfall übers Tal, wo das letzte Dorf im Gebirge sicher noch schläft. Ob der Busfahrer sie beide, *wären Sie so freundlich*, fragt Greta vom Sitz aus, *uns ein Stück weiter zu fahren*, bittet Greta für Mutter. *Sehen Sie, meine Mutter ist fiebrig und wir müssen auf den Hof von Severine*, er liege außerhalb der Dorfmauern. *Es ist weit*, wäre jedenfalls zu weit für sie, zu Fuß, im Nebel, todmüde. Mutter kennt die kurzen Kirchenwege nicht mehr, *es ist Jahre her, Greta, ich besuchte Tante Severine selten*, seit sie weggegangen war aus dem letzten Dorf, habe sie viel vergessen. Dem Busfahrer sagt Mutters Gesicht nichts, *kein Wunder*, flüstert Mutter, *unscheinbar war ich wie eine Letztgeborene.*

Am Ende aber hat der Mann Mitleid, *meinetwegen, ich weiß schon, wohin ihr wollt. Die alte Hexe ging mit mir in die Schule, wollt ihr da wirklich hin*, brummelt er in seinen Bart. Sie steigen in sein rostiges Auto um, er findet den Weg wie blind durchs Dorf im Nebel, gerät dann ins Stocken, als die Straße spürbar holpriger, steiler wird. Es gebe keine Laterne mehr, *junge Frau, tasten Sie uns den Weg ab.* Greta ist verwirrt, *wie meinen Sie das*, steigt vorsichtig aus, als könnte jeder Schritt in den Abgrund, als wäre fester Boden nicht sicher, unter ihren Füßen angehoben bloß Luft. Ein Windstoß, sie wäre fort. Mit einer Hand hinterm Rücken klammert sie sich an die Stoßstange, spürt mit der anderen Hand, wo es weitergeht. Bald ruft sie der Fahrer zurück, *verflucht, ich fahre kein Stück weiter*. Sein Auto hole er, sobald der Nebel verflogen sei. *Ich drehe zu Fuß um, jetzt*, regt er sich auf, *ihr werdet das schon schaffen*, es gehe bloß ein paar Schritte noch den Hang hinauf. Mutter bei ihr eingehakt, empfindet Greta den Boden durch dicke Sohlen und Socken weicher, wie aus Wolle, sogar warm. Es seien die Lärchennadeln schon abgefallen, flüstert Mutter, *sie dämpfen unseren Gang wie ein Teppich. Bilde ich es mir ein oder riecht es*, Zucker und Zimt um ihre Nasen, *nach Lebkuchen*. Greta nickt, *ich rieche es auch*, schon länger. Leuchtmoos schimmert zu beiden Seiten, an Baumstämmen und Kieselsteinen vor ihnen. Grüne Farbe voller Licht zeigt sich, sie sind, *wir sind da*, am Hof beim Apfelbaum.

Nachdem sich die Hunde endlich beruhigt haben, treten sie näher und weiter ins Haus. Tante Severine ist viel älter, als sie sich Greta immer vorstellte, auf den ersten Blick kleiner, als sie Mutter in ihren Ohren schilderte. Als sie ihrer Nichte und Großnichte auf dem Teppich voll Mehltappen vorstapft, fast jedes ihrer Worte betont, hat sie etwas sehr Hartes an sich. *Dass ihr beide schon so früh da seid, ich rechnete mit euch nicht vor morgen*, sagt sie laut. Im ersten Zimmer schlägt sie für Mutter die Bettdecken zurück, steckt das Leintuch, die Wolldecke so fest, als dürfte Mutter niemals mehr weg von allein. Nicht lange und Mutters Kopf versinkt im Kissen, ihre Augen einen Spalt weit offen, wie auf der Hut. Sie brauche Ruhe, scheucht die alte Frau Greta aus dem Schlafzimmer.

Zwischen den Hunden folgt Greta Tante Severine in die Küche, *ich helfe dir, Severine, bei den Kräuterwickeln für Mutter, was kann ich machen*. Die alte Frau stellt eine Pfanne übers Feuer, *nenn mich um Himmels Willen Tante*. Sie könne zuschauen, *eines der Mädchen hilft mir schon*. Rothaarig steht sie auf einmal hinter Greta, die Schürze grün und gelb vor Kräutern, Blüten, *das ist Flora*, stellt Tante Severine vor, *und das ist Greta, meine Großnichte.* Während Greta sie begrüßt, *freut mich, Flora*, nickt das Mädchen stumm.

*

Als Greta ins Zimmer kommt, sitzt ein anderes, noch jüngeres Mädchen auf der Bettkante und streicht mit dem Kissenzipfel über Mutters Wange. *Ich passe auf*, flüstert sie, *so weich wie mit Katzenpfoten*, streicht sie dann auch über die Stirn. Allein ihr zuzuschauen beruhigt. In einer Ruhe schläft sich Mutter aus. Der Nebel verflogen, draußen kühler Sonnenschein, schimmert der Garten grün vor Minze. Greta hat sie in der Nase und auf der Zunge. Sachte, lautlos stellt sie Teekanne und Tasse mit Teelöffel auf das Nachttischkästchen, *ich heiße Greta, und du. Melina*, sagt das Mädchen, sagt dann, *der Honig fehlt*. Melina greift nach dem Löffel, schiebt ihn in ihren Ärmel und hievt sich mit beiden Armen vom Bett aufs Fensterbrett. Sie purzelt in den Garten und taucht den Löffel tief in eine Höhle in einem Baum. Geschwind wie der Wind eilt sie zurück, lässt sich von Greta zurück aufs Bett ziehen und verrührt den Honig, ein paar Minzblätter im heißen Tee. *Weißt du, das sind meine Bienen da draußen, ich bin ihre Königin.* Um den Baum mit der Höhle, um seine Äste etwas wie Horn, schwirren sie, *es sind Windbienen, nicht wahr*. Was das für ein Baum sei. Ein Apfelbaum. *Aber der Baum hat ja keine Äpfel*, ob sie denn diesen Herbst schon so viel Apfelkuchen gegessen haben. Melina lacht, *das geht doch gar nicht*.

Der Baum, mischt sich Tante Severine ein, *trägt erst in ein paar Jahren wieder Äpfel, im Winter, und seine*

Äpfel sind goldig und giftig, ob Greta das wirklich nicht wisse. *Doch*, jetzt erinnert sie sich, *du machst Schnaps aus den Äpfeln, weiß ich von Mutter.* Ob Greta in den Stall zum Esel Gian und zu den Schafen wolle, drängt sich Melina dazwischen. *Und spielst du gerne, Greta*, sie rutscht vom Bett auf den Sessel daneben, er hat vier Räder, Melina dreht sich mit ihm im Kreis herum, *und darf sie bei Flora und mir im Zimmer schlafen.* Zu Gretas Verwunderung lächelt Tante Severine, *eigentlich hat es bloß zwei Betten in eurem Zimmer. Aber wenn du dich zu Flora kuschelst. Oder*, jetzt lacht die strenge Frau sogar auf, *wir packen dich in eine Schublade, du bist die Kleinste. Früher schliefen alle kleinen Kinder in Schubladen*, sie selbst auch, *das sparte Platz. Am Morgen schoben wir diese Bettchen zurück in die Kästen.* Melina macht große Augen, *wie Katzen in engen Schachteln*, sie zögert, *aber ich glaube, ich schlafe lieber bei Flora, viel lieber.* Sie werde sie gleich fragen, rollt flugs auf dem Sessel aus dem Zimmer.

Eigentlich müsste das Kind ja jetzt in der Schule sein, lernen, *sie ist um die sechs Jahre alt, alt genug*, erklärt Tante Severine, *aber das Mädchen sei zu verträumt und verspielt, frech und zu laut, sagte die Lehrerin.* Still und zahm möchten die letzten Dörfler im Gebirge ihre Kinder, *also genauer gesagt, ihre zweit- und spätgeborenen Kinder*, sie holt tief Luft, *und Waisenkinder wie Flora und Melina sollen wohl gleich das Maul halten.*

Als Tante Severine die Tücher, mit Essig durchwirkt, austauscht, wacht Mutter auf, *danke dir, Tante*, sagt sie leise. *Gut geschlafen, Mutter, da war ein Lachen in deinem Traum*, auch ein Seufzen, das Greta verschweigt. *Meine Greta*, sie nimmt einen Schluck Tee, *fein, ich schmecke den Windbienenhonig und die Minze. Du musst*, Greta müsse nicht dableiben am Hof, *Jannis heiratet ja bald, in ein paar Wochen oder sind es Tage. Geh bitte für uns beide hin.* In der Stadt, auf so großen Festen, *du weißt, da fühle ich mich unwohl, und ich bleibe gern noch etwas da. Mein Gott*, sie habe, *du hast gar keine andere Wahl*, betont Tante Severine.

*

Wenn sie Jannis so lieben könnte wie einen Bruder, beim Fest später bloß als ihren Bruder umarmen, wäre sie ruhiger, ganz ruhig als seine ältere Schwester im Arm. *Greta, warum zitterst du*, Melina zerrt an ihrem Leinenkleid, es gehörte Mutter, sie trug es einmal, am letzten Schultag. *All die Jahre habe ich es aufgehoben, Kästen hat es ja genug am Hof*, stellt Tante Severine fest. Grau in Grau, unscheinbar, mustert sich Greta im Spiegel in der Stube, *so falle ich unter den vielen Gästen wenigstens nicht auf.* Tante Severine nickt, *was anderes haben wir sowieso nicht für dich.* Greta stutzt, *warum hatte Mutter eigentlich keine farbigen, sie war doch die Erstgeborene, das leuchtet mir nicht ein.* Tante Severine schüttelt den Kopf, *sie war eine Waise schon als Kind, das änderte alles, deine Großeltern kehrten nie zurück. Wer weiß, ob sie noch leben. Als mein Bruder das Dorf verließ, war ich die, also dann hätte ich auf einmal Farbe tragen*, sie stockt, *es war zu spät. Ich war zu alt*, wie verwachsen mit den grauen Kleidern, selbst schon grau, grauer als jede Letztgeborene.

Den festen Schritt, die laute Stimme habe sie sich abgeschaut, noch angewöhnt, *mich bemüht, wie mein Bruder aufzutreten, zumindest im Dorf so selbstbewusst und bestimmt zu reden und zu gehen, als hätte es ihn nie gegeben.* Ob er ihr fehle. *Es ist lange her*, sie wird heiser, *ich war lange in seinem Schatten. Mein Bruder ließ als Vater seine Tochter zurück, bei mir. Er fragte mich nie, meine Stimme zählte nichts, nicht einmal damals*, als er wegging, ohne ein Wort, *blind seiner Frau hinterher*, die die Mutter und selbst noch ein Kind war. *Diese Männer und ihre jungen Frauen, eine Geschichte für sich.* Greta könne jedenfalls froh sein, dass sie keinen Bruder habe, *und keinen Mann. Ich danke*, Tante Severine seufzt, *Gott jeden Tag dafür. Einmal verheiratet, bist du als Frau immer die zweite, auch als erstgeborene, die dritte, sobald du dein erstes Kind auf die Welt bringst. Wenn du dich auf einen Mann verlässt, bist du verlassen.* Das sehe sie bei ihrem Bruder, *das siehst du bei deinem, diesem*, sie winkt ab, *wie auch immer. Ich verstehe gar nicht, warum die Leute heiraten.* Wie alt dieser Jannis überhaupt sei. *Achtzehn*, antwortet Greta. *So jung, eigenartig finde ich das*, Tante Severine runzelt die Stirn, *als liefe es ihm davon oder*, sie zieht die Luft ein, *er läuft selbst von etwas weg.* Von Gott weiß was laufe er ganz sicher weg, *glaub mir*, mit achtzehn laufe ihm ja sonst nichts davon.

Du hast bloß ein Leben, also zieh dich dafür an, flüstert Mutter hinter ihr. Eine Decke um ihre Schultern, fädelt sie ein paar Schneckenperlen an Gretas Haaren auf. Sie klemmt an ihre Ohrläppchen honiggelbe Steine, *wie aus Bernstein. Aber ich glaube, es sind Luchssteine*, sie zwinkert, *ich glaube, sie gehörten meiner Mutter*, lagen all die Jahre im Dunkeln, *die kleine Melina brachte sie ans Licht.* Auf dem Boden zupft Flora ein paar rote Vogelfedern auseinander, schmückt dann mit Händen voll feuriger Blüten Gretas dunkle Haare. Angeleitet von Mutters Händen, streicht Melina Bienenhonig auf die Wangen, die inneren Augenwinkel, auf den Nasenrücken, die Brauenbögen und über die Lippen. *Was führt ihr auf*, schimpft Tante Severine, *ihr kränzt Greta auf, als wäre sie ein Schmuckstück.* Mutter erwidert, *auffallen, stark, bestimmt sein auf der einen Seite und schön auf der anderen, das eine und das andere schließen sich nicht aus.*

Tante Severine schickt Flora in den Keller, *sei so gut und hol eine Flasche Apfelschnaps. So jung, wie er ist, kann der Bräutigam so einen Schnaps gut brauchen.* Wie Tante Severine das meine. *Warte, Greta, bis du selbst heiratest, oder, das empfehle ich dir, du bleibst frei wie deine Mutter und ich.*

*

Zum Abschied winkten Flora und Melina, *bis bald, Greta, bis bald*, riefen sie im Chor. Sie hatten Greta bis zum Bus begleitet, Tante Severine blieb bei Mutter, *sowieso spaziere ich am helllichten Tag nicht ins Dorf, über den Dorfplatz.* Greta sei ja wohl alt genug, um allein zu gehen. Sowieso, erklärten ihr die Mädchen, spaziere Tante Severine nicht vorm Abend, wenn es schon schattig wird, und nie weit weg vom Haus, leicht gebückt, hinterm Rücken die Hände verschränkt. Am Tag werde gearbeitet, da werde sie nicht spazieren, händebaumelnd in der Sonne, vor allen Leuten, die ihr doch niemals ganz gleich sind. *„Das ist eine städtische Mode, eine Mode der Städter am Land", sagte sie*, sagen die Mädchen. Mutter hustete im Bett, als sie Greta auf die Stirn küsste, *nicht grau, werde mir nie so grau wie Tante Severine, wie ich, Greta*, flüsterte sie leise, leiser noch, zögerlich, *vielleicht möchtest du ein Schlückchen*

Apfelschnaps auch mit Jannis trinken. Das sei nicht so streng in Liebesdingen, *Liebe kann vieles sein, stoßt für mich an.* Tante Severine hatte Greta eingeschärft, *denk daran, der Apfelschnaps ist allein fürs Hochzeitspaar.*

Beim Wechsel in den kleinen Zug ist keine Zeit, im vorletzten Dorf im Gebirge noch rasch heimzulaufen. Es wäre höchstens Zeit, umzudrehen oder anzuhalten, wenn sie doch nicht, was wäre, wenn sie doch, dann wäre sie ruhig und ruhiger. Sie ist aufgeregt, übersieht, neben wen sie sich setzt. *Grüß dich, Greta*, sagt Jannis' Vater, *ich dachte mir schon, dass ihr vielleicht denselben Zug, aber wo ist deine Mutter*, fragt ihr Vater nach ihrer Mutter. *Wo ist Jannis*, stellt Greta eine Gegenfrage, als wüsste sie nicht, wäre es nicht außer Frage, wo er ist. *Mein Bub ist in der Stadt, die Trauung findet ohne Gäste statt.* Also in diesen Vormittagsstunden, Minuten, folgert Greta, presst ihre Hände zusammen, ihre Lippen, als ihr Vater, wieder fragt er, *und deine Mutter, wo hast du deine Mutter.*

Greta sitzt fest, aber mit ihrem Blick geht sie nach draußen. Als wären sie in ihren Gesten erstarrt, still halten die Birken ihre da und dorthin gewundenen Äste, halten alle Blätter fest, als der Zug an ihnen vorbeirauscht. Ein gelber Saum läge um die Gleise, wäre da noch mehr Wind. *Stört es dich, wenn ich das Fenster aufmache*, fragt Greta, wartet die Antwort nicht ab, versteht im lauten Fahrtwind nichts. Nicht, warum Jannis sich jetzt trauen, Greta sitzen lässt, im Zug bei einem Vater, der sie beide so zusammen nicht haben will.

Vor Häusern und noch mehr Häusern schließt Greta das Fenster. Viele rote Vogelfederblüten am Schoß und Boden, sammelt sie sie auf und steckt sie irgendwie zurück in ihre Haare. Wie ein Vogelnest im Spiegel im Fenster. Es ist gleich, sagt sie sich, es ist nicht ihr Fest. *Schau, mein Kind, ich bin mir sicher, es ist besser so*, setzt der Vater an, *mein Jannis und du, ihr seid Geschwister, Halbbruder und Halbschwester*, wiederholt er die alten Worte von vor zwei Jahren. Greta betont sie anders, *halb Schwester, halb Bruder*. Sie solle sich für Jannis freuen, dass er eine Frau gefunden hat. Als hätte sich Greta nicht, wie es heißt, in ihre Augenwinkel wie mit Nadeln gestochen, sich für Jannis zu freuen. So wie sich eine Schwester, wie es heißt, für ihren Bruder freut. Es war, ist ihr jeden Morgen, besonders heute wieder eine Lehre. Dann steht sie vom Bett auf, Greta, und dort steht er schon, Jannis. Dazwischen eine Grenze, ein Gesetz von Familien, ein Zaun ohne Latten.

*

Eng kommt es Greta vor, beengend, als Jannis mit seiner Frau zwischen die Leute tritt, Hände schüttelt, Wangen küsst. Als er vor ihr steht, möchte sie den obersten Knopf seines Hemds lösen, den Kragenknopf. Als wäre ein Knopf schuld an allem. Als könnte Jannis nichts sagen, so zugeknöpft, ohne Luft, wie könnte er laufen. Sein mit Käfern bunt bedrucktes Hemd fühlt sich wie ein Panzer an. Hart an ihrer Brust ist seine Brust, als Greta Jannis umarmt. Von allen Glückwünschen trägt sein Hemd keine Falte davon. Wenn er sich von einem zur anderen dreht, anstoßt und nickt, rückt keine Locke von der Stelle, sonst so wild im Wind. Greta steht grau und zerknittert da, in Mutters Kleid, mit Vogelnest am Kopf fällt sie nach ihrer Fahrt durch den Wind erst recht auf in dieser bunten, steifen Schar an Menschen.

Was sagte Jannis früher, was er mache, wenn es ihm zu viel, zu viele Leute, *dann stelle ich mir vor, ich bin ein Baum*, mit Wurzeln weit übers Fleckchen Erde hinaus, *dann spüre ich, was es braucht.* Licht, Wind und Regen voller Nährstoffe. Dann halte er inne, warte, so lang, wie es halt geht. *Und dann, was machst du dann, du bist ja kein Baum*, fragte Greta nach, sie waren auf dem Schulweg. *Dann laufe ich weg*, bis in den Wald, wo die Bäume, viele Blätter Luft zufächern, tröpfeln und in der Sonne blinzeln. Was sagte Jannis, versucht sie sich zu erinnern, was er mache, wenn Greta ihm nachläuft, *das darfst du immer*, sagte er, *die anderen hängen wir ab*.

Endlich kommt ein leichter Wind und die Schar an Hochzeitsgästen teilt sich auf, in alle Winkel der Stadt. Jannis' Frau fahre sich wie die anderen umziehen, allein, für die Feier am Abend werde sie ein zweites Mal Weiß, ein zweites weißes Kleid tragen. Sie musterte Greta lange. Ob sie weiß oder ahnt, wer Greta für Jannis war, wer sie wirklich ist, aber, sagt sich Greta, das weiß Jannis ja selbst nicht. Er verabschiedet sich bis zum Abend. Ihr Bruder geht weg, ohne alle anderen, biegt auf eine Querstraße ab. Als sie ihm nachgeht, will ihr Vater sie zurückhalten. Greta entzieht ihm ihr Handgelenk, ehe er es festhält, läuft sie weg.

Auf einer Höhe mit Jannis' Locken fängt es an zu tröpfeln. Ihre Köpfe fangen erste Regentropfen, von den Wolken laufen sie über Jannis' Brillengläser, seine Wangen. Er bleibt stehen, Greta stellt sich auf Zehenspitzen an seine Seite. Ihre Hand auf seiner Schulter, schaut sie zwischen dem Brillenglas und seiner Schläfe wie durch ein Fernrohr tief in seine Augen. *So schaust bloß du mich an*, flüstert Jannis, schaut seitlich zurück, schließt seine Augen. Er atmet tief ein und läuft dann los, so schnell, dass ihn Greta nicht mehr einholt, die bunten Käfer langsam aus ihrem Blickfeld schwirren. Nach einer Weile gehen Stadt und Straße in eine Allee, dann in wilden Wald über. Unter Blättern rot setzt sich Greta müde aufs braune Laub auf die Erde. Ein Rascheln hinter ihrem Rücken, Jannis sitzt auf einmal vor ihr. Ein Rabe schüttelt seine Flügel aus, löst Jannis' Schuhbänder, *kennt er dich, er ist so zutraulich.* Jannis nickt, *er weiß, dass ich ihm nichts Schlechtes will.* Greta räuspert sich, *das will ich auch nicht, Jannis, sag mir, soll ich wieder fahren.* Er zieht seine Schuhe aus, *gehen wir ein Stück barfuß, wie früher*, nach einer Pause, *das weiß ich, Greta, das wissen wir beide.* Der Rabe zupft sachte an ihrem Kleid, *ich glaube, ihm gefällt, wie du riechst.* Der Geruch nach Erdschnecken in seiner Nase fehle Jannis in der Stadt, *Erdschnecken gibt es, glaube ich, bloß noch im Gebirge.*

*

Schwarz watet der Vogel zwischen den breiten, blassgrünen Blättern der Pestwurz dicht überm Boden, als wandle er durch einen Kleeteich. Er breitet seine Flügel aus, als wollte er als Blatt getarnt silbrige Fische aus der Erde fangen. Was denn Greta in ihrer Tasche trage, fragt Jannis, es sehe schwer aus, bedrückend. Zögerlich zieht sie die Flasche Apfelschnaps hervor, verwundert will er sie öffnen, probieren. *Das geht nicht, es ist ein Hochzeitsgeschenk für euch, das Paar*, wehrt Greta ab und hört Mutters Worte widerhallen, *vielleicht möch-*

test du ein Schlückchen auch mit Jannis trinken. Zittrig zwischen ihren und seinen Händen wandert in der Dämmerung die Schnapsflasche wie eine Zigarette von seinem zu ihrem, zu seinem Mund, da hält Greta sie fest, *bloß ein Schlückchen, Jannis, das war schon mehr als genug.* Um sie herum wird es dunkel im Wald.

Steig auf meine Füße, sagt Jannis, auf seinen Sohlen waten sie trunken ins Dickicht, sind von Grund auf einander nah. An der Stirn berühren sie sich. Zu allen Seiten schweben Glühwürmchen von unten am Grund, Gold von oben wie von Himmeln. *Meine Blüten*, flüstert Greta, verfängt sich in den Haaren mit Jannis' Fingern, *meine Federn.* Von Himmeln hoch ist seine Haut warm, sie spürt Luft, zwischen ihren Zehen blüht es. Der Wald verdunkelt von unten nach oben, der Mond scheint hell. Fein riecht es in ihren Nasen, von überallher, fühlt sich an wie Stoff, der sie beide überall bedeckt. Es ist schleierhaft. Sie straucheln über Wurzeln, glaubten, dass die volle Luft sie fängt, landen weich, das Moos ist feucht. Auf Fühlern tastet Greta über sein Gesicht, schmeckt Brombeeren, *Erdbeeren, ein Himbeermund.* Von Grund auf tastet Jannis über ihren Körper, unterm Stoff und Schleier, ihre Brüste, *sie schmecken süß*, süßer, als sie aufspringen, blühen. Ihre Haut trägt von Baumrinden Honig, von Himmeln hoch, *und süß schmecken wir auf unseren Lippen.* Er sagt leise, sie sagt leiser, er wird lauter, *küss mich*, sagt er, mitten auf den Mund, tropft es.

Sie liegen im Wasser, unter schwarzen Flügeln ausgebreitet. Sie versinken in wilder Minze, Mohn an ihren Wangen. Es läuten Glöckchen in ihrer Brust und sie lachen fröhlich auf. *Du gehörst zu mir*, sagt Jannis, sagt Greta, *und ich zu dir, du gehörst zu mir.* Durch lauter

Fäden fühlt sie sich versponnen mit seinen Lippen und Haaren, ist er so auf ihrem Mund, sind sie so, *sind wir von Grund auf*, sie stockt, er raunt, *den Himmeln nah.*

Es klopft ein Baum, es klopft ein Specht und sie wachen auf. Der Wald ist stockfinster, Wolken über ihren Köpfen, den Wipfeln. Sie sind verwirrt, welche und wie viele Schritte sind sie da- oder dorthin gegangen, *wir haben uns verlaufen, Greta.* Jannis reißt sich los, Äste brechen und Zweige. Sie strengt ihre Augen an, damit sie aus dem Blick nicht verliert, wohin er wankt. Sie taumeln durchs Meer der Pestwurz, die Blätter, die Gerüche, sie weichen in Wellen. Der Rabe flattert auf. Wie Geister lösen sich Greta und Jannis in weiße und schwarze Flecken im grauen Nebel auf. Sie werden sich weiter verlaufen im Wald, immer weiter, denkt Greta. Auf einmal zieht sie eine Hand zurück auf den Kiesweg, *der Wald ist zu Ende da*, endlich, *Greta, da vorne kommt die Allee*, dahinter Häuser, eine Kirche, *siehst du.* Sie hört die Glocken läuten.

*

Auf und zu schlagen die Schwingtüren im Zug, auf oder zu, es liegt am Wind. Schweißnass sitzt Greta allein im Abteil. Sie sah sich schon zu spät kommen, auf dem Bänkchen erhöht sitzen, die Füße baumeln bis zum nächsten oder übernächsten und letzten Zug ins Dorf. Sie fährt hinaus aus der Stadt ins Gebirge und fühlt sich, als liefe sie noch immer, in die andere Richtung. Über die Straße durch die Allee in den wilden Wald ins Wasser hinein. Seit Tagen ist der Herbsthimmel Tag und Nacht schon über ihr, anders heute, es wird Winter und ist schon ein bisschen winterlich, wohin sie fährt. Die Nächte zwischen hohen Bergen ziehen sich in die Länge. Die Maschen von Mutters Kleid verengen und, sobald Greta wieder an Jannis denkt, weiten sie sich. *Jannis*, sagt sie leise, als wäre sie nicht allein, wieder leise, *du gehörst zu mir, ich gehöre zu dir.*

Es wurde viel getanzt auf dem Fest am Abend, Jannis und sie waren kaum zu spät, trugen Schuhe an den nackten Füßen. Jannis' Frau schien sich nicht zu wundern, dass sie eine hinter dem anderen den Festsaal betraten. Viele Getränke mit Minze machten die Runde. Gläser, an denen Greta nippte, fanden ihre Wege in Jannis' Hände, an seine Lippen, *küss mich*, flüsterte sie hinter seinem Rücken. *Bring mich weg*, sagte er ohne Worte, aber es war sein Fest, er konnte ja nicht weg. Sie waren beide betrunken vom Wald, waren wach und nicht wach. Ihre Hände tanzten über allen Köpfen wie Fingerpuppen miteinander in der Luft. Bis ihre vier Füße stillstanden, beim Jahreszeitenlied die Frau Jannis, ein Mann Greta anrempelte, weil das Lied, *hören Sie, das Lied ist noch nicht zu Ende*. War es nicht. *Lassen Sie uns weitertanzen.* Es war Frühling, wurde Sommer und so weiter, weiß Greta. Früher sang sie oft alle vier Strophen, spielte den Refrain auf der Flöte. *Immer zuerst den Winter*, wünschte sich Jannis, *von dort zum Herbst und so weiter.*

Neben Gretas Platz im bergauf kriechenden Zug steht die Flasche Apfelschnaps schief. Sie ist bis auf die Frucht zur Zierde leer, sie war fast voll nach dem, was war im Wald wie ein Traum. Jannis und sie nahmen vielleicht zwei, fast drei Schlucke unter den Bäumen. Ihre Zehen gruben sich ins Moos, wo sie später ihre Schuhe wiederfanden. Den Rest Schnaps ließ Greta über Kieselsteine weiß wie der Mond ausfließen. Auf den letzten Schritten zum Fest war ihr, als hätten Jannis und sie die ganze Flasche getrunken, wären selbst vergoldet, unendlich blau. Ein blaues Liebespaar, mit wolkig weißen Krägen, Blättern im Haar wie Hüten voller Leben. Zum Abschied, im letzten Moment zu zweit, trafen Gretas Lippen zwischen seine Wange und seinen Mund. Es war ein Seitenkuss, *so küsst bloß du mich*, flüsterte Jannis und ging zittrig voraus in den Festsaal zu seiner Frau, sie ist seine Frau. *Aber du gehörst zu mir*, sagt Greta jetzt laut, weil sie allein ist im Zug, lauter, *von Grund auf*, von Kinderbeinen an, *immer schon*, von Himmeln hoch.

Die roten, gelben Blätter an den Birkenzweigen neben der Zugstrecke erinnern sie in der Sonne leuchtend an die Lampions im Festsaal. Ihr Vater legte seine Hand schwer auf ihre Schulter, *ihr könnt euch immer wie Bruder und Schwester lieben*, erleichtert, zufrieden wirkte er. Greta wurde schlecht, sie brach vor allen anderen auf und schüttelte den Kopf unterm freien Himmel. *Vielleicht möchtest du ein Schlückchen auch mit Jannis trinken*, hatte Mutter gesagt und früher, *Greta, ich glaube, du siehst mehr Grenzen als ich.*

Fünfter Frühling nach der Apfelernte

Es ist, als tauchte er seine Hand in Schnee, so kalt ist es, als er die Kanne unters Wasser schiebt. Im Schlossbrunnen hält der Winter länger an, wie in den Bächen, die als Flüsse graue Massen zwischen Frühlingswiesen forttragen, mit und gegen den Wind den Berg hinab, wo es schon fast wieder sommerlich wird. Cornelio hört seinen Namen, *Cornelio*, wieder, *Cornelio*, dann, *Gian, Gian, alter Esel.* Er hört die Rufe, lauter werden sie, und bald zwischen den Rufen das Schluchzen. *Melina, was ist passiert, Melina*, er hält ihr das Tor in den Schlossgarten auf, setzt sich neben sie auf den Brunnen, das Holz, ihre Wangen feucht. Sie habe ihn gesucht und den alten Esel, in seinem Mooshäuschen, im Stall.

Sie müsse, *ich muss, Cornelio, ich muss dir etwas erzählen.* So fängt Melina an, wenn sie sich bekümmert, so sehr, dass sie nicht anders kann. Am Anfang sagt sie dann, dass sie, *ich muss dir etwas sagen. Es war in der Schule, die anderen lachten mich wieder aus. Es waren meine Augen*, sie bedeckt sie mit ihren Handflächen. Als sie wieder aufschaut, sieht er erst die tiefblaue Farbe über ihr Gesicht verschmiert, *hast du dich geschminkt, Melina.* Sie nickt, *ich sehe aus wie zusammengeschlagen, sagten sie und lachten.* Sie habe die Farbe in Gretas Badezimmerkästchen entdeckt, *das Blau war so schön*, sie konnte gar nicht aufhören. *Es ist ein schönes Blau*, stimmt Cornelio zu. Melina seufzt, *aber es ist zu viel, viel zu viel*, sie werde nie wieder Farbe tragen, *vorher werde ich wie Tante Severine blass und grau alt.* Er kratzt sich am Hinterkopf, *das wäre schade. Denn Farbe passt zu dir, finde ich. Wie viel Farbe, das findest du heraus. Das ist bei dir anders als bei Greta und wieder anders als bei mir und überhaupt jeden Tag ein bisschen anders*, er zwinkert ihr zu. Sie lächelt zurück, so viel Rouge, wie er trage, passe zum Beispiel wirklich bloß zu ihm und vielleicht zu Tante Severine. *Das sagst du, Melina, das glaube ich auch*, er schaut auf das Wasser spiegelnd, in sein Gesicht, *aber meine Schulkollegen früher fanden das nie*, er zuckt mit den Schultern.

Weißt du, Cornelio, heute wollten mein Sitznachbar und ich uns heimlich küssen, er habe es ihr versprochen, ja, sich entschuldigt, dass er sich bis jetzt nicht getraut hatte. *Aber nach dem Glockenläuten bin ich flugs aus Rollstuhl und Schule hinaus und davon. Ich schämte mich mit diesen blauen Augen*, es wäre der erste Kuss für sie gewesen. Cornelio schmunzelt, *Greta erzählte mir einmal, wie du deine Lehrerin nachgeahmt hattest, wie sie den Busfahrer küsst. Ein Schauspiel mit einem Liebhaber aus Luft, sagte sie.* Melina nickt, *das ist viele Jahre her, in der ersten Klasse. Im Ohrläppchen spüre ich noch die Fingernägel der Lehrerin. Es tat so weh, Stunden später noch. Leider erwischte sie mich nämlich, wie ich den Kuss den anderen Kindern vorführte. Dann war für ein Jahr Schluss mit der Schule für mich.*

Zögerlich nimmt Melina einen Schluck Brunnenwasser, verschluckt sich, *schau, Cornelio, eine Kröte*, auf der Brunnenbank. *Eine Kröte verbindet Greta mit ihren ersten Küssen, vertraute sie uns an. Ich schwärmte von meinem Sitznachbarn in der Schule. Tante Severine winkte ab, meinte bloß, „da müssen wir noch nicht zu nähen anfangen“*. Meinte damit, schließt Cornelio, ein Hochzeitskleid, ein Festtagskleid, wie es verlassen im Mooshäuschen hängt, in einem alten Kasten, von Motten zerpflückt, verfallen.

Auf Fingerspitzen, ohne Beine wandert Melina über die Kröte, deren Rücken vernarbt, Goldsprenkel in den Augen. *Tante Severines Haut ist auch so runzlig. Das ist mir einmal vor ihr rausgerutscht, da war ich noch klein und sie kam mir schon sturmalt vor. Wahrscheinlich war Tante Severine immer schon alt. Mir kommt vor, ich selbst werde nie älter.* So sehr Melina es versuche, erwachsener zu wirken, zu sein, *in mir drin ist ein Wirbelwind. Es fällt mir so schwer, ruhig zu sein.* Als schwebte sie immer ein paar Zentimeter überm Boden, immer in der Luft, sogar im stickigen Haus, wo sie nicht laufen kann, sich fleißig über Bücher beugt und lernt. Fürs Dorf, die Schule habe sie sich beigebracht, angewöhnt, *zierlich zu sein und, wie heißt das, gediegen*, sich so zu bewegen, so zu sprechen.

Aber, denkt Cornelio an Gretas Worte, im Herzen sei Melina ein wildes Kind mit vielen Ängsten. *Sie hat*, sagte ihm Greta, halb stolz, halb besorgt, *so viele bunte Bälle in der Luft, alle zugleich, es werden immer mehr.* Melina wolle so sein, dann wieder so, malt sich alles aus, wäre gern anders, weiß nicht, ob es gut ist, ob sie schön ist, wie sie ist. *Sie selbst, also bei sich selbst ist sie weniger gern.* Cornelio beschwichtige, *wer ist das schon, Greta, in dem Alter ist sowieso viel Luft und Rauch.* Greta schüttelte den Kopf, *ich glaube, bei Melina steckt mehr dahinter, Melina erinnert mich an mich, als Mutter gestorben ist, als Jannis.* Es gehe um Vertrauen, Boden unter den Füßen. *Mehr barfuß gehen, ordnete Tante Severine an, als ob das genug wäre. Melina glaubt, wenn sie alles schön und gut macht, besser, dann ist sie sicher, unbeschwert. Dass ich unbeschwert sage, sag Cornelio, sagt das nicht schon viel über mich selbst.*

Die Kröte taucht in den vollen Brunnen ab. *Wo ist eigentlich der Esel Gian*, fragt Melina endlich. Ausweichend hebt Cornelio die gefüllte Kanne hoch, *komm, wir müssen eine Wiese gießen und ein paar Sträucher.* Mit seinem Arm ausgestreckt zeigt er aufs Schloss, *dort drinnen. Jetzt verrate ich dir etwas, das ist mein Schloss*, Greta und Flora wissen es schon lange. Melina springt auf, *du bindest mir einen Bären auf. Du tust so, weil seine Besitzer weg sind, weil du nicht bloß im Mooshäuschen sein magst.* Aus seiner Hosentasche zieht er den Bund mit den alten Schlüsseln, *das Schloss gehörte meinem Vater. Seit er tot ist, gehört es mir. Aber eigentlich bin ich bloß sein Gärtner.*

Als sie über die Schwelle treten, sackt Melina in sich zusammen. Theatralischer als sonst lässt sie sich in letzter Zeit an allen Hauseingängen fallen. Er trägt sie huckepack die Stiegen hoch, durch die Wandelgänge, die Tapetentür ins Zimmer mit der Wiese. Mit dem Rest Wasser klettern sie über zwei Leitern ins Zimmer mit den Beeren, sie sind schon rot. Verwundert kriecht Melina unters große Bett, *Cornelio*, ruft sie, *da ist etwas, schieb bitte das Bett weg*. Rasch rutscht Melina selbst aus dem Bild, *„das blaue Liebespaar“*, übersetzt sie den Titel im Dialekt. Blau karierte Handschuhe, wie sie die Geliebte trägt, habe Greta auch, *von ihrer Mutter, aber sie trägt sie nie*, murmelt Melina, *vielleicht in der Stadt. Wer malte die vielen Bilder in deinem Schloss, weißt du das.* Cornelio seufzt, *mein Vater war Maler und vor allem Besitzer von Bildern. Als ich zur Welt kam, waren ihm aber Farben und Licht nicht mehr so lieb.* Melinas Zeigefinger zieht Zentimeter überm Bild die Locken des Geliebten nach, in der Luft, *zumindest kanntest du deinen Vater, du weißt, wer er war. Bei mir ist alles in der Schwebe, selbst das.*

*

Greta wartet draußen vorm Hof, lehnt sich an den Stamm vom Baum, der alle acht Jahre blüht, dann bis zum Winter keine, dann aber Äpfel in goldener Schale trägt. Sie sitzt auf der weichen, frischen Wiese, Minze in der Luft, es schmeckt nach Jannis. Sie schaut hinauf zur Baumkrone und denkt an die vielen Tage, als sie am liebsten unter einer Baumkrone sitzen geblieben wäre, sich nicht gerührt hätte, tagelang, bis alle Blätter schwer den Grund bedeckten. Das Geröllfeld fällt ihr ein, mittendrin der Vater, der sie mit einem Satz, oder waren es zwei, zu seiner Tochter machte. Eine Frau mit achtzehn Jahren kletterte sie wie ein Kind aus seinem buckligen Rücken. Sie erinnert sich, wie es, wie die Welt ein harter Brocken war, mit einem Satz war alles versteinert, starr, jedes Blatt grau, eine Mauer, hart an ihren Wangen. Sie lief aus dem Wald, fuhr in die Stadt. Alles Stein war wie Porzellan, glatt, abweisend und brüchig, was sie sich wünschte. In Jannis' Armen war sie selbst wie erstarrt, *bitte schau nicht an mir vorbei, Greta*, sagte Jannis, oder, *du bist gar nicht richtig da*. Mit ihm unter der Decke war sie nicht dort, wo sie sein durfte, als seine Schwester, hämmerte es in ihrem Kopf, müsste sie woanders sein.

Auf Jannis' Hochzeitsfeier zerbrach haufenweise Geschirr. Es brachte den Geschwistern Glücksmomente wie im Rausch, acht Jahre lang wie auf der Flucht, im Versteck zu zweit. Wenn sie auf ihn, er auf sie wartete, war sie, war er einsam und aufgeregt. Greta streute Steine, Jannis las sie auf, sie fanden sich zurecht. Vor fast einem Jahr fing es wieder an, *Jannis liebst du wie einen Bruder*, der Specht im Kopf von früh bis spät, *sonst verwechselt du etwas. Ihr habt seine Frau betrogen, du betrügst dich selbst.* In den Nächten schlief sie tief oder schlief ein paarmal mit anderen. Steif wie ein Stock, aus Stein, stieß sie sich vor den Kopf, wenn sie von Jannis träumte, den Träumen nachhing. Bis Tante Severine sie weckte, die goldene Lampe beim Bett anknipste, *komm auf, Greta, es ist an der Zeit, es ist schon spät. Die ersten Brote sind schon im Ofen.*

An einem Frühlingszweig bleibt Gretas Blick hängen. Knospen weiß schimmernd, werden bräunen, verhärten bis zum Herbst, perlengleich. Die Knospen seien geruchlos, *aber mit diesen Perlen atmet, ja riecht der Apfelbaum, sie sind seine Nasen*, weihte sie Mutter ein. Zu zweit spähten sie vom Krankenbett aus dem Fenster, *als Kind schon, noch immer zieht mich der Apfelbaum an, wie er riecht, sein Geruch.* Eigentlich sei es der Geruch der Schnecken, die zuhauf zwischen seinen Wurzeln lagern, in ihren Häusern selbst Perlen bilden. Wochen später brauchte es bloß einen Satz am Telefon, oder waren es zwei, und Mutter war tot. *Greta, sie ist friedlich eingeschlafen,* vielleicht sagte Tante Severine noch, *komm wieder auf den Hof.* Greta war zwischen Lavendelfeldern, hatte einen Lehrplatz und gab ihn auf. Parfüms erfinden, um Mutter ihren Geruch zu finden, hatte keinen Wert mehr für sie.

Mutter wollte allein sterben, *ich rieche nicht gut, macht die Tür zu.* Dabei war am letzten Tag erstmals ein eigener, dabei angenehmer Geruch an ihr, betonte Tante Severine, *von klein auf hatte deine Mutter bloß Gerüche von anderen an sich*, sie schaute Greta an, *ganz anders als du, dich rieche ich immer und überall heraus. Deine Mutter aß die Apfelkerne erst, als sie mit dir schwanger war.* Was das mit dem Baum, seinen

Äpfeln zu tun habe. *Das weiß ich nicht*, antwortete Tante Severine, *aber ich ahne es. Flora und Melina schluckten die Kerne auch, bald danach konnten sie reden und gehen, zumindest draußen.*

Dem kleinen Chaspar steckten sie Kerne aus einem runzligen Apfel vom Keller in den Mund. *Hilft es nicht, schadet es auch nichts*, die Apfelkerne seien zwar giftig, hieß es immer, *aber drei vier Kerne schaden keiner Fliege, wie also unserem Chaspar.* Ganz im Gegenteil, *sie sind heilsam*, glaubt Tante Severine. Vom Tag, als die Mädchen die Kerne aßen, dem Tag, als sie die Kerne aus dem Gärfass stibitzten, *war es, wie soll ich sagen, als finge etwas in ihnen zu wachsen an*. Sie blühten auf. *Diese Mädchen*, beide, Flora und Melina, *waren vorher so verschüchtert, sensibel, hörten und spürten alles*, wie ein Luchs, eine Schnecke, *aber selbst waren sie völlig unscheinbar.* Flora sei stumm gewesen, überall, Melina, obwohl drei Jahre alt oder älter, habe nicht und nicht zu gehen gelernt. Bei Chaspar, der mit seinen Augen früh alles, jeden wahrnahm, sein eigenes Gesicht aber verzerrte, verbarg, glätteten sich die Züge allmählich. Besonders draußen im Regen wird sein Gesicht zugänglich, *sogar von den Dörflern lässt er sich schon anschauen.* Gretas Mutter, erzählte Tante Severine, war als Kind wie vernarrt in den Baum, *aber ich verbot ihr, von den gepflückten Äpfeln zu kosten.* Im Nachhinein bereue sie es, *ich wusste es nicht besser*. Wer weiß, wie sie geworden, ob es anders gekommen, *hätte sie sich mehr gegen mich gewehrt*, wäre sie vielleicht selbstbewusster gewesen. *Weißt du, ich war strenger mit ihr als das Dorf.* Tante Severine erzog ihre Nichte zur grauen Maus, die sie selbst als Kind schon war, jahrelang sein musste, *ich wollte, dass sie anders wird als mein Bruder, ihr Vater, der uns sitzen ließ. Dabei hätte ich mich selbst ändern müssen, bei den Farben angefangen.*

Greta wartet im Schatten des Apfelbaums auf den kleinen Buben. Er wächst sehr langsam, aber er wächst. Ein Ast berührt schon fast die Hauswand, der Stamm birgt eine Höhle für die Bienen, Harz und Honig tropfen. Es sind Melinas Windbienen, es ist Zucker und Gold für Tante Severines Lebkuchen. Gehärtet gleicht der Honig den Luchssteinen, die Greta zuhauf ins Auge fallen, wenn sie mit Chaspar an der Hand in den Wald oder Obstgarten spaziert, dann tragen sie die vielen Steine wie Schätze auf ihren bloßen Händen und Füßen hinaus.

Unter der Baumkrone erwischt es Greta eiskalt. Von den weißen Bergen ist der Wind so sehr Wind im Frühling wie sonst nie, als Kontrast an der Haut, sonnenwarm. Manchmal weiß sie nicht, wo ihr die Haare, wo ihr der Kopf steht, wenn sie zu lange aufs offene Feld geht, sieht Greta aus wie eine Vogelscheuche im Wind. Schneller als sonst tänzelt Melina an solchen Tagen in die Schule, über ihrem Kopf die Arme wie zur Krone verschränkt. Flora wird lauter als sonst singen, draußen in der Stadt, wo sie seit fast einem Jahr studiert, *mein praktischer Unterricht findet bloß im Freien statt*.

Mutter, hört Greta das Wort aus Chaspars Mund, *Mutter, ich bin fertig.* Greta weiß nicht, wo er dieses Wort für sie herhat, sagte ihm immer und immer wieder, *Greta, ich bin Greta*, sich selbst, *es wäre nicht richtig*, sie ist nicht die Mutter, eine andere Frau ist das. Es gibt Grenzen in dieser Welt. Aber irgendwoher hat er es, lässt es sich irgendwie nicht nehmen, *woher denn, wie kommt er darauf*, fragt sich auch Tante Severine, kopfschüttelnd, es gebe keine Mutter am Hof. *Mutter, ich bin fertig*, wiederholt er. Greta sieht ihre Mutter, die weniger Grenzen sah, schaut Chaspar in die Augen. Sie vergrößern das Loch im Zaun vom Obstgarten, als sie zusammen durchkriechen. Tante Severine wird sie schimpfen.

*

Am Morgen früh tauchte er sein Gesicht ein, rieb Rücken und Bauch mit dem kalten Wasser, stieg dann ganz in den Brunnen hinein und fror wie im Winter. Zurück im Trockenen wird Cornelio wieder warm. Alles würde er jetzt schaffen, mit all seiner Kraft das Steinwild mit anderen Männern vom Dorf ein Stück höher in die Berge tragen, wo es wieder wild sein wird. Es ist der Tag freizulassen, im und ums Gehege stehen die Dörfler, die erstgeborenen verstellen mit prächtig bunten Hüten die Blicke der anderen. Vom künstlichen Felsen herab lässt Melina ihre Beine wild baumeln im Wind, Greta lehnt an einem Baum, Laub im Haar, die Fingerspitzen auf Chaspars Schultern. Tante Severine und Cornelio stehen, wo die roten Ameisen schwarz sind, im Schatten, wo es kühler ist.

Die Tierärztin aus der Stadt geht von Tier zu Tier, schaut, ob auch jedes gesund ist und stark, bereit für die Rückkehr ihrer Art. Ohne den Naturforscher, Gretas Jugendfreund, reiste sie gestern mit Zug und Bus ins letzte Dorf im Gebirge, *mein Mann ist kränklich*, antwortet sie, *er ist in der Stadt, sowieso hat er anderes zu tun*, wenn jemand nachfragt, *ich bin allein*, nachdrücklich, *ich bin ja die Ärztin, Männer als Träger gibt es genug.*

Nahe an seinem Ohr räuspert sich Tante Severine laut. Cornelio dreht sich zu ihr, lauscht, wie sie leise erzählt von vor einhundert Jahren. *Damals wuchs aus dem Boden meiner Großeltern ein Apfelbaum.* In dem Flecken Erde im Obstgarten, wo ein Steinbock, der letzte, hieß es, gestorben, die Art in diesem Gebirge ausgestorben war, wurzle dieser sonderbare Apfelbaum. *Sie kennen ihn ja, Cornelio, mit seinem gehörnten Stamm. Kein Baum zum Klettern, das wissen Sie sicher auch.* Den Baum, so ähnlich dem Steinbock, wie eine Mahnung, habe ihre Familie, sie selbst viele Jahre lang übersehen, *obwohl die Äpfel im Schneefall golden leuchteten. Wir übersahen den Baum oder den Steinbock in ihm oder in den Vögeln, Bienen, Schnecken, den Luchsen mit Hörnern, die ihn umkreisen.* Es habe die Kinder gebraucht, damit Tante Severine näher hinschaute, wieder mehr wahrnahm. Nach Jahren habe sie Floras erste Worte gehört, *es war mehr ein Flüstern*, und gesehen, wie Melina kleinste Schritte machte, *um diesen Steinwildapfelbaum herum.* Bei Chaspar dasselbe, *er war ja für mich, für andere nicht ganz sichtbar*, bis er sich in die Augen schauen ließ. Es sei, glaubt sie, den Apfelkernen zu verdanken. *Es im Gebirge wieder anzusiedeln lässt uns, so Gott will, das Steinwild wieder wahrnehmen*, im Felsen überm letzten und vorletzten Dorf. Acht Jahre dauere es, bis zum Winter, bis die goldenen Früchte reifen. Acht Jahre, bis im Schnee Äpfel baumeln. *Aber was sind schon acht Jahre, verglichen mit einhundert Jahren.*

Ein paar graue Dorfkinder pflücken ein paar Gänseblümchen, bekränzen die Köpfe der Tiere schneeweiß. Es sind zwei Böcke, vier Muttertiere, fünf Kitze. *Es ist eine Kolonie. Ihren Erwerb, die Pflege und Aufzucht verdanken wir*, hebt die Tierärztin an, *auch privaten Spenden, einem stillen Gönner*. Bei diesen Worten schaut sie zu lange in Cornelios Richtung. Eigentlich am Rand steht er, kommt ihm vor, auf einmal für Momente mitten unter den Dörflern. Ein Schauer läuft ihm kalt über den Rücken, wie am Morgen vorm Brunnen eiskaltes Wasser. Mit einem Satz springt Greta auf den Kletterfelsen, Melina zum Baum hinüber. Ihre Kunststücke ziehen dabei von Cornelio alle Blicke auf sich.

*

Es ist ein Ort, um den, zu dieser Zeit, bloß sie selbst weiß. Es ist, wenn sie nicht schlafen kann. Eine Zuflucht unter Blättern, unter ihrem Rock. Zu dieser Zeit schlafen alle anderen. An diesem Ort ist sie allein, sind ihre Finger kalt. Sie bilden eine Faust unter den Bäumen, zwischen ihren Schenkeln. Es klopft der Specht und fliegt in eine Baumkrone. Es fühlt sich falsch an, auf einmal richtig. Bis in ihre Fingerspitzen, im Herzen spürt sie sich. Wenn sie sich, seit Jannis wirklich von ihr weg ist, vorstellt, er ist da, zu dieser Zeit, wird ihr warm, an diesem Ort, sind ihre Haare grün. Es ist wie ein Funke, ein Luftstoß. Unter ihr ist Erde und Wasser, ein See. Sie setzt sich auf einen Baumstumpf, schwebt. Umso höher, je tiefer ihre Finger. Je tiefer, umso weiter.

Die Sonne weckt Greta auf, findet durch Löcher in Blättern dorthin, wo sie ohne Decken liegt. Sie gähnt. Da war ein schwarzer Rabe, dann war er weg. Aus ihrem bunten Rock schüttelt sie Samen und Erde in die Luft, richtet ihre Haare. Sie geht geschwind, als wartete, wäre jemand angereist, steigt sie über Wurzeln hinab zum Bänkchen am Waldrand. Die letzten Meter will sie laufen, bremst auf halbem Wege ab. Eingefasst von frischem Schilf sieht Greta eine Frau auf dem Bänkchen schlafen. Auf Zehenspitzen schleicht sie sich an, bis sie ganz sicher weiß, sich sicher ist, wer es ist. In das Versteck im Schilf weihte Greta eigentlich bloß die Kinder und Cornelio ein, nicht einmal Jannis kennt es.

Es wird hell und heller, tief und fest schläft diese Frau auf Gretas Bänkchen. Sie schläft dort, wo, wenn es Schienen gäbe, ein Zug Halt machte. Vielleicht, nein, sicher, es wäre der Endbahnhof, das letzte Dorf im Gebirge, nahe am letzten Haus, zwischen Strommasten, ohne Laternen. Greta fängt an zu summen, pfeift dann das Jahreszeitenlied. Früher als Kind spielte sie es auf der Flöte, später schenkte sie es Melina mit einer Spieluhr. Sie pfeift die Melodie der Strophen, dann vorm Bänkchen den Refrain. *Greta*, sagt die Frau heiser, *du kennst diese Bank. Aber natürlich, du wohnst ja gleich da.* Greta steht da, als dürfte sie nicht, müsste sie warten, bis ihr die Frau einen Platz anbietet. Als wäre es nicht länger das Bänkchen, wo sie selbst jahrein jahraus stundenlang sitzt. *Gestern spät am Abend entdeckte ich die Bank, beim Spazieren. Ich ging meine Gedanken auslüften*, die Frau gähnt, *da bin ich hängen geblieben*. Sie legt sich wieder auf den Bauch, dann auf den Rücken, als wäre sie allein an diesem Morgen im Schilf.

Nach ein paar Minuten gähnt Jannis' Frau wieder, ihre Finger bohren in den erdigen Grund. *Die Nägel im Holz sind locker, Greta. Jemand müsste sie wieder einmal festschlagen*, sonst breche alles im nächsten Winter zusammen. Greta nickt, *sag mir*, sie stockt, *wie geht es Jannis, geht es ihm gut.* Bei dem Namen wird sie, werden sie beide unruhig. Sie lieben, sie liebt ihn, glaubt Greta. *Jannis ist beschäftigt, seit Frühling ist er tagein tagaus unterwegs.* Worüber er forsche. *Eine Landkarte, im Vorjahr zeichnete er seltene Blumen ein, versah sie mit Nummern. Jetzt hakt er sie ab, auf seiner Karte, wenn sie nach dem Winter noch oder wieder da sind.* Er zähle alle Blumen, die neu sind, und alle, die blühen. Er beschreibe ihre Farben, ihre Gerüche. *Als wäre er ein Parfümeur, aber die Gerüche liegen ihm nicht, mein Mann hat keine gute Nase.* Greta lenkt ab, *er hat gute Ohren*, wie ein Luchs, vergleicht sie unwillkürlich, *und gute Augen, er übersieht nichts, keinen Käfer*, keinen Stein, der in seine alte Sammlung passte. Die Frau schüttelt den Kopf, *also bitte, Jannis trägt ja eine Brille.*

*

Warum, das weiß er nicht, *warum bist du so*. Seine Katze stolziert erst ins Haus, wenn die Tür weit offen ist. Ein kleiner Spalt, das wäre weit zu wenig, nicht genug für sie. Mit dem Fuß stößt Cornelio die Tür auf, mit so viel Kraft, dass sie nicht mehr zurückschwingt. Da steht Tante Severine unverhofft im Eingang, die Katze reibt sich an ihren Beinen. Streng mustert die Nachbarin das alte Mooshäuschen, die fauligen Schindeln, den Sprung im Fenster, *wie kommt es, dass jemand so lebt und so viel Geld hat*, sie zwängt sich an ihm vorbei in die Wohnküche, *das will mir nicht einleuchten.* Sie zieht durch die Nase die modrige Luft ein, an die sich Cornelio über die Jahre gewöhnt hat.

Wie kommt es, fängt sie wieder an, *dass unser Nachbar so viel Geld übrig hat für Steinböcke*, sie macht sich Platz auf der Kachelofenbank. Er bietet ihr Tee an, zwei Sorten gemischt, einen Hut, *wofür bitte brauch ich einen Hut.* Verlegen schaut er zu Boden, *Gästen biete ich immer einen an, als Kind musste ich immer einen Hut oder eine Kappe tragen*. Ihre zwei ersten Fragen lässt er offen. Er stellt sich ans Fenster mit dem Sprung, schaut bis hinab zum See, wie aufquellende Erde im Wind, kalt, noch ohne Feuer. Im Frühling wehen über fünfzig Winde im Gebirge. *Unbeirrt fischen Vögel mit Schwimmhäuten Nahrung aus dem Wasser*, beschreibt Cornelio, was er durchs Fenster erahnt. Er redet weiter über Vögel, die Katze habe ihm einmal eine Taube gebracht. Einen Hut mit einer Feuervogelfeder besitze er, Greta habe ihm die Feder zugesteckt. Zittrig trägt er auf einem Holzbrett den Tee und ein Stück Zopf, stellt ein Kännchen Milch dazu, *die Milch wird ja sonst sauer beim Unwetter.* Was für ein Unwetter. Das habe er bloß so gesagt. Ob Tante Severine Honig möchte. *Ich hole*, kommt er ihrer Antwort zuvor, *eine Schachtel, ich meine, das Honigglas*, verspricht und verbessert er sich gleich selbst.

Neben die Nachbarin setzt er sich an den heißen Ofen, nimmt ein paar Schlucke warmen Tee mit Milch und Honig. Über ihren Köpfen am Dach klopfen erste Regentropfen. Cornelio beruhigt sein eigener Atem, das Zappeln überlässt er seinen Füßen. *Es gab eine Zeit*, murmelt Tante Severine, *da besuchte dieses Haus eine Frau vom Dorf. Seine Wände waren schon feucht. Das Haus gehört zum Schloss, das leer steht. Es gehörte dem Besitzer des Schlosses, die Frau schaute nach dem Rechten. Er war ein Künstler, lebte eine Weile im Dorf. Um einen Brotlaib kaufte er das Schloss samt Grundstück und Mooshäuschen. Ohne sein Geld wäre das Schloss verfallen*, sie hält kurz inne, *wie das Mooshäuschen. Der Mann heiratete später eine andere Frau, hatte ein Kind, die zwei verunglückten im Schnee. Ohne seine Familie kam er nie mehr zurück ins Dorf.*

Als Cornelio ins Mooshäuschen einzog, hätten die Leute gemunkelt, er habe es gekauft oder er sei ein junger Vetter, ein Neffe, ja irgendwie gleiche er dem alten Schlossherrn. *Alles Gerede, viel Gerede*, Tante Severine seufzt, *es hat mich nie groß interessiert*, sie nimmt einen Schluck Tee, *bis jetzt*. Ob Cornelio das Haus gekauft und ob er das Geld gehabt habe, auch das Schloss zu kaufen, *oder gab es alles zusammen für einen Brotlaib*, fügt sie bitter hinzu, tunkt ihren Löffel ins Honigglas. *Ich zahlte gar nichts für mein Häuschen.* Um nicht mehr zu sagen, fragt er wie aus dem Nichts, *hatten Sie, Tante Severine, früher ein blaues Kleid, dazu blau karierte Handschuhe.* Blasser, strenger als sonst schaut sie ihm ins Gesicht, *wir haben wohl beide eine Brust dick genug für Geheimnisse.*

*

Fertig sind sie erst, als ihre Finger mehr kleben als die Zuckerkirschen, die sie aufschnitten und entkernten. Sie backen eine Torte für Flora, die im Laufe des Tages tief im Gebirge ankommen wird. Wann genau, wissen sie nicht, *wer weiß, vielleicht erst am Abend*. Seit sie Gesang studiert, war sie seit Weihnachten nicht mehr da. *Es wird Zeit, es wird Zeit*, brummelte Tante Severine ins Telefon, verbunden in die Stadt. Ihre klebrigen Hände wäscht Greta in der vollen Regentonne, hebt dann Chaspar hoch zum Wasser. Blind findet sie die Löcher für die Knöpfe seiner Wollweste, knöpft zuerst alle zu und öffnet dann wieder ein paar. Flugs ist der Bub zurück am Boden und voll beschäftigt. Auf je einer Hand balanciert er einen schwarzen Lackschuh mit violetten Bändern. Zum Spielen zwei Boote in der

Luft, auf der Wiese vorm Haus, waren die Schuhe einmal Cornelios Geschenk für Melina. *Sie passen nicht*, Melina war verzweifelt, Blasen an Ferse und Zehen, gab sie am Ende auf. Sie habe, gab sie zu, dem Nachbarn eine kleinere Größe genannt, sie hätte, *ich hätte so gern kleinere Füße, ich wäre so gern zierlich.* Aber sie sei doch zierlich, erwiderte Greta, auch, dass sie niemanden kenne, *der zierlicher ist als du. Und selbst wenn, deine Füße sind genau recht*, sagte sie, sagte damit, *du bist genau richtig.*

In der Mittagssonne schimmern die Lackboote um Chaspars Hände, wenn er mit ihnen zwischen Gräsern und Gänseblümchen um den Apfelbaum segelt. Greta kriecht ihm auf der Erde in den Obstgarten nach. Sie vergewissert sich, ob denn Tante Severine noch immer, aber ja, da sitzt sie wie schon am Morgen auf den Stufen vorm Haus. *Tante Severine*, ruft Greta, *so kommt Flora auch nicht schneller heim*. Früher, früh am Morgen, rief sie, *leg dich noch für ein Stunde aufs Ohr.* In Sorge ist die alte Frau, wegen der Zugstrecke, als müsste Flora auf ihrem Weg zu Fuß Gleise überqueren, als wäre dem Busfahrer, *Greta, ich sag es dir, dem traue ich nicht. Ich bin mit ihm in die Schule gegangen, er ist schon zu alt. Hast du Gott heute schon gedankt, dass du keinen Mann hast.* Greta nickt, wie immer, und erinnert sich an den schnarchenden Mann, die wilden Busfahrten bei Schneesturm, wie sie stockten im Nebel, als Mutter krank war.

Mit Bernsteinaugen strahlt Chaspar sie an. Sie sind Tante Severines größte Sorge, *sie bedeuten nichts Gutes. Menschen mit solchen Augen werden nicht alt. Sie ziehen sich zurück, viel zu früh, hieß es immer*, murmelt sie immer öfter besorgt. Manchmal findet Greta um den Apfelbaum herum eine Art Bernsteine, es sind Luchssteine, ihnen gleichen Harz, Honig und Chaspars Augen. Wie die Apfelknospen den Perlen aus Schneckenhäusern, und, sobald in der Luft, den roten Vogelfedern gleich sind, sind sie verwandt, sich ähnlich.

In der Nacht aus dem Fluss streifen die Luchse scheu umher, ihre Ohren spitz, leuchtende Blicke, verscharren sie ihren Urin. *Wie du sie beschreibst, mit Hörnern, müsste es sich*, mutmaßte Jannis vor Jahren am Telefon, *um eine Unterart handeln*. Für normal fließe viel Wasser durchs Gebirge bis zu einer neuen Art. Hunderte, wenn nicht tausende Generationen brauche es von einer Art zur nächsten. *Von einem Tag auf den anderen war der gehörnte Luchs da*, glaubt Tante Severine von ihrer Mutter, ihrem Großvater zu wissen, *der Steinbock war tot bei uns, da glichen sich Feuervogel, Windbiene, Erdschnecke und Schneeluchs an. Mit ihren Hörnern machten sie sich ihm von einem Tag auf den anderen ähnlich, wie unser Apfelbaum.*

Sechster Herbst nach der Apfelernte

So, nicht viel anders, ist es immer im Herbst nach dem Sommer, ob vor acht oder in einhundert Jahren. Zwei Wochen um den 23. September lang regnet es, außergewöhnlich viel, große Tropfen fallen in das ausgetrocknete Bachbett, lauter Regen, Tag und Nacht gleich. Es steigt der Seespiegel bis fast zum Mooshäuschen, schüttet die Seewege an den Schmalseiten zu. So, nicht viel anders, sieht sich Cornelio wieder im Wasser, ein paar Schritte vor die Tür, hat er seine roten Wangen dunkel im Blick. Wo Fältchen wären, sind Wellen. Am Ufer wie erstarrt ein weißer Reiher, *grauer heuer*, murmelt Cornelio. *Edler Silberreiher*, das wären die rechten Worte im Licht, alle Nächte lang. Ob vor acht oder in einhundert Jahren, es wäre nicht viel anders.

Cornelio setzt sich auf die morsche Holzbank, angelehnt an sein altes Häuschen. Er spürt das grüne Moos weich an seinem Hinterkopf, auf seinen Schultern, im Nacken die roten Ameisen, wie sie wild hin und her krabbeln. Um seine Beine herum schleicht die graue Katze aus dem Wald, vor ein paar Jahren lief sie ihm zu. An sein Haus angelehnt sitzt er auf Gretas Bänkchen, *nimm du es zu dir*, bestand Greta im Frühling vor einiger Zeit, *es ist alt und brüchig.* Unterm Vordach des Mooshäuschens sei es geschützt vor Regen, Schnee, selbst Sonne vertrage es nicht mehr viel, *es sind zu viele Stunden, die ich dort versitze.* Sie hob das Bänkchen an einer Seite hoch, *und es ist kein Versteck mehr, jetzt gib dir schon einen Ruck, Cornelio.*

Tage später zu zweit trugen sie die Bank übers Schilf, unter Bäumen durch, machten Verschnaufpausen, in denen sich Cornelio setzte, Greta stehen blieb. Warum sie glaube, *glaubst du wirklich, dass es kein Versteck mehr ist*. Ihre letzte Pause barg so etwas wie eine Antwort, *es sind die vielen Steinmännchen*, sie deutete um sich, *von meinen vielen Besuchen so gewachsen, kaum mehr zu übersehen.* Entlang von Steinen zu einer Sitzbank am Waldrand gehen nicht irgendwelche Leute, *das machst bloß du, Greta, oder eines der Mädchen oder ich zusammen mit dir*, versuchte er sie zu beruhigen. Ungeduldig zog sie ihn hoch und weiter, *ich will nicht mehr warten*, sie stockte, *bitte gehen wir endlich weiter.* Beim Mooshäuschen sei sowieso der ursprüngliche Platz der Bank, *das Bänkchen gehörte nie mir, es gehört zu deinem, sagen wir so, zum Mooshäuschen am See.* Außer Atem saßen sie am Ende beide auf den verzogenen Latten. Zum ersten Mal sah er Greta rauchen.

Wo Cornelio wohnt, bei der letzten Straßenlaterne vom Dorf, wie Greta immer betont, hat er einen guten Ausblick über den kleinen See im Gebirge. Wie er weiß, spiegelt sich das Mooshäuschen, dahinter die Berge, sogar in der Glaskugel, die in der Mitte vom See wie eine große Boje schwimmt. Wie bunte Vorhänge umschließen Herbstblätter gelb, rot und braun das kalte Wasser. Was ausschaut wie eine Theaterloge, ist ein letzter Strandfleck im Sonnenlicht zwischen den Bäumen, vom Regen verschont. Ein Handtuch, ein Kleid, eine Tasche liegen dort seit Stunden verlassen. Das Schauspiel spielt sich unter Wasser und auf dem See ab.

Sag, schwimmt sie noch immer, Melina folgt seinem Blick auf den See, *sie hört gar nicht mehr auf damit.* Seit sie nach viel Heimweh wieder da, zurück aus der

Stadt ist, habe Flora gar keine Zeit, keine Worte, *sie redet nichts, nicht einmal draußen in der Mittagssonne.* Cornelio nickt, *vielleicht hat sie zu viel erlebt*, einmal angefangen, müsste sie alles erzählen, *was zählt, ist, dass sie wieder da ist.* Melina schüttelt den Kopf, *aber ich bin halt ihre Schwester, irgendwie, zumindest mit mir muss sie reden.* An Floras Schweigen im Haus gewöhnt, hält Melina es an der frischen Luft schwer aus, beugt sich beleidigt noch tiefer über ihre vielen Bücher. Geht sie mit Flora ins Dorf, liest sie sogar laut, in einer Hand die Hand von Chaspar, in der anderen das Buch, merkt sie nicht, wie sich Flora und Cornelio beim Mooshäuschen zuwinken.

Wie auf lange Strecke untergetaucht, an der Oberfläche, wo es noch warm wäre, scheint sich Flora kaum aufzuhalten. *Es beruhigt mich*, wendet sich Cornelio an Melina, *dass sich der See so schnell erholt.* Das Mädchen stimmt ihm zu, *es regnet bei uns so stark wie sonst nirgends*, das sei gut zu wissen im Sommer, staubtrocken wie ein alter Zopf, den Greta in Kaffee tunkt, wenn sie sich unbeobachtet fühlt. *Vor Jahren, in meinem ersten Jahr im Gebirge, hatte ich nicht viel Hoffnung*, er räuspert sich, *für diesen See.* Mitten durch seine neue Hühnerschar stapft Cornelio, pflückt braune Eier aus den Nestern, putzt sie ab. Er verpackt sie für Tante Severine, für braunen Lebkuchen, bunt glasiert in Schachteln zum Verkauf in der Stadt. Melina streckt ihre Arme Richtung Stall, es war früher Gians Stall, *mir fehlt der gute, weiße Esel. Alles ließ er sich von uns gefallen, als Flora und ich klein waren. Einmal fiel Flora herunter, Gian hatte sich geschreckt und ich traute mich seitdem nicht mehr reiten.* Die Stirn gerunzelt, schaut Cornelio auf seine Füße, *ohne Erfahrungen anderer wären wir manchmal auch mutiger.* Bis es einem selbst passiere, wendet Melina ein. *Vielleicht, wer weiß, Melina, vielleicht wärst du nie vom Esel gefallen.* Aus ihrem Mund ist ein leises *Soso* zu hören, darauf gleich die Entschuldigung, *jetzt mache ich es auch schon.* Anderer Meinung als sie sage Tante Severine zum Schluss, wenn eigentlich alles gesagt ist, nämlich immer *Soso*, habe so immer das letzte Wort. Melina mache das in letzter Zeit manchmal, *ziemlich oft sogar*, neckt er sie. *Cornelio, das ist nicht wahr*, ihren Ausruf schließt Melina mit *Soso* ab, schlägt die Hände über dem Kopf zusammen.

Dunkel wird es wieder früher Abend im Gebirge. Es ist die Zeit für Tante Severines Spaziergänge. *Lass uns auch eine Runde drehen, den See umrunden, so weit es halt geht*, schlägt Cornelio vor. Ob er wirklich, fragt Melina, barfuß gehen wolle, *bist du dir sicher*, laut Tante Severine müsse das von klein auf gelernt sein. *Am Morgen habe ich mir die Zehen geschnitten*, er verbessert sich, *die Zehennägel*, und so kurz danach fühle es sich in den Schuhen nicht gut an. Am Ende geht er doch wieder mit Schuhen wie Melina, die barfuß halt nicht will, weil es Tante Severine so wollte, *wenn es nach ihr geht, gehen wir im Schnee noch barfuß.*

Wie Städter kommt ihr daher, Tante Severine hat sich ihnen am Seeufer von hinten genähert, *traut euch schon rein ins Wasser, werdet mir nicht zimperlich.* Ein paar Meter teilen sie sich den schmalen Weg, *wartet*, Cornelio schüttelt seinen Schuh aus, *ich habe einen Stein im Fuß. Im Schuh hast du ihn, meinst du*, stellt Melina richtig, *du hattest einen Stein im Schuh.* Tante Severine schüttelt den Kopf, überholt sie beide und steigt quer durch den Wald Richtung Hof, *wir sehen uns bei der Gerstensuppe. Denkt daran, nehmt Flora mit.*

In der Dämmerung verschwimmen im Wasser Vögel mit den Wellen im Wind. Immer mehr dunkle Flecken auf und ab schunkelnd wirkt es, wenn er länger hinschaut, so, als wäre eine aufflatternde Vogelschar am See, als wären die Wellen Flügel, an Kämmen golden und rot an ihren Spitzen. *Schau, über uns, ein Feuervogel*, reißt ihn Melina aus dem Bann. *Er ist zurück, als einer der ersten*, wird im letzten Dorf im Gebirge überwintern, im Frühling wieder in den wärmeren Sommer ziehen. Bloß spärlich Nahrung findet er im Schnee oder in der Hitze, bricht trotzdem jahrein jahraus da- oder dorthin auf. *In unserem Käfig ist er umsorgt*, erklärte Cornelios Vater vor vielen Jahren. Aber dem Feuervogel gefiel es nicht in der Stadt. Tür und Tor an einem Tag offen, waren von ihm bloß noch Federn, rote Blüten übrig. *Warst du das, mein Sohn.* Cornelio war es nicht und weinte, *wohin fliegt der Vogel jetzt. Ins Gebirge*, antwortete sein Vater traurig, als wäre das das Ende der Welt. Es war Winter. *Können wir ihn einholen, ihm nachfahren*, bettelte Cornelio. *Besser nicht, es wäre zu weit*, es sei die lange Reise nicht wert. Soweit Cornelio weiß, kehrte sein Vater sein Leben lang nicht zurück, ins letzte Dorf, wo er ein Schloss hatte und ein Häuschen am See.

Schöne letzte Farben in der Luft oder ist die Luft selbst farbig, murmelt Cornelio, sein Fotoapparat wäre nicht gut genug, es herauszufinden. Vielleicht könnte Chaspar die Luft einen Abend lang malen. In der Dunkelheit sehen sie die gelben Lampen im Schloss, so viele, sind sie doch nichts gegen die Leuchtfedern im See. Diese Federn im Wasser leuchten, kommt etwas in ihre Nähe, ein Stein, den Melina wirft, eine Schlange oder ein großer Fisch. *Es war Flora*, ist sich Cornelio sicher. *Bist du sicher*, ruft Melina, *dann schwimmt sie direkt auf uns zu*, hantelt sich, als sie den Grund des Sees erreicht, mit ihren Händen zwischen Leuchtfedern zum Strand, zu ihrem Handtuch. Melina fällt ihr um den Hals, *da bist du endlich*, drückt sie an sich, *du bist kalt und nass wie ich damals, beim Gewitter im Wald, weißt du noch. Greta, Chaspar und ich waren Erdbeeren pflücken*, fanden vor allem goldene Luchssteine. Flora nickt, ein Lächeln im Gesicht.

In der Finsternis hören sie einen Hahn krähen, Hunde keuchen. Das ist sein Hahn. *Das sind unsere Hunde*, sagt Melina. *Chaspar, wo bist du, wo ist mein Chaspar*, schreit Greta am Ufer gegenüber. Im See sammelt sich das Leuchten an einer seichten Stelle, Greta taucht unter, zwei Hunde ihr nach. Zu viert kommen sie hoch. Chaspar im Arm, einen Lackschuh in einer Schnauze. Flora, Melina und Cornelio laufen durch den Wald zu ihnen. Bloß ein bisschen Wasser habe der Bub geschluckt, seine Glieder sind wie Eiszapfen kalt und steif in den nassen Kleidern. Verwundert schaut er auf, ohne Blinzeln, ohne Schielen schaut er ihnen reihum in ihre Augen voller Sorgen, macht seine zu. Sie beruhigen sich, *es wird alles gut, es ist nichts passiert*, flüstert Greta, *jetzt schläft er einmal.* Die Gerstensuppe werde ihn aufwärmen.

In der Finsternis kräht sein Hahn heiser. Verdreckt entdeckt ihn Cornelio zitternd im Unterholz unterhalb des Felsens, wo mutige, erstgeborene Kinder von Sommer bis Herbst in den See springen. Sonst so stolz in seiner bunten Pracht, kauert der Hahn unter den Ästen im Laub, wo es immer dämmert, dunkel und finster ist. *Haben dich die Hunde verschreckt, du Armer.* Für den Moment ist Cornelio, als berge er den

Hahn aus dem Schnee, als hätte er Schnee in den Händen. Aber da sind zwischen seinen Fingern bloß Federn und Blätter.

*

Strahlend blauer Himmel, hört Greta immer wieder die drei Worte aus dem Zimmer, überhört sie bald das erste, bald das zweite. *Um Himmels willen, wie soll das gehen*, sie allein mit ihren zwei Händen. Wie könnte sie das Tischtuch, was soll sie mit dem alten Leintuch, es ist weiß. Weit aufspannen, so zusammenlegen, dass die erste Falte genau in der Mitte verläuft, wenn es später einen Tisch bedeckt oder zwei verbindet, zum Schein. *Das geht nicht allein, mit zwei Händen*, murmelt Greta, vier Hände waren vor Jahren genug, als sie das Bett abzogen. *Es wird schön aussehen auf den Tischen*, meinte Mutter, *Bienenwachskerzen entlang der Falte*, in der Mitte. „*Grauenhaft schön*", wären Tante Severines Worte, so sagen es die Leute im letzten Dorf im Gebirge. Mutters Satz lautete, *es wird schön aussehen auf den Tischen*, beim Nachbarschaftsfest. Es ist viel zu weiß, findet Greta, von allen Flecken reingewaschen, erzählt es gar nichts mehr, von Himbeersaft oder Hagebutten, vom Streit beim Gewitter. Am liebsten würde es Greta zusammenknüllen. Da zupfen von unten Finger am Tuch, bis sie vom Stoff ablässt, sich ins Zimmer zum Fenster führen lässt, von einer kleinen, kalten Hand. *Strahlend blauer Himmel*, wiederholt Chaspar. Greta seufzt, *ja, Chaspar, ich höre es.* Der Bub verzieht sein Gesicht, *aber Mutter, schau ihn an, den Himmel.* Ihre Augen schielen durchs Glas zum Herbsthimmel strahlend blau.

Es ist Chaspars Wunsch, Tante Severine wäre dagegen. Quer auf der Ofenbank macht die alte Frau ein Mittagsschläfchen, hört nicht, wie Greta in die Küche schleicht, zwei Teller mit Goldrand, ein Stück Lebkuchen stibitzt, so groß, *es wäre genug für drei*, flüstert sie Chaspar zu. Fast lautlos öffnet und schließt Greta die Türen vom Melkraum, im Stall packen sie sich zusammen. *In so einem Korb, wie ein Steinkitz, fanden wir dich*, mit dem weißen Leintuch legt sie den Korb aus. Chaspar schlüpft mit ihrer Hilfe hinein, nimmt Geschirr und Kuchen in die Hände, *gut festhalten, Chaspar, halt dich gut fest*. Sie schließt die Augen, die Knopflöcher seiner Weste. Am liebsten würde, nähme sie, da fällt sie dem Buben um den Hals. *Pass auf dich auf*, sie räuspert sich, *also auf die Teller, den Lebkuchen.* Indem sie die Zähne zusammenbeißt, hält sie eine Träne zurück, schultert den Korb, *es geht los, Chaspar.*

Ihre Füße tragen sie auf den schmalen Pfaden, über Hölzer angeschwemmt hebt sie sich und Chaspar vom See den Berg hinauf. In ihrem Nacken kalte, kleine Finger, *das kitzelt, Chaspar, du kitzelst mich*, sie lächelt, *wie kleine Käfer sind deine Finger.* Greta geht in die Knie, *wie die Füßchen der vielen Ameisen, schau*, zwischen den Steinen laufen sie kreuz und quer. Es nimmt sie Wunder, warum die Ameisen schwarz, warum es nicht die roten sind bei Tag. Aufmerksam weicht sie der Straße aus, spürt die Gräser an ihren Beinen, zieht die Schuhe aus.

Mit Pickel und Axt ist der steile Pfad in den Hang geschlagen, *mit Axt und Pickel, ja*, hatte sie Cornelio erklärt, der sich nicht vorstellen konnte, was zu tun war, *nein, die Dörfler bauen den Weg natürlich selbst, Cornelio*. Ein paar Wochen später half der Nachbar die großen und kleinen Steintiere in Körben hochzutragen, *ja, in den Flechtkörben. Nein, Holzkisten wären viel zu schwer, das haben wir schon probiert*. Die kleine Brücke aus Latten einer alten Holzkiste überquert Greta mit einem Sprung. *Steinbock*, ruft Chaspar hinter ihr aus, *das war ein Steinbocksprung*. Bald sind sie ungefähr in der Höhe, wo das wilde Steinwild lebt im Herbst.

Schau, der See, zum See hinab. Zwischen gelben Lärchen späht Chaspar in die Ferne, *dunkel blauer See*, sagt er. Als läge der See finster fern in Nächten ohne Dämmern. Seit Tagen, dem Abend oder war es schon Nacht, als Chaspar ins Wasser fiel, ist er dunkel blau. *Ja, ich sehe ihn*, den See, das Mooshäuschen, darüber ein Schloss, *das gehört unserem Nachbarn Cornelio*, steckt sie dem Buben, *aber das ist ein Geheimnis*. Sie streckt ihre Hand nach hinten, streicht in Kreisen über Chaspars Brust. *Ist dir kalt*, will Greta wissen, obwohl sie weiß, dass wärmer es ihm nicht mehr wird, *sag mir, ist dir warm genug*. Chaspar stützt sein Kinn schwer auf ihre Schulter, schwärmt, *schau zu, lauter Fische*. So versucht Greta, wie Chaspar es immer tut, im Licht zu blinzeln, bis Wiese und Wald ausschwärmen, sich wie mit Pinselstrichen gemalt in Schwingen, dann in Flossen auflösen, *jetzt sehe ich die Fische auch*. Wie eins und eins zusammengehört, sich alles bewegt, in Wellen spürt sie es. Nach einer Weile macht Greta ihre Augen fest zu und weit wieder auf, bis vieles wieder abgrenzt scheint und klar, da ein Zapfen, dort ein Baum. Bis der See seine Grenzen hat im Tal, wo denn sonst.

Leise, *leise, Chaspar*, nähert sich Greta wie auf Nadeln dem Unterstand am Berg, einem Flickwerk aus Stämmen, Ästen, Zweigen, alle mit Nadeln, Moos und

Flechten überzogen. Es gebe Salamander mit Haut wie Moos und Flechten, erzählte Jannis vor langer Zeit, das glaube er einmal gehört zu haben. Greta glaubt, dort steht Jannis, getarnt im Unterstand. In seinem Mundwinkel eine Zigarette. *Rauchst du*, fragt sie, als sie nahe genug sind, so nah, dass es sie nicht wundert, dass Jannis raucht, sie ist ja ganz nah und bei ihm. Es ist ihre erste Frage nach der letzten Nacht im vorletzten Dorf, es war Sommer, sie rauchten am Fenster. Es ist Herbst, er hat keine Antwort, flüstert bloß leise, *leise*, drückt die Zigarette aus. An ihrem Gesicht vorbei schaut er zu Chaspar, ganz ohne Befremden. Wie keiner der Dörfler und als einfach einen von ihnen schaut er das Kind an. In Jannis' Blicken, kommt Greta vor, scheinen Chaspars Luchsaugen ganz gesund, nicht beschlagen wie Glas, wie sie im Haus sind und seit dem Unfall wieder überall. Chaspar sieht selbst alles, aber, so finden die Dörfler, umgekehrt ihn anschauen, nämlich ihm in die Augen schauen können sie wieder nicht. Wie nicht recht sichtbar wirkt der Bub mit diesen verklärten Augen, erstarrt, ja seit dem Unfall wie entrückt.

Behutsam hebt Jannis Chaspar aus dem Korb und trägt ihn zum Guckloch im Unterstand. Zwischen den zwei blonden Lockenköpfen, fast an Jannis' Rücken gelehnt, entdeckt Greta im Felsen einen Steinbock. Dann zwei oder ja, es sind drei sechs Steingeißen, viele graue Hörner, die wieder wilde Kolonie aus ihrem Gehege in den Bergen. Alles ist Feuer und Leben an diesen Tieren, ihren Sprüngen. Kurz drückt sie Jannis' Hand, sie ist warm.

Ganz aufgeregt schwitzt Chaspar ein bisschen. Greta wickelt ihn in das Leintuch, breitet den Rest als Tischtuch auf der Erde aus, verteilt den Lebkuchen auf die zwei Teller mit Goldrand. Sie reden nicht. Als der Bub eingeschlafen ist, Gretas Hand an seiner Wange, macht sich Jannis auf den Rückweg in die Stadt, *macht es gut, Greta*. Schon viel zu weit fort ist er, als Greta aus ihrer Tasche die alte Eichel zieht, sind auch ihre Worte weit zu leise, *das ist die Eichel von dir, ich trage sie immer noch bei mir.*

*

Was liegt dir auf dem Herzen, Cornelio, da sei doch etwas, *was ist es, der kranke Chaspar natürlich, wie für uns alle*, aber was sei, *ist da noch etwas, auf deinem Herz.* Flora spricht gegen eine Wand, die Sprossenwand hoch zum Wandelgang des Schlosses klettert sie ihm voraus wie Jahre vor ihr Greta, bloß schneller, ohne eine Feder oder, wer weiß, mit Feuerfedern überall, verborgen in ihrem roten Zopf. *Was liegt dir auf dem Herzen, was ist da noch*, ruft sie heiser, ehe sie unters Dach schlüpft, dieses Mal ohne seinen Namen oder sagt sie vielleicht ihren eigenen im Stillen. Als stellte sie sich oder stellten sich die Fragen selbst, von selbst, wenn ein Mann, eine Frau so schwer atmet, als wären sie beide lange vor Chaspar selbst untergegangen, verschüttet von einer Wasserwelle, kälter als Schnee. Die Frau seines Vaters und seine Schwester liegen unter der Erde. Sie haben sie, sagte sein Vater, in der Lawine und bis in den Frühling danach gesucht.

Was tragen wir mit uns herum, fragt Cornelio sich selbst, während er langsam Sprosse für Sprosse hinaufsteigt, bedrückt, als fiele ihm die Luft über Kopf und Schultern schwer ins Gewicht. Sein Bein tut weh. Im Winter vor Jahren brach es mit dem Ast des Apfelbaums, schlug auf dem Boden auf, dort lag zu wenig Schnee. Statt goldener Äpfel trug er ein paar Blätter und Blüten oder waren es Federn ins Mooshäuschen und legte sie aufs Fensterbrett. Wegen seines gebrochenen Beins schleppte er sich mit Bus und Zug in die Stadt. Zurückgekehrt ließ er die Blüten und Blätter wie einen Vogel durchs offene Fenster frei und freute sich, tiefer Luft holen zu können. Mit jedem Herbst ziehen die Feuervögel ins Gebirge und mit ihnen ist wieder etwas in der Luft, manchmal trägt es Cornelio bis zum Frühling mit sich herum.

Etwas macht das Hochsteigen, das tiefe Atmen schwer, wenn Flora mit ihrer Stimme die Tiere nachahmt, wenn die Vögel selbst singen. Gleichzeitig wird ihm warm, dem Zwitschern zu lauschen. Er nähert sich den Vogelstimmen durch die Zimmer über die summende Blumenwiese bis an die Beerensträucher, *hörst du die Vögel, Flora.* Sie nickt, während sie das Bild mit dem blauen Paar am Boden mustert. Cornelio räuspert sich, *ich weiß nicht, ob es ein Liebespaar ist. Es könnte auch, was meinst du, könnten sich so auch gute Freunde oder Geschwister begrüßen.* Wie die Frau auf dem Bild legt Flora ihre Hände um sein Gesicht, küsst ihn kurz im Mundwinkel, als wäre er der gemalte Mann. Dann heben sie das blaue Bild an.

Da ist noch etwas, murmelt Cornelio, als er, Flora im Rücken, in seinem Nacken, die wilden Stufen unterm Bild ins Tiefe steigt, wo es dunkel, am Ende finster ist, wo sie auf Sprossen einer Leiter noch tiefer steigen. *Bist du noch hinter mir*, sie ist über ihm, hält die Kerze. Allein traute er sich nicht. Erstmals kommt er bis an den feuchten Grund, seine Finger an den graubraunen Wänden aus Erde. *Hörst du das Rauschen*, fragt er und kann nicht sehen, ob sie nickt. *Ja*, sie spricht, heiser, *wir sind frei, im Freien, meine ich.* Sie schaut in eine Richtung, bläst die Kerze aus. *Setz dich zu mir*, bittet sie ihn, bettet ihren Kopf an seine Brust, auf sein Herz. *Das war ich, damals nach dem Gewitter*, roch sie nach dem Bad wie Greta, kroch in seine Arme, *umarmen wollte ich dich, wie eine Schwester ihren Bruder, dir nahe sein, ich war mir nicht sicher wie. Ich dachte nicht so weit.* Cornelio ahnte schon eine Weile, dass er damals ahnungslos mit Flora geschlafen hatte, atmet jetzt in ihrer Nähe auf, *es tut mir leid, wenn ich gewusst hätte.* Da legt Flora den Finger an seinen Mund, *ich glaube, es muss uns nicht leidtun. Ich weiß, du bist viel älter, aber du könntest mein Bruder sein.*

*

Sie zünden alles an, was es angeschwemmt hatte, vom Wasser feucht, trocknete es rasch in der Hitze des kurzen Herbsttags. Greta las am schmalen Ufer alle Hölzer auf, die sie zusammentragen konnte. Sie hatte nach dem zweiten Lackschuh aus dem See gesucht und fand nichts als Schwemmholz. Es brennt laut und heiß wie Sommer ist die Luft in den Gesichtern rund um das große Feuer. *Haben wir bald Winter*, fragt Chaspar. Schlotternd wechselt er zwischen Tante Severines und Gretas Schoß hin und her. Als unten im Dorf die Kirchenglocken läuten, hüpft er im Takt der ersten Schläge wie sonst und früher Melina, die jetzt sitzen bleibt, ihre Beine fest verknotet. Erschöpft rollt sich Chaspar auf der Erde mit Armen und Beinen und Kopf zu einem Knäuel zusammen, liegt so nahe am Feuer, dass Greta sich bei all den Feuerfunken im Wind um seine Augen sorgt, *komm, Chaspar, komm wieder auf meinen Schoß oder setz dich auf die Bank neben Melina.*

Es dämmert rasch an diesem Herbsttag, wird dunkel und wäre auch gleich finster, wäre da nicht das Feuer vorm Hof, so wären Himmel und Erde schon ganz verbunden von der Nacht. Gelb leuchtet im Gras und Moos ein Stein nach dem anderen auf. Ein Luchs schlich um den Apfelbaum herum, wäre noch immer da, ganz nah, wären die Steine seine Augen und Blicke und wäre er nicht so ein scheues Tier, das immer wegläuft, als wäre es unerwünscht oder in Gefahr. Zum Winter hin wird er weiß, ein Schneeluchs, *dann ist er von Frühling bis Herbst ein Wasserluchs*, sagte Chaspar einmal. Erst zweimal, beide Male im Sommer, hat Greta einen solchen Luchs mit Hörnern erspäht, mitten in der Nacht. *Ich sehe die Luchse morgens, jeden Morgen im Sommer*, beteuert Tante Severine, die Luchse würden ihren Blick auf sich ziehen, vor allem auf ihre Hörner, *die gelben Augen leuchten ja bloß in der Nacht.* Mit ihrem Urin verscharren sie ihr Licht für den Tag. *Du musst halt früher aufstehen, Greta*, meint Tante Severine, *mit mir am Morgen den Stall machen, dann siehst du ihn, wie er wegläuft.*

Greta macht den Stall immer am Abend, sitzt danach lange auf der Bettkante, bis Chaspar eingeschlafen ist, streicht sie, den Daumen an seinem Kinn, mit Mittel- und Zeigefinger über seine rechte Wange. Zieht sie ihre Hand vor der Zeit zurück, holen sie seine beiden Arme wieder an seine Wange, *bitte noch kurz*, murmelt Chaspar dann und schläft oft lange Zeit nicht ein. Der Vorwurf, *eine schöne Mode hast du uns da beschert, mit der Wange*, erwartet Greta, wenn sie nach Nächten in der Stadt zurück ins Gebirge kommt. *Du musst halt länger aufbleiben*, setzt sie dem entgegen, *vielleicht, Tante Severine, siehst du dann, wenn du bei Chaspar sitzt, auch einmal die gehörnten Feuervögel.* Wie die Vögel rot und rosarot gefiedert in Winternächten auf den Zweigen sitzen, alle acht Jahre goldene Äpfel verspeisen. Zurück lassen die Vögel Federn, die vom Schnee gepflückt in geschickten Händen zu Blumen zerfallen, wie sie Greta bei Jannis' Hochzeit in den Haaren trug.

Beieinander eingehakt treten Flora und Cornelio ins Licht, nehmen Melina in ihre Mitte, als sie sich auf die Bank ans Feuer setzen. Von ihren Händen wandern süße Beeren, wohl aus dem Schlosszimmer, zu den anderen, bis in Chaspars Mund. *Einen Beerenmund hast du*, sagt Greta jetzt, einen Brombeermund wie Jannis, eigentlich sind seine Lippen immer so rötlich violett, so fällt ihr auf einmal auf, dass sich die beiden darin ein bisschen gleichen.

Leichter Wind kommt auf, schon bricht ein Ast so groß wie ein kleiner Baum. Erschrocken springt Greta mit Chaspar im Arm auf, starrt zum Apfelbaum, zum Ast am Boden. Blitzschnell sind die Hunde dort, bellen, als hätten sie einen Hirsch oder ein Reh vor sich. *Es ist alles gut, es ist nichts passiert*, flüstert Greta, *schlaf ruhig wieder ein, Chaspar.* Ob Cornelio ihn denn ins Bett tragen könnte, der Bub sei sehr müde von der Reise in die Stadt zum Doktor, *ich selbst bin es auch, es war ein langer Tag*, längst ist es Nacht. Der Nachbar nickt und sagt, *das ist wahr.* Wie Jahre früher bei Mutter, konnte der Doktor bei Chaspar nichts mehr tun. Wie damals, als Mutter krank gewesen war, reiste Greta im Bus mit Chaspar zurück ins letzte Dorf an den Hof beim Apfelbaum. In diesem Herbst wusste sie, dass keine Kräuterwickel gegen Fieber mehr helfen würden. Nichts ließ Tante Severine unversucht, *du weißt, Greta, ich habe alles versucht, wie schon bei deiner Mutter.*

Den gebrochenen Ast mit den perlenartigen Knospen und trockenen Blättern hebt Greta mit Flora über den Gartenzaun. *Werfen wir seine Zweige ins Feuer*, ehe es zu regnen anfängt, *vielleicht verbrennen sie noch*, mit Rinde und Harz, hart wie Holz oder Stein. Ein paar gelbe Steine werden wohl morgen in der Asche liegen. Der Ast wie ein Stamm für die Zweige brenne nicht gleich gut, er ist aus Horn, sie werfen ihn aufs Feld, treiben die Schafe, Ziegen und Esel in den Stall. Zurück beim Hof beobachtet Greta, wie Melina den einen Lackschuh ins Feuer wirft, aufstampft, sich von Flora kaum beruhigen lässt. *Kommt ins Haus*, ruft sie den beiden zu und redet auf sich selbst ein, *es wird nichts passieren*, ein leichter Wind, ein bisschen Regen. *Chaspar wird schon wieder schlafen*, Cornelios Hand an seiner Wange.

In den letzten Tagen richteten sie Chaspar sein Bett in Gretas Schlafzimmer, wie oben mit Fenster und Ausblick zum Apfelbaum, wo tagsüber, ehe es kalt wird, die letzten Bienen summen. Chaspar ist hellwach, sitzt aufrecht auf Leintuch, Woll- und Daunendecke, schaut sie alle mit Augen an, die klarer, offener noch nie waren. In einem Sesselkreis haben Tante Severine, Cornelio, Flora und Greta um ihn herum Platz genommen. Gierig trinkt Chaspar aus einer großen Tasse, verschluckt sich. Mit zwei Löffeln Honig aus dem Baum hat Melina den Minztee am frühen Abend gesüßt. *Ich mag noch etwas malen*, flüstert Chaspar jetzt, er brauche weißes Papier und Farben. Seit er einen Stift oder Pinsel führen kann, hat er immer die größte Freude daran, Melinas grau bis schwarzweiße Bleistiftzeichnungen bunt einzufärben. *Warte, bleib du sitzen oder leg dich für den Moment noch einmal hin. Ich habe dir etwas ganz Besonderes zum Malen*, kommt Tante Severine seinem Sprung aus dem Bett zuvor.

Statt zu regnen fängt es schwer an zu hageln. Gebannt schaut Greta zu, was Chaspar vor sich hinpinselt, und hat bald den Geruch aus Tante Severines Versteck in der Nase. Es waren also diese alten Wasserfarben, die mit ihrem Geruch all die Jahre ein Rätsel aufgaben, weggesperrt in einer Schublade im Gang. Ein Blick auf das fertige Bild lässt Greta zum Fenster schauen. Da wie dort sieht sie Melina vorm Baum, wie sie wie wild zwischen Himmel und Erde mit den Hagelkörnern auf und ab springt. Schnell laufen Tante Severine, Flora und Cornelio nach draußen in den Garten. Unterm weißen Leintuch verkrochen, bleibt Chaspar bei Greta allein zurück im Zimmer.

Vor acht Jahren

Als hätte sie ihn nicht gespürt, einhundert Jahre lang, ist Greta manchmal so, als wüsste sie nicht mehr, wie es ist, Jannis nahe zu sein, *wie ist es zwischen uns, sag mir, was Nähe ist. Deinen Geruch vermisse ich*, darauf besteht Jannis, wenn er ihr schreibt, *Greta, wo können wir uns sehen*, spüren, finden. *Empfindest du drei Monate als lange Zeit*, fragte sie in ihrer Antwort, *das sind fast hundert Tage*, das ist so lang wie von der Saat bis zur Ernte der Kartoffeln. In dieser tagelangen Zeit heilt, was gebrochen ist, über Nacht. Ob er sie in der Hütte im Wald hinterm vorletzten Dorf sehen möchte, und spüren, und finden. Brotbrösel und Kieselsteine werde sie für ihn streuen, wie früher. Der Schlüssel zur Hütte liege, *du weißt schon wo*, zwischen den Holzscheiten, *oder weißt du es nicht mehr.* Am Ende ihres Briefes fragte Greta noch, *sag, wie rieche ich für dich.* Jannis antwortete, *du weißt schon wie.*

Wie eine Schnecke, als würde sie in Wahrheit auf der Erde kriechen, bewegt sich Greta langsam durch den Wald. Unter ihren Stiefeln knistert Schnee, zu ihren Füßen fallen Brösel Brot, wie von Himmeln hoch. Ohne Blätter tragen die Äste Schnee in Päckchen oder eine Reifschicht, sodass sie verzweigt aussehen wie Schneekristalle menschengroß, *oder wie unsere Zimtsterne an Weihnachten*, sagte Melina einmal, *mit vielen Zacken und ganz viel Zuckerglasur verziert.* Von allen Keksen, die sie am Hof backen, seien die Zimtsterne die schönsten, *wenn ich ein Keks sein müsste, Greta, dann wäre ich*, dann wäre sie am liebsten ein Zimtstern.

Greta wärmt ihre Hände abwechselnd an der Eichel, bald in der linken, bald in der rechten Hand, Tasche, rutscht sie manchmal durch ein Loch ins Futter des alten Wintermantels. *Ein bisschen wie eine Haselnuss schaut sie aus*, findet Melina, das finde Flora auch, *findest du nicht, Greta.* Jannis fand die Eichel unter einem Baum unter vielen Bäumen in einer Allee in der Stadt, *heb sie gut auf*, sagte er, als er sie Greta für ihre Taschen schenkte. Es gab Tage, Anfang Frühling, Ende Herbst, da haderte Greta mit sich und Jannis' Geschenk. Sie überlegte, die Eichel in einen von Tante Severines Kirschkernsäcken einzunähen oder überhaupt wegzuwerfen wie einen Stein, den niemand braucht. Am Ende wanderte die Eichel wie am Anfang immer wieder von Gretas Mantel zu ihrer Sommerweste und umgekehrt. Spätestens bei Schnee bis zu den Knien hoch, ruht sie tief versunken in der Manteltasche, wenn Greta auf dem Bänkchen unter Stromleitungen wartet.

Von Grund auf wird Jannis, geht er den Weg zur Hütte, wissen, dass ihm Greta vorgegangen ist, *ich werde Brotbrösel streuen*, versprach sie, *und ein paar große und ein paar kleine Steine, falls die Vögel alles aufpicken oder es schneit.* Vor ihren Augen überschlagen sich Eichenblätter ineinander verwachsen. Eisverkrustet fliegen die Paare in den Tunnel vor, wo Jannis und Greta sich für Nächte ausgezogen hatten. Wie jedes Jahr ist das schmale Rinnsal im Tunnel ganz zugefroren. Statt Tropfen hängen an der Decke Zapfen und Salzstücke, sie machen es heller zwischen den zwei Ausgängen. Greta kehrt nicht um. Wie trunken stolpert sie dann über das Geröllfeld, wo ihr Vater saß. Jannis könnte, was wäre, wenn er zwischen den Felsen seinen Ring verlieren würde. Auf der spielerischen

Suche nach Steinen kann eine Welt entgleiten, und es wäre bloß ein Ring.

Zögerlich öffnet Greta die von ihr allein rot gestrichene Tür. Es kam über die Jahre, war früher so, dass die Hütte im Wald vor allem ein Rückzugsraum wurde, von allen anderen wegzugehen und ein paar Stunden für sich zu sein. An einem Tag kamen Mutter, Greta und Jannis zufällig in kurzen Abständen hintereinander an. Gut eine Stunde sagten sie kein Wort, saßen in drei Ecken zurückgezogen in der Hütte. Greta las, Jannis beschriftete Steine und Mutter wickelte ein paar Wollknäuel auf. Bis Jannis fragte, *habt ihr auch Hunger*, und einen Brotwecken mit ihnen teilte. Beim Waschbecken steht ein kleiner Kübel, *weißt du noch, Greta*, sagte Mutter, *du hast in einem Sommer ein Parfum für mich gebraut.* Heimlich hatte Greta den Rosen um die Hütte die Köpfe abgezwickt, in Regenwasser im Kübel aufgeweicht, Wiesenblumen und Minze beigemischt und umgerührt, *für dich*, hatte sie gesagt. Bis zu den Handgelenken tauchte Mutter ihre Hände in den Kübel. Über die Jahre, eigentlich schon sehr früh wünschte sich Greta für Mutter einen Geruch, der an ihr haftete wie eine zweite Haut, ganz gleich, was sie berührte, an ihr wäre immer ein ihr eigener Geruch. Es wäre das Erste, was andere wahrnehmen, es wäre sie, nicht ihre Umgebung. *Weißt du, Greta*, sagte Mutter damals in der Hütte, *ich rieche gern nach der Zeit, voll und ganz*, meinte ihre Zeit da oder dort, ob nach Kirschkuchen oder Omelett mit Schnittlauch und Käse, nach dem Bach oder den Ziegen. An einem Tag habe sie nach verbrannten Fliegen gerochen, *das gefiel mir weniger.*

Wann roch Mutter nach den Fliegen, fragt sich Greta, denkt an die Lampe im Haus von Jannis' Vater, ob die

Lampe älter oder so alt ist wie sie selbst. In der Hütte überwintern viele Fliegen, Käfer und andere Insekten sterben auch da. Ohne Gespräche hört sie Wespen am Holz nagen und spürt sie auch. Wenn sie nach jedem Schluck Tee die Brauen hebt, zum Deckenbalken hochschaut, vermisst sie Mutter und Jannis ein bisschen weniger. Dann ist Greta für sich und ist es auch wieder nicht. Ihr Sessel wäre groß genug für zwei oder sogar drei.

Greta fragt sich, ob vier Worte die Lösung sind. Für Licht zieht sie aus einer in Geschenkpapier gewickelten Schachtel ein Hölzchen, zündet eine Kerze an. Aus einer zweiten, größeren Schachtel kramt sie ein paar kleine Wollknäuel, drückt sie ans Herz. Sie hält alle Fäden in der Hand, dann lässt sie die Knäuel kreuz und quer über den Boden laufen. *Alle Sorten schwarzen Faden habe ich vor mir*, murmelt sie, als ergäben die Wollreste bei Tag verstrickt keine grün, rosarot, blau und grau geringelten Socken. Barfuß steigt sie in das Durcheinander, verheddert sich in Drehungen, bis ihre Finger und Hände sich überschlagen, blind Faden für Faden aufrollen und verknüpfen. Im Kerzenlicht auf Fensterhöhe, mit Farben gespickt, scheint ihr der zusammengeflickte Wollknäuel wirrer als die Fäden am Boden. Sie streckt ihn ins Dunkle, das ihn und sie selbst rundum grau überzieht. *Ich bin deine Schwester*, nicht mehr als vier Worte, alles wäre gesagt und aufgelöst. Ihre Hand frei und leichter, vielleicht, wer weiß, weiß er es schon.

Die rote Tür grenzt an einen Winternachthimmel, sie ist bloß angelehnt an die Hütte, bewegt sich ein bisschen im Wind. Endlich zieht sie Jannis weit auf, klopft den Schnee von seinen Schultern, von Brust und

Rücken, schaut aus wie ein Kutscher, der einen Tag lang im Schnee stand, stecken blieb, sich in alle Richtungen drehte. Greta zündet eine Lampe an, Jannis' Gesicht ist weiß.

*

Sie haben beide den Mund offen, sagen kein Wort, verwundert. Auf zwei Sessel in zwei Ecken der Hütte haben sie sich zurückgezogen, in ihre Wintermäntel gepackt, frieren sie jetzt. Sag etwas, sagt sich Greta, und sagt nichts. Jannis zieht seine Wollsocken aus, sicher sind sie feucht und kalt vom Schnee. Als er aufsteht, stößt er mit seinem Kopf fast an die Decke. Leicht gebückt, barfuß nähert er sich ihrem Platz in der Ecke, ihrem Gesicht, eingewickelt in einen roten Schal. Sie sieht, spürt seine Hand, ehe er ihr Knie berührt, *warum berührst du mich*. Sie spürt seine Hand durch den Stoff auf ihrer Haut bald überall. *Weil eine Ameise auf dir krabbelt*, er setzt das Tier auf den Boden mit den letzten Wollfäden, sie sind alles andere als, die Ameise aber ist wirklich schwarz. *Was magst du an mir*, sie zieht ihre Beine an, klemmt ihre Füße unters Gesäß. *Dass du so große Taschen hast*, hört, sieht Greta, wie er noch einen weiteren Schritt auf sie zu macht. Jannis will, glaubt sie, mit seinen beiden Händen in ihre Manteltaschen sinken. Als sie ihn zurückhält, als wären sie sich fremd, zieht er mit seinen Armen einen Kreis in der Luft, *so groß sind deine Taschen, Greta.* Zögerlich richtet sie sich vom Sessel auf, zieht mit ihren Armen den Kreis nach, *mir gefällt es, wenn du so gestikulierst, Jannis.* Ihm gefalle es, wenn Greta seine Gesten so nachahme. Sie ziehen Kreise, wo es weh tut, um ihre Brust, wo ihr Herz ist. Um ihre Gesichter, schneeweiß, bis Jannis rot wird, *das Muttermal an deiner Wange mag ich auch*. Greta schüttelt den Kopf, *ich weiß immer noch nicht, ob es die Bewunderung wert ist*, versteckt das Muttermal hinter einer Haarsträhne. Es sei Gold wert, sagte Jannis einmal, das ist Jahre her.

Warte, ich habe dir etwas mitgebracht, flüstert Greta, fängt in ihrem Rucksack an zu kramen, holt einen Sack ans Licht, ein paar Kekse. *Sie wurden leider etwas hart*, lagen zu lange in der Luft, eine Nacht lang, *am Morgen kannst du sie ja in deinen Kaffee tunken*, wie ein altes Stück Brot oder Zopf, eine harte Nuss wie Greta selbst. Ob sie, will Jannis wissen, immer noch rein nach Gerüchen den Teig mische, ohne Mehl, Zucker, Milch und Nüsse abzuwiegen. Sie nickt, *immer der Nase nach, ohne Waage. Magst du einen Keks probieren, schon jetzt.*

Sie haben beide den Mund voll, sagen kein Wort. Sie legen ihre Mäntel über die noch nicht wieder aufgewickelten Fäden auf den Holzlatten, liegen zu zweit auf diesem Teppich. Keine Spur von Fremdeln mehr, legt sich Greta auf Jannis, liegt Jannis unter ihr, ihre Beine zu einem Zopf verflochten. Die Arme zur Seite gestreckt, ist es, als würden sie schwimmen oder schweben. Er will, glaubt sie, ihre Lippen küssen, hält kurz inne. Langsam vergehen die Kekse, sie schmecken süßer in Jannis' Mund, an seiner Zunge eine Hand voll Blätter.

Kann das sein, sind das graue Haare bei dir, Greta. Zwischen drei Fingern hält Jannis eine Haarsträhne ins spärliche Licht der Lampe. *Sicher nicht, du täuschst dich, ich werde blond*, nach all den Jahren, endlich, *nein, Jannis, natürlich werde ich grau, schon jetzt.* Die

Zeit vergehe auch im Gebirge, *auch ohne dich*, drehe sich das Jahr im Kreis, immer schneller sogar. *Ganz gleich, wie, auch wenn es uns anders vorkommt, wenn wir warten,* werde er, wird sie gleichwohl älter. *Mein erstes graues Haar hatte ich, da war ich achtzehn, es war ein heißer Sommer,* sie rutscht von seiner Brust auf einen Ärmel ihres alten, dicken Mantels. Sie dreht Jannis vom Rücken auf die Seite und schaut in seine traurigen Augen.

Was Greta mache, wenn sie es schwer aushalte, *dass so viel zwischen uns ist,* Berge, Jahre. *Manchmal türme ich auf, was ich finde, oder suche mir einen Baumstumpf.* Von den Sesseln in den Ecken trägt sie Kissen, ihren roten Schal in die Mitte der Hütte. *Im Freien flattert der Schal wild, mit den Haaren im Wind, stell dir das vor.* Rasch zieht sie ihre Wollstrümpfe aus, setzt sich auf den Schal obenauf, *sonst fliegt er weg, weißt du.* Sachte lässt sie ihren Kopf nach unten zu Jannis' Leisten sinken, *meine Beine sind wie Mauersegler in der Luft.* Als hielte sie eine Zigarette, führt sie Zeige- und Mittelfinger an ihren Mund, dann zwischen ihre Lippen unter ihrem Kleid. Es wird weiter und eng, je mehr Finger, Lippen und endlich Jannis' Zunge, die Kreise zieht wie Jahresringe, bis zum Anfang fließt sie vor und wieder zurück. Gretas Hände finden Halt an Jannis' Locken, ziehen seinen Kopf zu ihrem Hals. Alles verrutscht, oben und unten werden gleich, wo es enger wird und weit und bunt, sind Jannis und Greta ein graues Liebespaar.

So nahe am Morgen, lässt sie die Nacht unruhig schlafen. Bald wacht Greta, bald weckt Jannis Greta auf, wenn sie schlecht träumen, malen sie sich Worte auf ihre Rücken. Einmal schreibt sie, er gehöre, *du gehörst zu mir.* Die späte Morgensonne schneidet ein Fenster Licht in die Westwand der Hütte, gegenüber vom Bett schimmern ein neuer Tag und ein anderer Ausgang. Ein zweites Fenster oder eine Tür bildet Jannis' Arm. Seine Hand an seiner Stirn, der Ellbogen auf dem Kissen aufgestützt, rahmt er die Zeit, dieses Zimmer zu zweit. *Zu meinem Weltbild gehört das Liebespaar*, mit seiner freien Hand zeigt er auf die bunte Zeichnung im Goldrahmen, *es ist in seiner Mitte*, es ist früher Abend dort, Vollmond. Der Mann und die Frau sitzen auf einer Holzbank. Seine Schultern ans Dach eines kleinen Hauses gelehnt, ihr Kopf an seinem, seine Hand auf ihrem Herz. *Schon als Kind fand ich, dass sie uns gleichen, kaum älter sind als wir.* Greta nickt, *das kam mir auch so vor, und ja, genau in der Mitte sitzt das Paar.*

Wann immer, Jannis drückt seinen Ehering ans Kinn, *wenn ich meiner Frau nahe bin, ist mir oft so*, als würde er weggezogen, von der Mitte, *wie neben der Spur bin ich dann und denke an dich, an uns beide auf dieser Holzbank, die es vielleicht gar nicht gibt.* Mit dem Ring habe er sich festgelegt, woanders zu sein, abgelenkt, *wie betrunken manchmal, bis ich nach einer Ewigkeit für Momente bei dir, Greta, kurz wieder in der Mitte bin.*

Das ganze Jahr über, bei Wind und Winter, zu jeder Jahreszeit liegt ein Adventkranz draußen auf dem Tisch. Abgelegt unterm Dachvorsprung der Hütte sind die gewundenen Zweige ein bisschen geschützt. Die Kerzen aber brennen bloß im Sommer gut, unter Händen, die schon warm sind. *Mir gefallen die Wolken am Himmel*, sagt Greta, sie sind immer anders, seit hundert Jahren gleich, *sie tragen die Tropfen der Erde in sich*, sie erzählen von der Erde im Wind. Wie Kinder kommen sie Greta vor, verspielt und wandelbar. Am liebsten würde sie sich verkleiden, wie früher mit Jannis in einen Mantel schlüpfen und aus dem Mantel, dem Zug durchs Gebirge erst dort aussteigen, wo es das Bänkchen für sie beide gibt. Es wäre, malt sie sich im Stillen aus, für sie beide ein Platz in der Mitte, unentdeckt, ihre Füße tief in der Erde, wo die Sonne auf- und untergeht. *Mir gefallen*, sagt Greta laut, *auch die Wolken, wenn wir rauchen*, und zündet statt der vier Kerzen eine letzte Zigarette an.

*

Halt dich an den Gräsern fest, neckt sie Jannis, als sie nach der verschneiten Wiese über einen zugefrorenen Teich balancieren. *Was hältst du von mir*, fragt Greta, richtet ihre Blicke gegen das blinde Spiegelglas, rutscht beinahe aus. Jannis verhört sich, *ich halte dich fest*, nimmt ihre Hand, *so gut ich kann.* Ob Greta sich noch daran erinnere, wie sie den Hang hinabstolperte und stürzte. *Wir suchten das vierte Lamm*, erzählt Jannis, die Gräser hielten nicht, was sie versprachen. Mitten in der Kälte erinnert sich Greta an das Bad im Bach, als wäre der Frühling keinen Tag her. Beide wussten sie nicht, wie sich näherkommen. Sich anders, fester zu halten, waren sie zu schüchtern, ihre Hände und Beine spielen zu lassen, wollte ihnen lange so nicht gelingen.

Beim Spazieren um die Hütte herum müsse Jannis, *dann muss ich immer an die Kröte in der Wiese denken, weißt du noch. Ihre Augen waren aus Gold oder golden gesprenkelt.* Greta nickt, *in meiner Vorstellung hat die Kröte einhundert Leben*, sie taue nach jedem Winter mit Schnee und Eis im Frühling wieder auf. Ob Jannis sagen könne, *ist ihre Haut grau oder grün oder etwas dazwischen*. Jannis schüttelt den Kopf, seufzt, *in meiner Vorstellung, Greta, oder träumte ich es bloß, zertrampelte eine Herde Kühe die Kröte zwischen Mohn und Minze*. Als Greta ihm gesagt habe, *„es gibt für mich nicht bloß dich und mich"*, es sei nicht so leicht, habe er alle seine runden Steine verworfen, aufgehört, solche zu sammeln, zu beschriften. *Sie erinnerten mich an einen großen Damm beim Badeweiher*, als wären sie auf einmal im Weg. Für ein paar Wochen, Monate war ihm weniger schwer, *lass dich ablenken, sagte die Frau, die meine Frau wurde.* Greta schluckt. Sie ließ Jannis glauben, es gebe für sie nicht bloß sie zwei, da wäre noch der Kuhhirte und andere mehr. *Versteh mich, ich will mich noch ein bisschen ausprobieren*, gab sie anfangs vor, verheimlichte, dass sie am Ende vergeblich versuchte, jemand anderen als ihren Bruder zu lieben.

Am Waldrand geht Jannis in die Knie, putzt Schnee von einem Steinmännchen, *sind das Steine von dir für mich, Greta.* Sie nickt, *ich weiß, sie sind nicht ganz glatt.* Jannis lächelt, *ich habe mit ihren Kanten zu leben gelernt*, er steckt den obersten Kieselstein ein, kleiner als ein Fingernagel, erzählt er von der Sonne im Wasser. Die Brotbrösel auf dem Weg verstreut sind natürlich weg. Wohl gerieten auch kleinste Steine unter Schnee, in die Mühlen von Schnäbeln und Wind im Winter. *Wenn ich dem Raben im Wald am Stadtrand begegne, ihn beobachte, begleite*, Jannis räuspert sich, *bin ich in guten Stunden ganz bei ihm, seinem Geruch, seinen Augen, seiner Stimme. Dann ist alles rundherum gleich, ich vergleiche nicht. Ich schau auf den Raben, das ist viel*, er setze ihn oder sich, sie beide in kein größeres

Verhältnis, vor keinen Spiegel, *dann ist alles irgendwie leichter, klar.* So, überlegt Greta leise, wäre nichts so schwer daran zu lieben. Für einen Moment ist ihr, als bräuchte es keinen Specht im Kopf, keine Ordnung, die ihr sagt, ob es geht, er und sie, was es bedeutet, Jannis und Greta zu sein, wie es sich im Großen und Ganzen verhält.

Sie erschrickt, sackt auf dem Weg zusammen, hält sich selbst mit beiden Händen an ihren Armen fest. Zittern in ihren Beinen, in Jannis' Stimme, es sei besser, *besser er sieht uns nicht.* Aus dem eisigen Wasser unter ihnen steigen Schneeflocken, *pass auf, auf dich*, sagt Greta, als Jannis von oben über Steine und Äste ins Flussbett steigt, *ich halte dich*, sagt sie, als säße sie selbst nicht fest auf kaltem Boden, weit weg davon, Jannis halten zu können.

Greta, hört sie, *Greta*, eine raue Stimme, Hand an ihrer Wange, *mein Kind, komm auf, was machst du da.* Eine harte Nuss rückt sie nicht von der Stelle, nach einer Weile schaut sie auf. Jannis' Vater trägt ein weißes Fell über seiner Schulter, am Kopf den Hut mit Vogelfedern, Bienen, Luchsohrpinseln und einem Schneckenhaus. Scheinbar lebendig stammt der Hut vom Hof im letzten Dorf, gehörte einmal Mutter oder deren Mutter oder Greta selbst, wer weiß das schon. *Sag mir, Greta, war das Jannis vorher bei dir,* er schüttelt wieder den Kopf, lacht, *also ihr zwei, wie Kinder seid ihr manchmal,* nach einer Pause, *wo hat sich Jannis jetzt versteckt. Jannis, wo bist du, komm her zu mir,* ruft er aus. *Ihr habt doch nichts angestellt, ihr zwei*, er klopft Greta auf die Schulter, *wo ist mein gelehrter Bub aus der Stadt, ich sehe ihn nicht oft.* Es sei für ihn gar nicht schlecht, *sogar sehr gut ist es, beruhigend, eigene Kin-*

der zu haben, also Jannis und dich. Mütter, Väter müssen nicht alles schaffen, die Kinder machen dann weiter. Auf ein paar Enkel hoffe er, von Jannis und seiner Frau, *oder auch von dir, Greta. Leibliche Kinder, das sage ich dir, das ist anders, etwas ganz anderes, lass dir das gesagt sein.*

Auf einmal fallen Greta im weißen Fell auf seiner Schulter schwarze Knopfaugen auf, ums Maul hat das Schneewiesel ein bisschen Blut, *ist es tot*, fragt sie und weiß es schon. *Letzte Nacht hatte ich endlich Glück, Vollmond, bis zum Morgen wolkenlos war es.* An einem Nagel hängt er das Wiesel an eine karge Eiche, *schwer war es, das kannst du mir glauben.* Wochenlang sei das Wiesel nächtelang im Dach seines Hauses gelaufen, wo es nicht hingehöre, habe es sich eingenistet. *Kein Auge tat ich zu, Getrampel, Geschrei, überall der Dreck*. Bis tief in den Wald habe er es gejagt, *mit dem Hut hatte ich nach Wochen heute Glück.* Der Vater spricht, als wäre es gewiss, dass es nicht irgendein Wiesel war. Gerade zurück vom Bau einer Maus, ausgeruht im Fell seines Opfers, wäre dieses oder jenes Wiesel vielleicht ebenso vor das wilde Gewehr gelaufen.

Um ihre Köpfe herum schwirren Eisvögel, auf der Jagd nach Fischen steigen sie gegen eine Wand Schneeflocken zum Fluss hinab und beschwert, langsamer, obwohl mit dem Wind, wieder herauf. *Spürst du den Wind, ist dir nicht kalt*, hört sie den Vater, *also mich friert es gehörig*. Das Wasser ist bläulich, im Frühling grau, im Sommer grün und im Herbst rot von gespiegelten Blättern, alten Liebespaaren am Grund. *Schau*, sagt Greta leise, *die vielen Eisvögel*. Wie Tante Severine erbittet er sich, *Greta, schau mir doch bitte in die Augen, wenn wir reden.* Unterm großen Hut sehe sie von ihm, *sehe ich aber von deinen Augen auch bloß schmale Schlitze.*

Endlich legt er den Hut wie eine bunte Maske ab, *ich bin einsam, weißt du, Greta.* Obwohl er immer, *ich habe, also ich hätte ja alles richtig gemacht. Als dein Vater hätte ich deine Mutter geheiratet, sie wollte nicht. Jannis' Mutter starb und ich zog den Buben allein auf, ließ ihn zu euch gehen, wenn er eine Umarmung brauchte. Ich klärte dich auf, dass ihr Geschwister seid. Anders als deine Mutter wusste ich, dass es anders nicht geht.* Greta nickt, steht auf und hängt den geschmückten Hut an den Nagel, unterhalb der Knopfaugen und des roten Mauls. *Lass das Wiesel und den Hut dort hängen, als Abschreckung, damit dich nachts nichts mehr stört*, sagt sie, und dann sei ja jetzt alles gesagt und die Welt wieder in Ordnung.

*

Ehe sie allein in den leeren Bus ins letzte Dorf im Gebirge einstieg, lief Greta noch einmal zu den Gleisen, die in die Stadt führen, sie verlaufen in Jannis' Richtung. Den Geruch verwesender Tiere trägt sie am Bahnhof immer in der Nase, *so geht es bloß dir*, bloß sie, hatten ihr Mutter und Jannis schon vor Jahren versichert, rieche Wochen nach dem Unfall noch, was davon übrig ist. Obwohl das vorletzte Dorf für die Züge die letzte Haltestelle ist, fahren sie meist so schnell in den Bahnhof ein, als ginge es für sie mit Schwung noch ein kleines Stück weiter. Greta dachte an das Schneewiesel im Wald, als sie zu den Vogelbeerbüschen hinaufkletterte, unter Netzen im Frühling und Herbst, im Winter unter Schnee. Von der Vogelscheuche, die

Mutter und sie vor Jahren gebaut hatten, sind die kargen Äste noch übrig, ein Stofffetzen, grün getupft. Ihren Schal wickelte und verknotete Greta um die Äste. Vom Busfenster aus sieht sie ihn rot flattern und hat ihn den ganzen Weg über gleichsam rot im Augenwinkel.

Als sie in den staubigen Apfel aus dem Rucksack beißt, verrät sie sich. *Sieh an, du bist mir gar nicht aufgefallen*, krächzt der Busfahrer, *die junge Frau vom Hof, ohne Geld, dafür mit Marmelade*. Greta schluckt, *heute habe ich genug Geld dabei.* Auf der Reise mit Mutter bezahlte Greta mit einem Glas Hagebuttenmarmelade. Was bleibe ihnen anderes übrig, überzeugte sie die Kranke, dafür bringe sie der alte Mann im Auto bis vor die Tür vom Hof. *Das hoffe ich für dich*, brummt der Busfahrer, er brauche das Geld, als einfacher Mann vom Dorf, *ich bin ja kein Schlossherr, nicht mal ein Erstgeborener. Schon gehört, der Herr vom Schloss am See ist jetzt auch gestorben. Um weiß Gott wie viele Jahre überlebte er seine Frau und sein Kind, ein Unglück war das, damals, lange ist es her.* Es sei ein kurzer Winter mit viel Sonne und Schnee gewesen, schilderte Tante Severine einmal die Wochen, Tage rund um die Nacht, als die große Lawine abging, seien ihr Bruder und seine Frau schon längst über alle Berge gewesen. *Ich war allein mit deiner Mutter, sie war noch ein kleines Kind.*

Einen Umweg nach dem anderen sucht Greta zu Fuß, um sich nicht zu früh am Hof beim Apfelbaum einzufinden. Obwohl sie den Geruch der Backstube vermisst, zweigt sie vom Weg immer wieder ab, sobald es zu sehr nach Brot riecht, riecht sie zu wenig den Rauch vom Rauchen. *Den Rauch riechst bloß du, Greta, so lange Zeit*, versicherte ihr Jannis. Zurück im Zug rieche er selbst Greta nicht mehr.

Nach Nächten mit Jannis ist Greta immer, als seien die Farben in der Landschaft unwirklich, wie da und dort hängen geblieben oder hingelegt auf etwas, das eigentlich grau ist. Dann braucht es eine gewisse Zeit und ein paar Zeichnungen, *aber bitte mit Farbstiften, liebe Melina, oder auf dickem, buntem Papier.* Damit Form, Farbe, Stoff wieder zusammengehören, kriecht Greta heimlich in die Teppiche im verlassenen Schloss, mit offenem Fenster, für Greta eine Einladung, eine Tür. Vorm Mooshäuschen am See verstreut der Wind unheimliche Schreie wie von kleinen Katzen, bald heiser, bald wieder sehr laut und gequält. *Greta, Greta,* hört sie Melina außer Atem rufen, *hörst du das auch.* Dann Flora ein paar Meter hinter ihr, *das sind ja bloß die Feuervögel, sie wohnen im Dachboden.* Nachts fliegen sie dort ein und aus. Ob sie sicher sei, *bist du dir sicher, Flora.* Das ältere der beiden Mädchen nickt, *ich glaube, sie streiten manchmal, wie du und ich*, das klinge dann halt anders, Melina sei halt kein Feuervogel. *Du, Flora, du bist also schon ein Feuervogel oder wie*, eifert Melina, *bloß weil du rote Haare wie Federn hast.*

Rechts und links hängen sich Flora und Melina bei Greta ein, reißen sich gleich darauf wieder los, *sag, Greta, dürfen wir nachschauen*, was das Mooshäuschen zu verbergen hat. Es könne wohl ein Schatz sein oder ein Geheimnis, *wer weiß, dürfen wir, sag ja.* Auf fremdem Grund, in vier Wänden, die nicht die eigenen sind, denkt Greta zuerst, empfindet es dann doch wie Mutter als keine Schwelle, *dann schaut halt nach.* Wenn, dann gehört das Haus der kleinen Tanne, am ehesten ihr, unterm Schnee gebückt, als Dach, wo Schindeln fehlen, das viele Moos nicht reicht, braucht es ihre Zweige und Nadeln. Klettert Greta übers Spalierobstgerüst ins

Schloss, streifen ihre Hände gleich, wohin sie greifen, dicke Efeuranken, so tief in den Mauern verankert, dass Greta findet, das Efeu sei Herr über alles.

Greta mustert die Sitzbank aus Holz, ans Haus gelehnt, verschneit, es wäre ein guter Platz zum Warten. Sie nimmt sich vor, das Bänkchen nach dem Winter mitten in die Sonne zu tragen, wo auch immer sie dann ist. Zwischen Herbst und Frühling, ob vor acht oder in einhundert Jahren, erreicht die Sonne bloß ein kleines Stück vom Mooshäuschendach, *das ist der Ort, wo Licht zu Gold wird*, erklärte sie den Mädchen einmal, *immer an den Spitzen. Da müsst ihr schauen*, auf Dächern, in Wipfeln oder an Blüten. Ob, stellte Melina eine Frage nach der anderen, die Blumen, an ihren Köpfen rot, einmal bis in den Himmel wachsen, rundum vergoldet wären sie dann, *wie unsere Äpfel alle acht Jahre*. Wenn Melina sich bücke, von unten hinauf zur Blume schaue, könne sie sehen, *siehst du, sie ist schon dort*. Warum Greta jetzt weine, *und Flora auch*, Melina verzwickte ihr Gesicht, *was habt ihr*. „*Auf feuchten Wangen kehrt Ruhe ein*", wäre Mutters Antwort gewesen, „*alles Gras braucht Wasser, gibt Schutz*", keine Träne sei umsonst. *Ich glaube*, würde Greta heute antworten, *weil der Himmel gestern oder vor acht Jahren doch ein bisschen anders aussah.* Damals sagte sie, *manchmal tut es gut zu weinen*, es sollte einen Platz dafür geben. *Lasst uns einen Ort bestimmen, ein Versteck mit einer Losung, die bloß wir kennen. Vielleicht auf der anderen Seite am See, bei den Strommasten.* Dort, wo sich, gäbe es im letzten Dorf einen Zug, die Gleise verliefen, *wir streuen Steine und bauen Steinmännchen entlang vom Weg zu unserem Versteck*, schlug Greta vor. Dieses Bänkchen vom Mooshäuschen, überlegt sie jetzt, wäre an diesem versteckten Ort genau an der rechten Stelle.

Wir sahen eine Maus, ruft Melina aus. Laut Flora war es ein Siebenschläfer. Ein totes Schneewiesel, stellt sich Greta vor. Ein paar Wochen früher war sie selbst so neugierig, stellte eine klapprige Holzleiter ans Mooshäuschen, schaute mit großen Augen durch eins der wenigen Fenster mit Glas. Die Ohren gespitzt, hörte sie, wie im Haus gleich wie in der Hütte die Wespen am Holz nagten. Sie sah unter Staub getrocknete Blumen, einen Kasten, die Türen offen, ein Kleid, blassblau, mottenzerfressen. Am Boden Kieselsteine oder waren es Perlen.

Auf einmal wird es hell über ihren Köpfen, *an diesem Ort wird wirklich Licht zu Gold*, mit der letzten Laterne im Dorf, im Gebirge, ist der Weg zum Schloss überm Mooshäuschen hell ausgeleuchtet. Der Hof beim Apfelbaum versinkt im Dunkeln. *Gehen wir heim*, flüstert Greta, *es wird schon spät. Für mich*, Melina zeigt aufs Dach vom Mooshäuschen, ein kleines Eck im Laternenlicht, für sie schaue das aus, *als hätte ein Feuervogel ein Stück vom Dach stibitzt*.

Siebter Sommer nach der Apfelernte

Seit Wochen fehlen die Regenwolken, das Wasser im kleinen See, der mehr und mehr Erde ist, trocken, feucht, je näher Cornelio der großen Spiegelkugel im Wasser kommt. An den Sohlen haftet Erde, schichtet sich auf und so ist es, als ginge er auf Absätzen. Im Wind dreht sich die Kugel in der Sonne leicht. An ihrer Oberfläche spiegelt sich weiter weg das Mooshäuschen mit dem Holzbänkchen, ganz nah eine jugendliche Frau, ein Mann mit grauen Locken. Die Frau dreht einen Lackschuh von einer Seite auf die andere, *es ist der zweite Schuh*, sagt sie, dreht sich zu ihm um, *Chaspars zweites Boot.*

Mit der Schuhspitze zeigt Melina in Richtung einer Entenfamilie, *die Küken haben eine Art Luftpolster im Gefieder, so können sie nicht untergehen.* Als sie den Schuh in hohem Bogen ins Wasser geworfen hatte, *da war Chaspar schon nicht mehr da, vor einem halben Jahr*, sei Melina sich sicher gewesen, er sei für immer weg, tief versunken, wie begraben. Heute taucht er wieder auf, der Schuh, glänzt in ihren Händen wie Gold. *Alles erinnert mich an Chaspar*, Melina seufzt, *die Harztropfen vom Apfelbaum, der Honig meiner Bienen*, sie seien wie die Luchsaugen. Cornelio runzelt die Stirn, *stirbt jemand im letzten Dorf im Gebirge, erklärte mir Greta einmal, dann heißt es, es gibt jetzt einen Luchs mehr im Wald. Hast du Glück, siehst du ihn einmal noch im Leben. Der Luchs sieht dich überall.* Mit ihren Fingerspitzen streicht Melina seine Stirn glatt, *Tante Severine glaubt, Chaspar war und ist wirklich ein Luchs.* Cornelio nickt, *das glaube ich auch.*

Über ihre Zehen stülpt Melina den Lackschuh, *es waren meine Schuhe, das weißt du. Warum ist Chaspar gestorben*, sie sei noch da, wenn er schon längst weg ist. *Er war so ein fröhliches Kind*, sie bedeckt ihre Augen mit ihren Händen, *wie kann ich jetzt fröhlich sein. Chaspar wurde nicht einmal halb so alt, wie ich es jetzt schon bin. Etwas stimmt da nicht.* Cornelio bückt sich, nimmt den Lackschuh und stellt ihn auf seine Kappe, *ich war derjenige, der dir die Schuhe schenkte, das weißt du sicher noch.* Als er im Laden in der Stadt gestanden sei, *zögerte ich kurz, weil, ja, es ist so, ich hatte eine Schwester, ungefähr so alt wie ich. Sie hatte ähnliche Lackschuhe. Sie ist, wie es also im Dorf heißt, seit vielen Jahren ein Luchs im Wald. Ich zögerte im Laden, weil kurz dachte ich, sie sollte doch diese Lackschuhe tragen. Aber*, Cornelio legt den Schuh jetzt auf dem Boden ab, *es ist eigentlich schön und gut, wenn sie ein anderes Mädchen an ihrer Stelle trägt, ein Bub mit ihnen fröhlich spielen kann. So sind ihre Fußstapfen, so empfinde ich es, in der Welt wie ausgefüllt.*

Augen voller Tränen schaut ihn Melina an, *ein Luchs braucht selbst wohl keine Lackschuhe mehr.* Seinen Handrücken, mit dem er seine, ihre feuchten Wangen trocknen wollte, zieht Cornelio zurück, als wäre es nicht richtig, es ist wichtig, dass sie beide weinen. *In dem Bild, das ich mir mache*, fährt er fort, *schaut der Schneeluchs uns zu, zwischen Bäumen getarnt. Dabei kann ich ihn mir nicht anders als wohlwollend vorstellen, weise.* Melina stellt den Lackschuh in ihre Mitte, dann auf die Seite und umarmt Cornelio. Er drückt sie fest an seine Brust, was er all die Jahre, ehe er vom Apfelbaum gefallen ist, nicht konnte, lernte er im Gebirge. An Melinas Schultern gedrückt, sind seine

Hände anders als früher nicht in die Sonne und Luft, nicht ausgestreckt nach der Schwester, die für ihn viel zu lange unterm Schnee lag.

Sie werfen noch einen Blick auf die verspiegelte Kugel, gehen dann über feuchte, trockene Erde, wieder wie auf Absätzen aus dem See zum Mooshäuschen, weiter zum Schloss in der Sonne. Vorm Tor steht ein grauer Esel, eine Tochter, der weiße Esel Gian war ihr Vater. *Was macht denn die Eselin da*, fragt Melina, *warum hast du sie gesattelt.* Cornelio zieht den Sattel fest, *warum glaubst du.* Aber sie habe ihm doch erzählt, dass Flora einmal herunterfiel, *dass ich mich seitdem nicht mehr reiten traue.* Cornelio zuckt mit den Schultern, *dann wird es schwierig. Mir tut alles weh, ich kann dich nicht wie sonst durchs Schloss tragen.* Die letzten Tage über habe er stundenlang Bilder durchs Dorf geschleppt, ausgetragen. *Als wären es Brote, die die Dörfler bestellt haben, legte ich sie vor den Türen ab, ich schwitzte wie ein Bär im Winterpelz.* Leider kam es ihm nicht gleich in den Sinn, die Eselin mit den Bildern zu bepacken. *Warum, ich verstehe das alles nicht*, Melina lehnt sich an die Steinmauer.

Mein Vater, holt Cornelio aus, *malte seine Zirkusbilder im letzten Dorf im Gebirge. Wo die meisten Menschen grau angezogen sind, malte er bloß bunte Kleider, das ist doch verwunderlich, findest du nicht.* Melina schweigt. *Auf den Bildern singen die Figuren, sie turnen und tanzen*, er räuspert sich, *sie schauen uns an, offen, herzlich, herausfordernd.* Melina nickt, *ich verstehe, worauf du hinauswillst. Aber ob das etwas bringt. Die Dörfler sind, wie sie sind und sein müssen.* Wer nicht erstgeboren ist, sei ein Hasenherz, bereit, die eigenen Kinder wegzugeben, weil, *ja weil sie nicht*

Mutter und Vater sein dürfen, sind sie, also für mich sind meine Eltern nichts. Flora und ich sind Waisen, Chaspar war es auch, weil dieses Dorf so grau ist. Ein paar Farbkleckse würden, ja könnten nichts ändern daran, dass es so ist, wie es sein muss und immer schon war. *Wenn ich das Dorf mit ein paar Strichen ohne Farbe zeichne, Cornelio, zeige ich das Dorf, wie ich es sehe und wie ich mich in seinen Mauern, Wänden bewege oder halt nicht bewege. Wer immer schon grau ist, kommt auch nie ganz los davon. Flora kehrte, kein Jahr war vergangen, zurück aus der Stadt.* Warum solle Melina es sich dann überhaupt antun, *ich bleibe besser gleich da. Als ich glaubte, etwas Farbe in meinem Gesicht änderte etwas, da war ich eine Witzfigur. Gleich wie viel, es ist zu viel.*

Greta kommt am Fenster oberhalb vom Spalierobstgerüst zum Vorschein, klettert behände zu ihnen herab. Mit ihren Händen formt sie für Melina einen Steigbügel, *unser Nachbar Cornelio ist ein Schwärmer, ohne Zweifel. Vielleicht haben Nachbarn das so an sich. Aber ich glaube auch, Melina, du unterschätzt die Bilder, deine und andere und dich selbst. Manche Bilder spiegeln vielleicht wirklich, wie es anders sein könnte. Auf Chaspars letztem Bild, er malte es nach dem großen Gewitter, balancierst du auf dem Rücken eines Esels.* Melina schüttelt den Kopf, *ihr spinnt beide. Keine zehn Pferde.* Cornelio unterbricht sie, *es ist bloß eine Eselin.*

Von der Mauer grau wankt Melina, ihre Augen verschlossen, zur Eselin, legt ihre Arme über den Rücken, lehnt ihre Wange an, wo es weich und grau ist, *das Fell, es riecht fein nach Heu.* Heuer erstmals seit bald acht Jahren half Cornelio beim Heuen, *wir kommen gut ohne einen Mann zurecht*, hatte ihn Tante Severine acht

Sommer lang abgewehrt. Seine Heumännchen seien dafür Frauen, von Brust bis Hüfte formte er die Wiese in seinen Händen, flocht die Stoffreste aus dem Kasten im Mooshäuschen ein. Sein Werk sah recht gut aus. *Abschreckend*, fand Tante Severine. *Wie Vogelscheuchen*, gab ihr Greta recht. Nach zwei drei trockenen Tagen war er froh, in den Steinbockkörben das Heu in den Stall tragen zu können.

Ohne Widerstand lässt sich Melina von Greta und Cornelio an je einem Bein in die Höhe heben, auf den grauen Rücken setzen, als wäre es ein Sessel, so ruhig steht die Eselin da. Greta steckt ihr noch eine Feuervogelfeder zu, *so fliegst du, so fällst du nicht herunter*, sagt sie, bringt die Reiterin sogar zum Lächeln. Seine Hand am Zaumzeug, dann bloß noch lose auf der Mähne, führt er Melina auf dem Esel durchs Schloss. Greta läuft voraus, reißt alle Fenster auf, zieht die Efeuranken herein und über die Wände, wo die Bilder hingen. Ihre Steinmännchen stößt sie um, lässt sie liegen. Bloß ein paar Steine steckt sie ein, *an der Oberfläche abgerundet, passen sie in die Sammlung*, die sie fortsetzte, ein anderer angefangen hatte.

Ich gebe das Schloss zurück, weihte Cornelio Greta vor einer Weile ein, *sowieso gehört es nicht mir, nicht wirklich, das Mooshäuschen ist groß genug für mich. Ich gebe die Bilder weiter und lasse alles andere verwachsen, auch die vielen Hüte meines Vaters. Diese verteile ich dann nächstes Jahr im Dorf, an alle.* Nichts mache so selbstbewusst wie ein Hut, fand sein Vater. So ausdrucksstark, glauben die Dörfler. *Was auch immer die geschmückten Hüte mit uns machen, es ist aufgesetzt*, wandte Greta ein, fügte zögerlich hinzu, *ohne einen Hut gäbe es mich nicht. Meine Mutter trug ihn nicht länger als einen Tag oder war es überhaupt bloß ein Abend, eine Nacht. Ihr war nicht wohl dabei, sie war es nicht gewöhnt, „das war nicht ich“, sagte sie.* Cornelio solle die Hüte wie die Steine liegen lassen, *diese Hüte sind ein Spiel mit Glück und Pech.*

Im grünen Zimmer ist der Teppich schon mehr ein Feld als eine Wiese, wächst bis zu den Knien herauf. Die Eselin fängt an zu fressen und wird sich, bis sie satt ist, kaum mehr vom Fleck rühren, *das schmeckt dir*, flüstert Melina in die langen Ohren. Sie gleitet herab, wehrt Gretas Hände ab, versinkt zwischen den Grashalmen, lässt die Zeit vergehen. Rundherum Summen meldet sie sich endlich wieder zu Wort, *da hilft nichts, dann müsst ihr mich doch weitertragen.* Mit Gretas Hilfe hebt er Melina durch das Loch, wo das rote Liebespaar hing, in das Zimmer mit dem Bett und den roten Beeren. Wo das blaue Liebespaar lag, führt ein Loch im Boden in den Raum unter der Erde. *Melina*, hören sie Flora rufen, *steig zu mir herab. Vertrau mir, es geht.* Es sei wie draußen. Dieses Mal wehrt Melina Cornelios Hände ab, klettert selbstbewusst allein die Leiter tiefer, bis er sie nicht mehr sieht, tief unten bloß Flora lachen hört.

Greta lässt sich auf den Staub ins Bett fallen, *weißt du, was das bedeutet*, es bedeute viel. *Vielleicht, dass sich Melina jetzt studieren traut, in der Stadt*, er setzt sich neben Greta. An seiner Schulter zieht sie, bis er neben ihr liegt. *Ich glaube*, fährt sie fort, *es bedeutet viel mehr. Nämlich, dass die zwei überall gehen und reden können, das wäre doch möglich.* Die Grotte sei zwar feucht, überall kriechen die Schnecken, aber sie gehöre immer noch zum Schloss, als eine Art Keller mit Decke und Wänden. *Wo Melina und Flora in dem*

Moment sind, ist noch innerhalb vom Schloss. Anders als sie denken. Jetzt setzt sich Greta auf, lässt ihre Beine überm Loch baumeln, *das da unten ist wie drinnen, glaube ich.* Tante Severine und sie seien sich einig, *wir glauben beide, dass Flora und Melina inzwischen mehr könnten, als sie sich zutrauen.* Cornelio falle es wahrscheinlich schwer, *aber stell dir vor, die zwei fürchten sich, anderswo als draußen zu gehen oder reden. Weil es jahrelang nicht ging, reden sie sich sein, es gehe gar nie mehr. Aus Angst, es nicht zu schaffen, probieren sie es erst gar nicht.* Er legt seinen Kopf neben das Loch auf den Boden, schaut hinab, *da sind noch die Schnecken. Sie tragen Häuser am Rücken. Aber, ob sie auch in Häusern leben, ich weiß es nicht, ob die Grotte nicht wirklich schon draußen ist.*

Zurück im Zimmer schweigt sich Flora aus, wieder lässt sich Melina durchs Schloss balancieren, zuerst von Cornelio, dann nach kurzem Zögern auf der Eselin. Von der Grotte führe ein Geheimgang, *sehr lang ist er*, bis zu einer Eisentür, *versperrt ist sie, also kehrten wir um.* Cornelio nickt, *keiner meiner Schlüssel passt.* Ob sie, an die Tür gelehnt, das Rauschen hörten, den See, als läge ein Schneckenhaus oder eine Muschel am Ohr, eine Spieluhr vom Meer. Wem Cornelio die Liebespaarbilder schenkte. Das vierte, das graue Liebespaar, war in die Eisentür genagelt, die gemalte Frau hält Zeige- und Mittelfinger so, als hielten sie eine Zigarette, die aber nicht da ist. Greta kommt seiner Antwort zuvor, *wir brachten sie Tante Severine.*

Als sich die drei Frauen von ihm verabschieden, hält er sie an der Türschwelle zurück, nimmt sie alle drei fest in den Arm, drückt ihre Hände, spürt, dass sie ihn spüren, wie er sie braucht. Obwohl Bäume den Blick versperren, blickt er Greta, Flora und Melina lange nach, stellt sich vor, wie sie Tante Severine unterwegs treffen, übersieht, wie die alte Nachbarin tatsächlich schon zu ihm heraufgeht. Oben angekommen muss sie verschnaufen, sie schnäuzt sich, *der Weg ist weit und steil.* Cornelio stimmt ihr zu, *das stimmt, es ist wirklich weit.* Sie schüttelt den Kopf, *nein, eigentlich ist es nicht weit. Früher war es für mich ein Katzensprung.* Im Schloss klammert sie sich ans Stiegengeländer, als wäre ihr, *mir ist schwindelig, ein bisschen. Ich bin nicht mehr jung.* Als der Maler, *Gian hieß er*, ins letzte Dorf zog, *war er jung, hatte nichts, kein bisschen, außer ein paar Pinsel und Farben.* Tante Severine habe er leidgetan, *ich brachte ihm fast jeden Tag in der Früh ein Brot in sein Mooshäuschen.* Schnell habe Gian mit seinen bunten Bildern Erfolg gehabt, in der Stadt, auch im Dorf, *sie boten ihm das verlassene Schloss.* Cornelio folgt Tante Severine durch die Zimmer, *für einen Brotlaib.* Sie nickt, *ich hatte ein großes Brot gebacken. Ich dachte, es würde sich etwas im Dorf ändern. Wenn solche Bilder gefallen, wo alle bunt sein dürfen. Der Maler brachte mir ein grünes, ein rotes und blaues Kleid aus der Stadt, er öffnete das Schloss für alle, es war wie ein Museum. Aber die Besucher blieben aus.*

Entschlossen schwingt sie die grüne Stofftür auf, *wir hätten uns nicht verstecken müssen.* Ihre Schuhe streift sie ab, ihre graue Weste, sie gehen unter im hohen Feld, *es verwundert mich, dass die Wiese noch lebt.* Dass an den Sträuchern Beeren reifen, fügt sie im roten Zimmer hinzu, *das glaube ich nicht und sie schmecken auch noch wie früher.* Das Bett mit den Abdrücken von zwei Körpern mustert sie, *die Mädchen glauben wirklich, ihre alte Tante sei noch Jungfrau.* Ob Cornelio Zündhölzer, eine Kerze zur Hand habe, *unter der Erde ist es ja finster.* Zittrig steigt sie die Leiter hinab, gibt das Licht in seine Hand, *du bist sein Sohn, das spüre ich.* Als die Frau des Malers mit dem Kind unter die Lawine gekommen sei, *da war ich sicher, das Kind wärst du. Das Mädchen war ungefähr so alt wie du, nicht wahr.* Cornelio nickt, *mein Vater hatte mit seiner Frau ein zweites Kind, eine Tochter, wir waren wie Zwillinge. Über meine leibliche Mutter erzählte er mir nichts, außer, dass sie gut Brot backen und schwimmen konnte.* Zwischen den Schnecken findet Tante Severine Platz zum Sitzen, *da brachte ich mein Kind zur Welt, heimlich. Ich hatte Angst, ich schaute es gar nicht an, ich ließ es zurück, mit seinem Vater. Ich tauchte ab*, sie geht den Gang entlang, *es war wie eine Flucht, das verzeihe ich mir nicht.*

Mit einem Schlüssel aus ihrer Tasche sperrt sie eine Luke in der Eisentür auf und weg sind sie, im See, genau unter der Glaskugel. So schwerfällig sie im Schloss geht, so schnell schwimmt ihm seine Mutter voraus bis ans Ufer beim Mooshäuschen.

Reise aus dem Gebirge

Gäbe es wieder dieses Bänkchen am Waldrand, wäre es für sich allein ein Bahnhof, dann wäre zwischen Strommasten der Anfang nicht einsam. Da wäre ein Zug, er führe bei Tag im Schatten von Bäumen, Bergen und warum nicht auch bei Nacht. Im Mondlicht führten Gleise bis ins vorletzte Dorf, weiter, viel weiter noch, weil alle dorthin wollten, wo niemals alles stillsteht, schläft, wo es nicht so leicht oder gleich zu spät ist. Es wäre früh am Morgen in der Stadt, Greta klingelte an der Tür, bis Jannis wach wäre. War es ein Traum oder sagte sie bloß, *ich bin müde*, und er ließ sie wieder zu sich.

Viel und mehr noch war geträumt, bis es endlich Morgen ist, Greta sich in den leeren Bus setzen kann. *Lange nicht gesehen, was bringst du mir heute*, der Busfahrer gähnt. Greta zahlt mit einer Flasche Schnaps, *nimm sie mit*, hatte Tante Severine gesagt, *wir haben ja bald wieder Äpfel.* Es sei ein Schnaps, nicht mehr. Ob es nicht, *ist es nicht ein Liebestrank*, fragte Greta. Bloß in den Köpfen, das sei Gerede. *Nach mehr als einem Schluck Schnaps bist du beschwipst, das ist alles in Wahrheit.* Das sei wie mit den geschmückten Hüten, *alles Einbildung, Träumerei, davon wird nichts anders*, betonte Tante Severine, *die Apfelkerne sind eine Ausnahme, aber nicht der Schnaps.* Gleichwohl habe ihr Bruder, *dein Großvater*, eine Flasche geleert, ehe er seiner Frau, *deiner Großmutter*, wohin auch immer, nachreiste. *Den beiden war ich bitterböse, sie ließen ihr Kind bei mir am Hof zurück*, Tante Severine hustete, *dabei hatten sie alles, sie waren erstgeboren. Langsam, jetzt sind die zwei schon so lange weg, fange ich an, sie zu verstehen.* Im letzten Dorf stehe fest, wer glücklich sein darf, es sein muss, für sich, aber auch für die anderen. *Deine Großeltern waren erstgeboren und, warum auch immer, unglücklich*, dafür sei kein Platz im Dorf. *„Der Zwang zum Glück ist ein Fluch“, sagte deine Großmutter einmal, in einem ihrer bunten Kleider, ein junges, graues Gesicht.* Vielleicht sei es ähnlich wie mit dem Geruch, knüpfte Greta an, *„du riechst für uns zwei“, sagte Mutter manchmal zu mir,* und Greta habe sich so schwer damit getan, es Mutter noch schwerer gemacht, *weil ich immer sagte, „das kann ich nicht, du brauchst einen eigenen Geruch.“*

Obwohl Mutter nicht mehr lebt, will Greta doch wieder lernen, Parfüms zu mischen. Als Mutter schwer krank war, hatte sie die Lehre zur Nase abgebrochen, *ich nehme sie wieder auf, nächsten Frühling. Was auch immer du von den Hüten, Kleidern oder Parfüms hältst*, widersprach sie Tante Severine, *im besten Fall zeigen sie, was schon da ist, irgendwo in uns, wie oder was wir wollen, von uns selbst oder, von mir aus, auch von anderen.* Ähnlich der Apfelschnaps, obgleich vielleicht kein Zauber- oder Liebestrank, bringe er etwas ans Licht, *glaubst du nicht, Tante Severine.*

Das Holzbänkchen steht vorm Mooshäuschen. Wer weiß schon, wer dort saß in der Nacht. Greta träumte, es war ein Liebespaar. In Wirklichkeit sah sie, es waren Tante Severine und Cornelio, an ihren Ärmeln, Schultern wie zusammengewachsen, sahen sie versöhnt aus. Greta hatte Zweifel, *bist du dir sicher.* Cornelio nickte, *ich bin sicher ihr Sohn*, er war ins Stocken geraten, *wenn sie es zulässt.* Die Wasserfarben, die sie in ihrer Schublade versperrt hatte, Chaspar an seinem letzten

Abend schenkte, haben seinem Vater, *meinem Vater gehörten sie.* In alle Pinselstiele geritzt stehe sein Name Gian, *Gian hieß er, wie der verstorbene Esel.*

Tante Severine und Cornelio blieben nicht lange sitzen, nicht halb so lang wie Greta, die beim Holzbänkchen unterm Vollmond hängen blieb, zuerst mit Blicken, Gedanken, dann mit ihrer Wollweste. Es fror sie, als wäre es schon Herbst, sah sie den Mond weiß, die zwei Gesichter sonnenklar vor sich. War es ein Traum oder war da wirklich das Liebespaar auf dem Bänkchen, von dem Bild, das Jannis und ihr immer so gut gefiel. Die Zeichnung, es war wohl die Skizze für ein Porträt, hatte Gretas Mutter wie den Hut vom Hof ins vorletzte Dorf mitgenommen. Wohl war es das Werk von Cornelios Vater Gian, ein letztes Geschenk für Tante Severine, ehe er das Gebirge mit seinem Sohn für immer verlassen hatte.

Greta ist es, *als hätte der Maler uns gemalt*, war sie sich mit Jannis früher einig, *das sind wir zwei, Jannis und Greta*. Gäbe es einen Zug bei Vollmond, sie hätte nicht bis zum Morgen, warum warten, sie wäre um Mitternacht noch zu Jannis in die Stadt gereist.

Als sie im vorletzten Dorf vom Bus in den Zug umsteigt, hält sie die Luft an, ihre Augen auf den Boden gerichtet, sieht und riecht sie nichts von den toten Tieren, der Vogelscheuche. Sie will nicht wissen, ob sie noch steht, mit rotem Schal und grünem Tuch. Ob im Wald wieder ein Schneewiesel tot an einer Eiche hängt, wie vor acht Jahren, prüfte sie nie mehr nach. Dafür fand sie seitdem um ihre Schritte herum viele neue Steine im Gebirge. Auf der Zugfahrt packt sie jetzt der Reihe nach alle aus, beschriftet sie wie Jannis, bloß anders. An die Tage, als sie sie auflas, erinnert sie sich nämlich nicht. Was darunter und darüber lag, hat sie noch im Kopf, sie schreibt es den Steinen auf, ob glatt oder krumm. *Getragen von Ameisen*, sie dreht den kleinen Kieselstein auf den buckligen Rücken, *vielleicht leicht genug für eine Fahrt auf dem Floß.* Über einen anderen Stein reibt sie mit dem Daumen, *übersät von Vogelfängersamen*, ein bisschen klebrig, das verfangene Vögelchen hatte aber überlebt. *Vom Schloss gebröckelt, unter Laub begraben*, schreibt sie, *in eine Keksdose geraten*, oder, *ins Fell vom Esel, aus dem Haus einer Schnecke.* Beim vorletzten Stein fällt Greta ein, *er fiel mir mit ein paar Federn, einer Eichel ins Mantelfutter.* Nach einem Regenwetter deckte sie den letzten Stein auf, *eine Mohnblüte klebte daran, aber er roch nach Minze*, Greta stockt, *aber Minze wuchs keine dort*, und auch kein Mohn.

Wo der Zug wackelt, zittern ihre Hände wie damals, als sie Jannis von vier Worten ausgehend einen Brief schrieb, *ich bin deine Schwester.* Sie hinterlegte ihm den Brief in dem Unterstand, wo er allein alle paar Monate die wilden Steinböcke beobachtet, sie einmal zusammen mit Chaspar auf einem Leintuch Lebkuchen aßen. Seine Antwort lag ein halbes Jahr später im Briefkasten, *alle wussten es, du, Vater, selbst meine Frau*. Sein Vater habe es der angehenden Tierärztin früh anvertraut, *lenk ihn ab*, bestärkte er sie, *Greta ist nichts für ihn, sie ist seine Halbschwester*, habe er ihr zugeflüstert, an dem Abend, als sein Sohn sie ihm vorstellte. Jannis hatte keine Ahnung. Seine Frau und er haben sich getrennt, er habe seinen Ring verloren, als er diesen Brief schrieb, im Wald saß er allein auf einem Stein. *Schreib mir nicht zurück, Greta.* Sie zittert, wenn sie die vier Worte vor sich aufsagt, *bitte nicht*, schwingt in ihnen mit, *bitte lass mich allein*, wenn sie genauer hinhört, ist da noch mehr. Wolle Greta richtig verstehen, erklärte ihre Mutter einmal, müsse sie, *musst du den Pausen zuhören*, spüren, was diese still und heimlich bedeuten, sei das Wesentliche, es stehe formlos zwischen den Worten oder danach.

Nach vielen Kurven beruhigt sich der Zug, hält zwischen Gebirge und Stadt an vielen Bahnhöfen mit einem, höchstens zwei Sitzbänkchen aus Holz. Wie oft sie zusammen mit Jannis reiste, zählt Greta an einer Hand ab. Beim Ringfinger ist sie fertig mit Zählen. Sie stellt sich vor, wie es wäre, wie es war, als sie, alle Finger an seinem Rücken, an seine Brust gedrückt, gar nicht mitwackelte im Zug. Sie hielten sich fest. Heute weiß sie nicht einmal sicher, ob Jannis sie abholt, er sagte kein Wort. Sie rief ihn an, früh am Morgen, zappelte von einem Fuß auf den anderen, *ich fahre zu dir in die Stadt*, lauschte seinem Schweigen, wie er aus- und einatmete, holte selbst tief Luft, *ich komme mit dem Nachmittagszug.*

Am Bahnhof der Stadt sitzt Jannis auf einer Bank neben den Kutschern. Es wirkt nicht so, als ob er wartete, als sie schon vor ihm steht, schaut er nicht einmal auf. *Darf ich, Jannis*, sie geht auf die Knie, zieht seinen rechten Schuh ein Stück näher, verknotet die Bänder, *sie waren offen.* Schon als Kind, und daran änderte sich nichts, band Jannis seine Schuhe wie kein anderer, nämlich so, wie es lange nicht hält. *Für mich ist das ein Zauberstück*, ärgerte er sich oft, ließ Greta seine Maschen binden, wenn sie allein, weit genug weg von der Schule waren. *Was ist so schwer daran, Jannis.* Er konnte es ihr nicht sagen. Manchmal, wenn er die Bänder länger lose durch den Dreck nachzog, streifte er die Schuhe ab, *ich gehe barfuß mit den Schafen.* Dann mache sie das auch, schloss sich Greta mit den Ziegen an. Beim Gewitter damals wurden bloß ihre vier Füße nass. *Gehen wir*, fragt sie jetzt und folgt Jannis zwischen Häusern auf einen Markt. Bei einem Verkaufsstand bittet sie, *warte, Jannis, schau, es gibt im Sommer noch Erdbeeren.* Endlich sagt er etwas, *für mich keine*, er habe heuer schon genug Erdbeeren gegessen. *Dann halt nicht.* Statt Erdbeeren kauft Greta sich ein Stück Zopf, merkt, er ist staubtrocken, zäh, vom Vortag oder noch älter. Als sie mit Schwung und aller Kraft abbeißt, fehlte nicht viel und sie fiele rückwärts auf die Straße. *Zopf zum Kaffeetunken*, stellt sie fest, *aber das will ich mir abgewöhnen.* Jannis nickt, *ich mir auch.*

Es wundert sie nicht, dass ihr Jannis in die Allee und weiter in den Wald am Stadtrand vorgeht. An Sträuchern hängen winzig weiße Schnecken wie Perlen aufgefädelt, statt auf der Erde in der Luft. Die Bäume überzieht eine graue Krause, sie schien vor Jahren silbrig. Greta hofft, dass der Rabe, *sag, lebt er noch, der Rabe.* Keine Antwort. Jannis packt ein paar Bleistifte aus und ein Klemmbrett mit einer Karte, selbst gezeichnet. Was er sich da alles notiere. *Alle Blumen, die verschiedenen Arten*, murmelt Jannis, was sich seit einem Jahr veränderte oder von Sommer zu Sommer gleichblieb. *Lass mich dir helfen*, sie kenne die Pflanzen so gut wie er, ihre Gerüche sogar besser, *ich hake ab und schreibe mit*, was Jannis finde. Dann tauschen sie die Rollen. Sie berührt seine Hand, er zuckt zurück, als wäre es sein Herz. Die Sonne geht schon unter, früher war es die Zeit, der Ort, wo Licht zu Gold wird oder alles so schien, als wäre es so.

Als wäre Jannis ihr Rabe, lässt sie ihn nicht aus den Augen, folgt jedem seiner Schritte durch die Stadt. Sie schlüpft hinter ihm durch die Tür einer Bar, bestellt dieselben Getränke, aber trinkt sie bloß bis zur Hälfte aus. Sie fängt seine Weste auf, als sie ihm beim Tanzen jemand auszieht, vielleicht eine andere Frau, wer weiß. In Gretas Augen steht Jannis in der Mitte, bis zu den Rändern ist alles rundherum unscharf oder unsichtbar. Als sie an seiner Weste riecht, möchte sie sich darin verkriechen wie in einem warmen Bett.

Draußen ist die Luft klar und kalt. Greta zieht ihre eigene Weste an, darüber die von Jannis, weil er sie abwehrt, auch, als sie ihm noch einmal die Schuhe binden will. Nachdem er fast gestolpert ist, vorwärts auf den Gehsteig, trägt er die Schuhe jetzt in der Hand. Bei der ersten Alleebank setzt er sich hin und raucht, *ich bin müde.* Als die Zigarette nach ein paar Zügen zu Gretas Mund wandert, schaut er ihr endlich ohne Umschweife ins Gesicht. Wie früher schaut er sie so an, trotz allem, dass sie sich liebenswert fühlt. Zeit vergeht und Jannis legt sich hin, *bist du nicht auch müde.* Als sie sagt, *ich gehöre zu dir*, ist er schon eingeschlafen. Sie schaut weg, zum Himmel, sucht den Vollmond von gestern im Gebirge. Da fängt der Specht zu klopfen an. Was macht sie da eigentlich, wie vernarrt, verliebt läuft sie Jannis nach. Das darf nicht sein. Sie sind Geschwister, nicht einfach Greta und Jannis. Sie sind nicht allein, die Stadt ist voller Menschen. Neben Jannis ist so für sie kein Platz mehr. Es wird eng, im Hals, in der Brust, bis zu den Fingerspitzen wird Greta steif. Sie sind keine Kinder, das ist kein Spiel. Es wird ihr bitterkalt, auf dem Boden neben dem Bänkchen. Auf einmal merkt sie, wie ihre Hände wie von selbst über Jannis' Körper streichen, sie reiben seine Wangen, seine Ohren, über die Stirn. Als sie sie zurückziehen will, hält Jannis sie fest. Sie küsst seine Stirn, seine Hände, bis es wärmer, als wäre da ein kleines Feuer, bis ihre Bewegungen wie Wasser fließen. Wieder klopft es in ihrem Kopf, das gehöre nicht in die Stadt, in eine Welt, wo viele, mehr als zwei Menschen sind, auch in der Natur, da gibt es Grenzen.

Jannis hebt sie zu sich auf die Bank unter der letzten Laterne der Stadt. Die ganze Nacht sind sie wach und nicht wach, ziehen Kreise in der Luft wie Mauersegler. Der Maler Gian, das weiß sie jetzt sicher, malte sie beide, wie sie sich vielleicht ein letztes Mal im Arm halten, Jannis seinen Mund an ihre Wange legt, Greta über seinen Kopf an ihrer Brust streicht. Auf dem Bild und in Echt hat Jannis einen Mund, als hätte er gerade Erdbeeren gegessen, oder Himbeeren, Brombeeren. Auf dem Bild und in Echt ist sein Kopf ein Lockenkopf, golden und in ihren Händen Gold wert. Sie sind in Echt immer diese beiden auf dem Bild, ein Liebespaar, grün, rosarot, blau und grau. Wie Greta und Jannis sich für den Moment halten, fühlt sich zeitlos ewig an. Eine Ruhe, klingend, eine Stille, knisternd, ein Friede und Zauber ist um dieses Liebespaar, das sie waren oder sein werden, ob vor acht oder in einhundert Jahren.

Herbst der Apfelernte

Nach hundert goldenen Jahren sind die Äpfel schon im Herbst rot und gelb und orange. Die Früchte schmecken so gut, dass die Feuervögel sesshaft werden. Ihre Hörner und die der Schnecken, Bienen und Luchse fallen ab und schmücken wieder viele Köpfe wilder Steinböcke in den Bergen.

Cornelio ist für immer ins letzte Dorf im Gebirge zurückgezogen, *für immer, wirklich*, fragte Melina, die in der Stadt zu leben liebt. Sachte pflückt er ein paar höher hängende Äpfel, *hast du Gott heute schon gedankt, dass du einen Sohn hast.* Flora lacht, nimmt ihm die Äpfel ab. Er solle besser aufpassen, *dass kein Ast bricht*, hört er seine Mutter rufen, *du warst wohl nie ein Kind für die Schublade.* Cornelio umarmt sie fest, *zum Glück nicht, wie findet ihr meinen neuen Bart und den Anzug*, grün getupft. Jetzt lacht Tante Severine auch, *pass auf, dass du mir nicht meine alten Knochen brichst.* Flora schmunzelt, *du schaust aus wie ein Zirkuskind.*